A ROOM
WITH
A VIEW

A
Novel

E. M. Forster

看得见风景的房间

[英] E. M. 福斯特————著 杨蔚————译

天津出版传媒集团

天津人民出版社

谨以

《看得见风景的房间》

献给

H. O. M[1]

---

1. H. O. M 全名休·欧文·梅瑞狄斯（Hugh Owen Meridith, 1878—1964），
英国学者，是福斯特在剑桥国王学院就读时的同学和最亲密的挚友，也被认
为是福斯特身后出版的最后一部小说《莫瑞斯》（*Maurice*, 1971）中克莱夫
（Clive）的人物原型。

目 录

第一部

第二部

第一部

第一章

———

贝托里尼膳宿公寓

"房东太太这样真没道理。"巴特莱特小姐说，"完全没有道理。她答应给我们南面看得见风景的房间，两间挨在一起，而不是现在这种朝北的房间，结果就只有北面的房间，对着院子，还隔得那么远。噢，露西！"

"而且还一口伦敦土腔！"露西说，她更介意房东太太出人意料的口音，"我们说不定还在伦敦。"她看了看长桌边坐着的两排英国人；英国人中间排着整齐的水樽，白的是清水，红的是红酒；英国人背后的墙上挂着画像，画的是已故的女王和已故的桂冠诗人，都镶着厚重的边框；还有一张英国圣公会发布的告示（由牛津大学文学硕士，尊敬的卡斯伯特·伊格尔教士大人签发），那是墙上唯一不同的装饰。"夏洛特，你不觉得我们说不定还在伦敦吗？我简直没法想象，所有那些形形色色的、不一样的东西就在外面。也许是我太累了吧。"

"这肉肯定是先煮过汤的。"巴特莱特小姐说着放下了她手中的叉子。

"我真想看看阿诺河[1]。房东太太在信里答应我们的房间肯定是能看到阿诺河的。房东太太这样完全没有道理。噢,真是羞耻!"

"我住什么角落都行,"巴特莱特小姐接口道,"可你看不到风景,这就太糟糕了。"

露西觉得自己有些自私了。"夏洛特,你千万别这么宠我——当然,你也应该能看到阿诺河的。我是说真的,等到前面一有房间空出来——"

"你一定得住进去。"巴特莱特小姐说。她的旅费有一部分是露西的母亲支付的——对于这样慷慨的盛情,她已经多次得体地提及了。

"不,不。你必须住进去。"

"我坚持。不然你母亲绝对不会原谅我的,露西。"

"她绝对不会原谅的是我。"

两位女士激动起来,事实上,不幸的是,声音里都带着点儿怨气。她们累了,借着"无私"的幌子,终于吵了起来。邻座有人开始交换眼色,其中一个是那种在英国以外常常会遇到的教养不大好的人,隔着桌子探身过来,简直就是硬生生插进了她们的争吵里。他说:

---

1. 阿诺河(Arno)位于意大利托斯卡纳地区,是意大利中部仅次于台伯河的重要河流,佛罗伦萨、比萨等城市都坐落在阿诺河沿岸。

"我的能看到风景,我的能看到风景。"

巴特莱特小姐大吃一惊。通常,入住一家膳宿公寓后,人们总会先观察一两天,然后再开口跟她们搭话,常常直到她们离开才会意识到她们是"可以"的。甚至都用不着抬头,她就知道,这位入侵者教养有问题。他是个老人,体格健壮,脸上刮得干干净净,皮肤白皙,眼睛很大。那对眼睛里闪着孩童似的光,但不是老年人的那种童心。巴特莱特小姐没多花心思去琢磨那究竟是什么,因为她的视线已经转到了他的衣服上。它们对她没有吸引力。也许他是想在她们和大家熟悉起来之前抢个先手。于是,她摆出一副茫然的样子听着他说话,然后说:"风景?哦,风景!看得到风景真是叫人高兴!"

"这是我儿子。"老人说,"他叫乔治。他的房间也能看到风景。"

"哦。"巴特莱特小姐说,拦下正打算开口的露西。

"我的意思是,"他还在继续,"你们可以住我们的房间,我们住你们的。我们交换。"

听到这话,社会阶层比较高的客人们全都震惊了,不由得同情起两位新客人来。面对此情此景,巴特莱特小姐只能尽可能不动嘴地说:

"真是太感谢您了,不过那绝对不行。"

"为什么?"老人说,两个拳头支在桌面上。

"因为那绝对不行,谢谢您。"

"您瞧,我们不能这样接受——"露西开口道。

她的表姐再一次制止了她。

"但是为什么？"他很坚持，"女士们喜欢看风景，可男人就无所谓。"他攥紧拳头捶了一下桌子，像个顽皮的小孩子一样，然后转头冲他的儿子说："乔治，劝劝她们！"

"很显然，她们应该得到有风景的房间。"儿子说，"没什么可多说的。"

他没有看两位女士，可声音听起来有些不知所措，还有些悲伤。露西也不知所措，可她明白她们陷入了所谓"那样的情况"，她有一种奇怪的感觉，好像一旦开始和这些教养不好的游客对话，争论就会扩大、加深，直到事情解决，那跟房间和风景没关系，而是跟——唔，跟某种完全不同的东西有关，在此之前她从不曾意识到这样东西的存在。此刻，那老人向巴特莱特小姐发起了猛攻：她为什么不能换房间？她反对的理由是什么？他们只要半个小时就可以搬出来。

巴特莱特小姐虽说深谙社交规矩，总能谈吐得体，面对这样的粗鲁却毫无招架之力。要挡住这样粗鲁的人是不可能的。她不悦地涨红了脸，抬眼环顾四周，像是在说："莫非你们都喜欢这样？"两位上了年纪的小个子女士远远坐在长桌另一头，椅背上搭着披肩，她们回应了她的目光，很明显是在表示："我们不喜欢，我们是有教养的。"

"亲爱的，吃晚餐吧。"她对露西说，重新拾起刀叉，随意切起她先前批评过的肉来。

露西嘟囔着说对面那些人似乎很古怪。

"吃东西吧，亲爱的。这家公寓选得很失败。我们明天换一家。"

刚宣布完这个可怕的决定，话音几乎还没落地，她就自己将它给推翻了。屋子尽头的门帘分开，走进来一位牧师，身材敦实，却很有魅力，他匆匆走向桌边属于他的空位，热情地道歉说自己来迟了。露西还没学会何种举止才叫端庄得体，立刻站了起来，惊呼道："噢，噢！嘿，是毕比先生！噢，真是太好了！噢，夏洛特，我们这下子一定要留下来了，不管房间多糟。噢！"

巴特莱特小姐紧跟着开了口，但克制得多："您好吗，毕比先生？我猜您一定不记得我们了——巴特莱特小姐和哈尼彻奇小姐。那个复活节特别冷，您那会儿在圣彼得教堂协助教区牧师，我们正好也在坦布里奇韦尔斯。"

这位牧师身上洋溢着度假的气息，他对两位女士的印象的确不像她们对他那样清晰。但他还是非常高兴地接受了露西的邀请，走过来坐下。

"见到您真是太高兴了。"女孩说。她眼下正觉得心里没着落，要不是表姐不允许，哪怕是跟服务生打个招呼也是高兴的。"世界这么小，真是奇妙。而且都在萨默街，这太有意思了。"

"哈尼彻奇小姐家就在萨默街教区。"巴特莱特小姐补充解释，"她聊天时刚巧告诉我，说您刚刚接受了——"

"是的，上个星期妈妈来信说的。她不知道我在坦布里奇韦尔斯见过您，不过我当时就立刻回信给她了，我说：'毕比先生是——'"

"一点不错。"牧师说，"我六月就要搬进萨默街的牧师宅邸了。能被指派到这样一个迷人的教区是我的幸运。"

"噢，我真是太高兴了！我们家的房子叫'风角'。"

毕比先生躬身示意。

"平时妈妈和我都住在那儿，还有我弟弟，不过我们不太能敦促他经常去教——我是说，教堂有点远。"

"露西，我最亲爱的，让毕比先生吃晚餐吧。"

"谢谢您，我在吃着呢，晚餐味道很好。"

比起巴特莱特小姐来，牧师先生更愿意跟露西说说话，虽说前者可能记得他的布道，可他却记得露西的演奏。他问这女孩对佛罗伦萨有没有一些了解，得到了详尽的回答，说她以前从来没来过这儿。为新人提供建议是叫人愉快的事情，他正是个中高手。

"别错过周围的乡间。"他总结陈词，"第一个晴天的下午就坐车到菲耶索莱山上去，然后在塞提涅亚诺转转，或者安排些类似的行程。"

"不对！"长桌最顶头上传来一个声音，"毕比先生，这您就错了。第一个晴天下午，您的女士们一定要去普拉托。"

"这位女士真聪明。"巴特莱特小姐对表妹耳语，"我们运气不错。"

的确如此。各种各样的信息一下子都向她们涌了过来。人们告诉她们去看什么，什么时候去看，怎么招呼电车停车，怎么摆脱乞丐，一个上等的羊皮纸吸墨器应该花多少钱，这地方会如何让她们越来越喜欢。贝托里尼膳宿公寓已经认定了——几乎是以踊跃的热情认定了，她们是"可以"的。无论朝哪个方向，她们看到的都是和善的女士，微笑着，冲着她们大声说话。七嘴八舌之间，那位聪明女士的声音响起，压过了所有其他人，大声说着：

"普拉托！她们一定要去普拉托。那个地方破败得迷人，无法用言语来形容。我爱那里。你们知道，最叫我着迷的就是能够摆脱'体面'的束缚。"

名叫乔治的年轻人瞥了那位聪明女士一眼，又闷不作声地低头对着他的盘子。很明显，他和他的父亲不属于"可以"的。露西沉浸在自己的成功之中，希望他们也能得到接纳。任何人遭受冷落都不会让她感到愉快，于是，在起身离开时，她回头看向那两位被排斥者，紧张地微微躬身致意。

那位父亲没看见。儿子留意到了，但没有回以鞠躬，而是挑起眉毛，笑了笑——像是越过了什么东西在微笑一样。

她加快脚步跟上去，表姐已经消失在门帘背后了——帘子拍在人脸上，感觉比布料重一些。她们前面站着那位靠不住的房东太太，她正带着小儿子埃内里和女儿维多利亚向客人们一一鞠躬道晚安。这场面有点儿古怪，这位伦敦土著试图以此传达来自南部的优雅与亲切。更古怪的是休息室，它竟试图在舒适性上比肩伦敦布卢姆斯伯里[1]的膳宿公寓。这真的是在意大利吗？

巴特莱特小姐已经选中一把扶手椅坐下来了，那椅子被垫子填得满满的，无论颜色还是形状都活像一枚西红柿。她正在跟毕比先生说话，又窄又长的头前后晃荡着，很慢，很有规律，就像在试图捣开某个看不见的障碍物一般。"我们真是非常感激您，"她正在说，"第一晚太重要了。您到的时候我们不巧正陷入了一

---

1. 布卢姆斯伯里(Bloomsbury)，英国伦敦中西部地区，是伦敦大学、大英博物馆、英国医学会等机构所在地，全盛时期以优雅、时髦、前卫以及富于文学性著称。

个特别 mauvais quart d'heure（糟糕的时刻）。"

他表示很遗憾。

"您会不会，刚好知道晚餐时坐在我们对面那位老人的名字？"

"爱默生。"

"他是您的朋友吗？"

"我们相处得很友好——就像人们在膳宿公寓里那样。"

"那我就不多说了。"

他稍稍追问一下，她就说了。

"我是——可以说是，"她最后总结道，"我这位年轻表妹露西的陪护女伴，要是我随便让她接受来自我们一无所知的人的恩惠，事情就严重了。他的举止多少有点儿叫人感到遗憾。我只希望我的做法能对大家都好。"

"您的反应非常自然。"他说。然后他像是认真想了想，片刻之后，又说："不过，我不认为接受了会有什么坏处。"

"没有坏处，当然了。不过我们不能随便接受恩惠。"

"他是个很特别的人。"毕比先生再次犹豫了一下，才柔声说，"我认为他不会希图你们的回报，也并没有期望你们表达感激。想什么就说什么是他的美德——如果这一点能够称之为美德的话。他的房间不错，但他自己并不在乎，刚巧他认为你们很在乎。他没有多想什么要让你们接受恩惠之类的事情，就像他不会顾虑礼貌方面的问题一样。要理解说真话的人是不容易的——至少我个人觉得很难。"

露西很高兴，说："我一直就希望他是个好人。我总是希望所有人都是好人。"

"我想他是的，是个好人，只是有点儿惹人烦。我和他在所有重要问题上都有分歧，所以说，我想——或者可以说是我希望——你会不一样。不过他的观点都只是让人不大能够认同，倒不至于要反对。他刚来就惹得大家都对他们避而远之，但这并不是他有意造成的。他不太懂得分寸，也不懂社交礼仪，我这么说并不是要指责他没有礼貌，只是他从来不会隐藏自己的想法。只差一点儿，我们就要向那位叫人沮丧的房东太太提出抗议了，不过我很高兴能这么说：我们后来改观了。"

　　"我是不是可以得出一个结论，"巴特莱特小姐说，"他是社会主义者？"

　　毕比先生微微抽动一下嘴角，接受了这个现成又方便的名称。

　　"那么，想必他也把他儿子教成了社会主义者？"

　　"我对乔治没什么了解，他不爱说话。但他看起来是个不错的人，我觉得他应该挺有头脑。当然，他的行事作风跟他父亲完全是一脉相承——嗯，很有可能，他有可能也是个社会主义者。"

　　"噢，您这么一说，我就放心多了。"巴特莱特小姐说，"那么，您是认为我应该接受他们的好意吗？您会不会觉得我之前太小心眼、太多疑了？"

　　"完全没有。"他回答，"我从没那么想过。"

　　"但不管怎么说，我是不是应该为我的鲁莽无礼道歉？我之前表现得有些太明显了。"

　　他像是有些恼了，回答说完全没有必要，接着就站起来进吸烟室去了。

　　"我是不是很讨厌？"他的身影一消失，巴特莱特小姐就说，

"你为什么不说话呢，露西？我敢说他一定更喜欢年轻人。真希望我刚才没有那样一个人霸着他。整个晚上我都在希望你能跟他多聊聊，晚餐的时候也是。"

"他人很好。"露西大声说，"我就记得这些。他像是永远能看到每一个人的好处。没人会把他当成牧师来看待。"

"我亲爱的露西亚——"

"哎呀，你知道我是什么意思。你也知道的，牧师们都是怎么笑的，可毕比先生笑起来就跟个普通人一样。"

"傻姑娘！说真的，你让我想起你母亲了。真想知道她会不会认同毕比先生。"

"我敢说她一定会，弗雷迪也会。"

"我猜'风角'的每个人都会赞同，那里是上流社会。我习惯了坦布里奇韦尔斯，我们那里整个儿都落伍了，无可救药。"

"是啊。"露西沮丧起来。

空气里飘荡着不认同的气息，可那气息针对的究竟是她自己，还是毕比先生，还是"风角"的"上流社会"，还是坦布里奇韦尔斯的狭窄小世界，她无法确定。她试图分辨，可跟往常一样，她完全糊涂了。巴特莱特小姐孜孜不倦地否认了每一项"不认同"，还说"只怕你会觉得我是个非常闷的同伴"。

结果就是，女孩儿又一次告诫自己："我一定是太自私、太不客气了。我一定要再小心些。贫穷，这对夏洛特来说太可怕了。"

万幸，之前曾经非常亲切地对她们微笑的那两位小个子老妇人之中的一位，这时走上前来，询问自己能否坐在毕比先生刚才坐的位子上。得到许可后，她开始轻描淡写地聊起了意大利，说她们是如何突然决定来到这里，来了之后的一切叫人多么满意，说她姐姐的健康状况有了起色，说晚上关紧卧室窗户的必要性，说早上一定要把水瓶里的水彻底倒干净。她愉快地掌控着话题的走向，说不定，这些内容比房间另一头关于归尔甫派和吉伯林派[1]激烈的高谈阔论更值得关注。她说起威尼斯，说有一天晚上在卧室里发现了比跳蚤还糟糕的东西，当然，那可能还不算最糟的情形，但绝对是一场真正的弥天大祸，绝对不是什么小插曲。

"可在这里，你就像在英国一样安全。贝托里尼的房东太太非常有英国风范。"

"可我们的房间里有味儿。"可怜的露西说，"我们一想到要上床睡觉就担心。"

"啊，是了，你们的房间是对着院子的。"她叹了口气，"要是爱默生先生能再稍微有点儿分寸就好了！晚餐时我们都很为你们感到难过。"

"我猜他是想表达善意。"

"毫无疑问。"巴特莱特小姐说，"毕比先生刚才还在批评我太多心了。当然，毕竟我还担负着照顾我表妹的责任。"

"当然。"小个子老妇人说。她们压低声音，说了会儿带着年轻女孩子怎么小心也不为过的话题。

露西尽力表现得端庄娴雅，但总忍不住觉得这样子傻透了。在家时没人在意她是不是端庄，或者说，至少她自己从没留意过

---

1. 主要出现在 12、13 世纪意大利中部和北部地区的两大宗教政治派别之争，归尔甫派支持教皇，吉伯林派支持神圣罗马帝国皇帝，两派分歧在意大利一直延续到 15 世纪。

这个。

"说到老爱默生先生——我算不上认识。不，他不是那种有分寸的人。不过，你有没有见过有那么一种人，他们说话做事一点儿也不文雅，可同时却又能做得非常的——漂亮？"

"漂亮？"巴特莱特小姐说，她为这个用词感到困惑，"漂亮和周全难道不是一个意思吗？"

"啊，有人可能是这么认为的。"另一位说得有些无力，"可我有时候在想，有些东西太难了。"

她没再继续说下去，因为毕比先生又出现了，看起来高兴极了。

"巴特莱特小姐，"他高声说，"房间没问题了。我太高兴了。爱默生先生在吸烟室里提起了这件事，知道我做了什么吗？我鼓励他再一次提出邀请。他让我来问问你们的意思。他对此乐意之至。"

"噢，夏洛特，"露西对她的表姐叫道，"这一次我们必须接受了。那位老先生实在是又好心又和善，好得不能再好了。"

巴特莱特小姐没有说话。

"看来，"毕比先生稍等了片刻，说，"恐怕是我太多事了。很抱歉，打扰了。"

他转身要走，非常不悦。直到这时候，巴特莱特小姐才开口回答："最最亲爱的露西，我个人的意愿跟你的比起来无关紧要。要是不能让你在佛罗伦萨过得开心如意，那就太糟糕了，毕竟完全是因为你的好心我才能来到这里。如果你想要我将那两位绅士请出他们的房间，我会的。那么，毕比先生，能否劳烦您告诉爱默生先生，我接受他仁慈的邀请，再劳烦您为他引荐我，好让我能当面向他道谢？"

她说这番话时提高了声音，整个休息室的人都听到了，归尔甫派和吉伯林派的争论也停了下来。牧师鞠了一躬，心里暗暗咒骂着女人这种生物，带着她的口信离开了。

"记住，露西，这是我一个人的事情。我不希望由你来接受这个。无论如何，请答应我。"

毕比先生回来了，颇有些提心吊胆地说：

"爱默生先生脱不开身，不过他儿子来了。"

那年轻人垂下眼看着三位女士，椅子实在太矮了，让她们感觉自己像是坐在地板上一样。

"我父亲，"他说，"他在洗澡，所以你们没法当面向他道谢。不过，有什么话，等他一出来我就会转告给他。"

巴特莱特小姐无法招架"洗澡"这个词。她所有的那些带刺的端庄礼仪，只要亮出来就会统统变了味儿。年轻的爱默生先生大获全胜，这让毕比先生很高兴，露西也暗暗高兴。

"可怜的年轻人！"他一离开，巴特莱特小姐就说，"为这些房间的事情，他是多么生他父亲的气啊！他唯一能做到的就是保持礼貌了。"

"半个小时左右，你们的房间就可以准备好了。"毕比先生说。说完，若有所思地又多看了这对表姐妹一眼，他便回到自己的房间，去写他的哲理感悟日记了。

"噢，天哪！"小个子老妇人深吸一口气，颤抖了一下，就好像全世界的风都在这一瞬间涌进了这间屋子里，"绅士们有时候意识不到——"她吞下了后半句，不过巴特莱特小姐看起来像是完全明白。聊天继续，这一次的话题围绕着"完全意识不到的绅士们"展开。露西并没有意识到，她沉浸到书本中去了。她拿起一本贝德克尔[1]的意大利北部旅游指南手册，决心要把佛罗伦萨的历史要点都记下来。因为她已经打定主意要好好玩个痛快了。就这样，半小时悄悄过去，巴特莱特小姐终于长叹一声，站起来，说：

"我想现在可以冒险去看一看了。不，露西，你坐着别动。我来负责搬房间的事。"

"你一个人怎么照管得过来所有事情。"露西说。

"当然没问题，亲爱的。这是我的职责。"

"可我想帮你。"

"不用了，亲爱的。"

夏洛特这精力！还有她的无私！她这辈子都是这样，不过，说真的，在这趟意大利之旅中，她又超越了她自己。露西感受到了，或者说，是努力去感受过了。然而，她的内心深处藏着一个叛逆的灵魂，这个灵魂很想知道，在接受善意这件事情上，能不能少些矫揉造作，能不能更美好一些。总之，走进房间时，她完全没有喜悦的感觉。

"我想解释一下，"巴特莱特小姐说，"为什么是我住最大的房间。当然，我本该把它留给你，可我碰巧得知了之前是那位年轻人住在这个房间，而我确信你妈妈不会喜欢这样。"

---

1. 19世纪著名的旅游指南丛书，由德国人卡尔·贝德克尔（Karl Baedeker, 1801—1859）于1927年创建的同名出版社（Verlag Karl Baedeker）出版，也是全球旅游指南出版的开先河者。

露西被弄糊涂了。

"如果你要接受别人赐予的好意，欠他父亲的情总比欠他的好。我是个有些阅历的女人，这些阅历是以我自己的小小方式获得的，我知道事情会往什么方向发展。好在毕比先生担保过他们不会利用这事儿做什么。"

"妈妈不会介意的，我肯定。"露西说，可她又一次感觉到这之中似乎还存在着什么更重要的、未知的东西。

巴特莱特小姐只是叹了一口气，张开双臂给了她一个充满保护意味的拥抱，说祝她晚安。这让露西更是如坠云雾。回到自己的房间，她打开窗户，呼吸着夜晚清爽的空气，想着，是那位和善的老人让她能够看到灯光在阿诺河上跃动，能看到圣米尼亚托教堂的柏树，还有亚平宁的山麓和山麓背后缓缓升起的月亮。

巴特莱特小姐在她的房间里。她拉下百叶窗，锁上房门，又在屋里巡视了一圈，看看壁橱通往哪里，有没有地下密室或其他隐秘的出入口。她看到洗脸架上别着一张纸，上面是一个草草涂抹的巨大的问号。除此以外什么也没有。

"这是什么意思？"她琢磨着，借着烛光细细检查了一番。初看上去没什么意义，但渐渐的，这符号变成了一种威吓，令人厌恶，暗藏着邪恶的不祥。一股冲动攫住了她，让她只想立刻把这张纸毁掉，幸好，她及时记起了自己并没有权利这么做，因为它显然是属于年轻的爱默生先生的。于是，她小心翼翼地把纸条取下来，帮他夹在两张吸墨纸中间，确保不会弄脏。至此，巴特莱特小姐完成了对整个房间的检查，和往常一样，重重地叹了一口气，上床休息。

第二章

在圣十字教堂，没有旅游指南

在佛罗伦萨醒来是件愉快的事。睁开双眼，落入眼帘的是宽敞明亮的房间，红砖地板看上去很干净，其实未必如此；彩绘天花板上，粉色的狮身鹰首兽格里芬和蓝色的小爱神丘比特在林间嬉戏，弹奏着黄色的小提琴和巴松管。同样叫人愉快的，是用力推开窗户，手指捏在陌生的窗销上，身子探出窗外，沐浴在阳光下。远处是山丘、树林和大理石的教堂，脚下是阿诺河轻拍着河滨大道的路堤，"哗啦啦"作响。

河对面的沙岸上，男人们挥舞着铁锹和筛子在干活；河上有一艘船，同样不知疲倦地开往不知名的神秘终点。一辆电车从窗户底下快速驶过。车厢里只有一名游客，再没有第二个人；但二层的敞开式平台上却挤满了意大利人——他们更乐意站着。有小孩子试图挂在车尾上，售票员朝他们脸上啐去，并没有恶意，只是想赶他们下车。然后，士兵出现了，都是模样好看的、小一号的男人，每一个都背着背包，背包上蒙着脏兮兮的皮罩子，身上的制服明显是照着块头更大的士兵体型裁制的。军官走在他们旁边，看上去又蠢又凶。就在他们前方，一群小男孩刚刚翻过栏杆。电车在行军队列里陷住了，艰难地一点一点向前挪，仿佛一条掉进蚂蚁堆的毛毛虫。一个小男孩跌倒了，几头白色小公牛从拱廊下蹿了出来。要不是一个卖挂钩纽扣的老人出了个好主意，只怕这条路一时半会儿间还真是畅通不了。

看着这些琐碎的日常小事，宝贵的时间很容易就溜过去了。游客们为研究乔托[1]那几乎可以触摸得到的伟大或是见识罗马教廷的腐败而来，可回去后唯一还记得的，或许就只有这湛蓝的天空和生活在这片天空下的男人女人们。若非如此，露西也不会磨蹭这么久，一直拖到了巴特莱特小姐敲门走进来，批评她不该不锁房门，还衣衫不整地趴在窗口边，催她赶紧收拾妥当，说要不然这一天里最好的时光就要过去了。等到露西收拾停当，表姐已经为她准备好早餐，自己也已经在一边吃面包一边聆听那位聪明女士说话了。

接下来的谈话内容毫不出奇。巴特莱特小姐到底是有些累了，觉得这个上午她们最好就待在公寓里好好休息一下——还是说露西真的很想出去？露西想出去，因为这是她来到佛罗伦萨的第一天，不过，当然了，她可以自己出去的。但巴特莱特小姐决不允许这样。无论去哪儿，她当然要陪着露西了。哦，绝对不行，露西要留下来陪表姐。哦，不！那是一定不可以的。哦，是的！

就在这个当口，那位聪明女士插话了。

---

1. 乔托（Giotto di Bondone, 1266/67—1337），意大利 14 世纪最重要的画家，同时也是雕塑家和建筑家，直接影响了一个世纪后的文艺复兴。

"如果你担心的是格伦迪夫人[1]，那我可以担保，你完全可以忽略这位好人。作为英国人，哈尼彻奇小姐在这里绝对安全。意大利人都明白的。我的一位好朋友，贝伦切丽伯爵夫人，她有两个女儿，有时候安排不出女用人陪她们去学校，她就会让她们戴上水手帽自己去，这样所有人都以为她们是英国人，要是再把头发扎紧了绑在脑袋后面就更像了。你知道，非常安全。"

对于贝伦切丽伯爵夫人的女儿们的安全问题，巴特莱特小姐持保留态度。她决心要亲自照看露西，她的脑子还没那么糟。聪明女士转而谈起她打算把这一整个上午都花在圣十字教堂，如果露西愿意一起去的话，她会非常高兴。

"哈尼彻奇小姐，我会带你走一条可爱的小路，如果你再能带来一些好运的话，我们就可以拥有一场探险了。"

露西说着那再好不过了，手上立刻翻开了贝德克尔指南，想看看圣十字在哪里。

"啧，啧！露西小姐！希望我们能很快将你从贝德克尔手里解脱出来。这书有用，但太表面了，都是隔靴搔痒。要说真正的意大利——是他做梦也想不到的样子。真正的意大利，只有通过耐心的观察才能看得到。"

这听来非常有趣，露西匆匆吃完早餐，兴致勃勃地跟着她的

---

1. 格伦迪夫人（Mrs. Grundy）相当于"严苛的体统"的代名词，她是一个虚构人物，出自英国剧作家托马斯·莫顿（Thomas Morton，1764—1838）在 1798 年上演的五幕喜剧《加速耕耘》（*Speed the Plough*），其为人因循守旧，目光苛刻至于狭隘，她在剧中从未真正登场亮相，只是另一个角色阿什菲尔德女爵士的邻居，女爵士总是在担心这位夫人对于身边各种人、事的评判。在这里指代"体面或体统问题"。

新朋友一起出发了。意大利，终于到来了。那位伦敦房东太太和她做的事全都烟消云散，就像一场时过境迁的噩梦。

莱维希小姐（这是那位聪明女士的名字）向右转，沿着阳光明媚的阿诺河滨大道走去。天气温暖得叫人高兴！可旁边小巷子里的风横穿出来，像刀子一样，难道不是吗？照但丁的说法，恩宠桥特别有意思。圣米尼亚托教堂，不但有意思，而且漂亮，还有亲吻过凶手的耶稣受难像[1]——哈尼彻奇小姐会一直记得这个故事的。河上有人在钓鱼（事实并非如此。不过，世间消息大多不都是这样的吗）。很快，莱维希小姐冲进白色小公牛跑出来的那个拱门下，停下脚步，高声说：

"气味！真正的佛罗伦萨的气味！让我来告诉你吧：每个城市都有它自己的气味。"

"这个气味很好闻？"露西说，她继承了母亲对脏污的厌恶。

"人们来意大利不是为了追求精致的。"回应如是，"人们来这里是因为生活。Buon giorno! Buon giorno!（早上好！早上好！）"她向左向右鞠躬。"看看那可爱的运酒马车！看那车夫是怎样注视着我们的，亲爱的，那是淳朴的灵魂！"

就这样，莱维希小姐不断在佛罗伦萨城里穿街走巷，矮小的身材一刻不停，嬉笑取闹，就像一只小猫咪，只是少了几分小猫咪的优雅。对于年轻女孩来说，有这么一位聪明又快活的人做伴实在是一大幸事——更别说她还穿了一件意大利军官制服式样

---

1. 出自一则逸闻，传说佛罗伦萨贵族、当时的罗马天主教修道院院长圣乔瓦尼·阿尔伯托（San Giovanni Gualberto, 995？—1073）放弃追求血债血偿，决定原谅杀害他兄弟的凶手时，这个小十字架奇迹般地向前倾倒，表示嘉许。

的蓝色斗篷，愈发增添了几分欢乐的气息。

"Buon giorno!（早上好！）记住老妇人的话，露西小姐，对地位不如你的人礼貌一些，这永远不会让你后悔。那是真正的民主。虽说我其实是个地地道道的激进分子。哈，你被吓到了。"

"我没有，真的！"露西大呼，"我们也是激进派，不折不扣的。我父亲一直投票支持格莱斯顿先生[1]，直到他对爱尔兰的看法变得实在太糟糕。"

"我明白，我明白。所以现在你们已经转投敌营了。"

"哦，拜托——！要是我父亲还活着，我敢肯定他一定会继续投票给激进派的，毕竟现在爱尔兰的问题解决了。就为这个，我们家前门上的玻璃在上次选举时还被砸坏了，弗雷迪断定是托利党徒[2]干的，可妈妈说他是胡说八道，说那就是个流浪汉干的。"

"真是可耻！是工业区，我猜？"

"不——在萨里郡的丘陵区。离杜金镇5英里[3]，能看到维尔德旷野[4]。"

---

1. 即威廉·格莱斯顿（William Ewart Gladstone，1809—1898），英国政治家，自由党领袖，在1868至1894年间前后四次出任英国首相。

2. 托利党（Tory）是活跃于17世纪80年代至19世纪50年代的政党，创立于1678年，最初是为了支持并保全詹姆斯二世的王位继承权，属于保守党派，与之相对的是辉格党（Whig）。两者后来分别发展为保守党和自由党。

3. 英里为英制长度单位，1英里约为1.6千米。

4. 萨里郡位于伦敦西南面，杜金镇（Dorking）是郡内一处商业市镇，距离伦敦21英里。维尔德（Weald）字面义即为"林地"，纵贯英国东南部肯特、萨里和苏克塞斯三郡，曾经的确森林覆盖。

莱维希小姐像是很感兴趣，兴冲冲的脚步也放慢了下来。

"非常可爱的地方，我对那里很熟悉。那里的人全都好得不能再好了。你认识哈里·奥特维爵士吗？再没有比他更地道的激进派了。"

"非常熟悉。"

"那大方仁慈的老巴特沃斯太太呢？"

"嘿，她租了我们家的一块地！多有趣啊！"

莱维希小姐望着头顶窄窄的一道天空，喃喃道："噢，你们在萨里郡有产业？"

"算不上产业。"露西说，很担心会被看成自以为是的势利小人，"只有30英亩[1]——就是花园、一片山坡和一点田地。"

莱维希小姐并不反感，说这和她姑妈在萨福克郡的产业差不多大小。意大利暂时退场。她们努力回想路易莎什么什么女士究竟姓什么，她前些年在萨默街附近买了一套房子，但并不喜欢，说起来她也是有些古怪的。就在想起那个名字的同时，莱维希小姐突然打住话头，大叫起来：

"上帝保佑我们！上帝保佑我们，请救救我们吧！我们迷路了。"

显然，她们花在路上的时间太长了，明明在公寓的楼梯窗口就能清清楚楚地看到圣十字教堂的塔楼。可莱维希小姐一直在说她对佛罗伦萨很熟悉，地图都在她的脑子里，露西也就毫不怀疑地跟着她走了。

---

1. 英亩为英制面积单位，1英亩约为4046.86平方米。

"迷路了！迷路了！我亲爱的露西小姐，我们忙着抨击政治问题，转错了一个路口。那些可恶的保守党会怎样嘲笑我们啊！我们该怎么办？两名女士，孤零零地流落在一个陌生的城市里。好吧，这就是我所说的探险了。"

露西想看圣十字教堂，提议有没有可能去问问路。

"噢，这是懦夫说的话！不，你不能这么做，不，不要看你的贝德克尔。把那书给我，我就不该让你带上它。我们就这么走，走到哪儿算哪儿。"

于是，她们就这么在一条又一条灰色的褐色的街巷里穿行，既没有开阔的空间，也没有别致的风景，这座城市的东侧遍布着这样的街巷。对路易莎小姐的不满很快消磨了露西的兴致，连带着，让她对自己也不满起来。可突然间，意大利出现了，这是令人陶醉的一瞬。她站在了圣母领报广场上，眼前是圣洁而又鲜活灵动的陶板婴儿像，无论多少廉价的复制品也无法令它们失色。它们就在那里，慈悲的外衣包裹不住那光洁的四肢，雪白敦实的手臂向着苍穹伸展开去。露西觉得她从来没见过比这更美的景象。可莱维希小姐还是很沮丧，她尖细的声音喋喋不休，一只手拽着她往前走，宣称她们偏离计划路线至少1英里了。

欧陆式早餐[1]开始发挥作用了，或者说，是它的功效开始减退了。女士们在一家小店里买了些热乎乎的栗子酱卷，因为它们看起来实在很有本地特色。吃起来么，感觉有点儿像是卷起来的纸，味道有点儿像发油，还有点儿说不清的感觉。但它提供了能

---

[1] 简单的早餐，通常只包括咖啡、面包、果酱、黄油等。

量，足够支持她们走到下一个广场了。这一个广场很大，灰土也很大，广场对面立着一栋难看极了的建筑，一堵黑白色调的正墙正对着广场。莱维希小姐张牙舞爪地指着那面墙说，那就是圣十字教堂，探险结束了。

"等一下。让那两个人先过去，不然我就得跟他们打招呼了。我实在很讨厌这种社交寒暄。可恶！他们也要进教堂。噢，出国旅行的英国人。"

"昨天晚餐时我们就坐在他们对面。他们还把房间让给我们了。他们人非常好。"

"瞧瞧他们的样子！"莱维希小姐大笑，"他们走在我的意大利，活像一对奶牛。我这样的确很放肆，不过我真想在丹佛发放考卷，凡是不合格的就统统赶回去，让他们打道回府。"

"你打算考我们什么呢？"

莱维希小姐愉快地把手按在露西胳膊上，好像在说，无论如何，她是一定能拿满分的。她们就这样兴高采烈地走到了大教堂台阶前，正要进去时，莱维希小姐突然停下脚步，轻呼一声，一把抓住她的胳膊，叫道：

"那是我的'本地宝藏盒子'！我一定要去跟他打个招呼！"

下一秒，她就横穿广场跑了出去，制式斗篷在风中扬起，扑扇着。她一点儿也没减速，直冲过去抓住一个白胡子老人，玩笑地抓住了他的胳膊。

露西等了快十分钟了，忍不住开始烦躁起来。乞丐一直在纠缠她，尘土飘进她的眼睛，况且她也记得，年轻女孩不该一个人在公共场所流连。她慢慢朝广场中央走去，希望能跟莱维希小

姐会合。这位小姐实在是有点儿太独特了。可莱维希小姐和她的
"本地宝藏盒子"也在走动，就见她们俩一路夸张地比手画脚
着，转进一条小巷，消失了。露西眼里涌起愤怒的泪水，一半是
因为莱维希小姐就这么抛下了她，一半是因为她还拿走了自己的
贝德克尔旅游指南。这下她要怎么回去？她要怎么找到从圣十字
教堂回去的路？她的第一个上午就这么毁了，她这辈子也许都不
会有机会再来佛罗伦萨。就在几分钟前，她还兴致勃勃，言谈举
止都像个有教养的女士一样，几乎就要相信自己算得上是个特立
独行的人了。可现在，她走进教堂，情绪低落，感觉很丢脸，甚
至连这座教堂究竟是方济各会还是道明会修建的都想不起来了。

　　当然了，这必定是一座非常棒的建筑。但它多像个谷仓啊！
里面多冷啊！当然，教堂里有乔托的壁画，在它们那触目可及的
珍贵价值面前，她还是能感受到什么是好的。但谁来告诉她哪幅
是哪幅？她撑着高傲的模样随意漫步，不愿对那些不知来历或时
代的作品表现出热情。甚至都没人能告诉她，在中殿和耳殿里那
么多块阴森森的墓碑之中，究竟哪一块才算得上漂亮，哪一块才
是罗斯金先生[1]最为推崇的。

　　可很快，意大利那邪恶的魅力开始影响她了，她不再一心记
挂着获取知识，开始快乐起来。她猜出了那些意大利文告示的

---

1. 全名约翰·罗斯金（John Ruskin, 1819—1900），维多利亚时代最具影响力的
英国艺术评论家，本人也从事艺术创作，其五卷本著作《当代画家》（Modern
Painters，1860）在维多利亚时期英国的艺术审美评判中扮演了重要角色。他
曾在《佛罗伦萨的早晨》（Mornings in Florence，1875）一书中提到自己在
抵达佛罗伦萨后的第一个上午就去了圣十字教堂，并详细记述了教堂内的墓碑，
对其大加赞赏。

意思：禁止带狗进入教堂；请求人们出于对健康的考虑和对他们自身所处的这座神圣殿堂的尊重，不要随地吐痰。她观察游客，他们的鼻子跟他们手里的贝德克尔一样红——圣十字教堂里太冷了。她注视着降临在三个罗马天主教徒身上的可怕命运，那是两个幼小的男童和一个幼小的女童，他们首先用圣水将彼此身上都浸湿，然后前往马基雅维利纪念堂，身上滴着水，神圣庄严。他们一步一步走得很慢，穿过那仿佛漫无止境的路途，他们的手指触摸到了那石头，然后是他们的手帕、他们的头，然后退下。这是什么意思呢？他们一次又一次地重复这套程序。后来，露西终于反应过来，他们是把马基雅维利错认成了某位圣徒，希望以此换取美德的奖赏。惩罚来得很快。最小的男童被一块罗斯金先生极力推崇的墓碑绊倒了，脚卡在一个横卧的主教的脸上。作为一名新教徒，露西冲上前去。可她还是晚了一步。男童重重地跌在了那位高级教士翘起的脚趾头上。

"可恶的主教！"老爱默生先生的声音响亮地出现，他也冲上前来了，"活着讨厌，死了也讨厌。出去晒晒太阳，小家伙，让你的手去亲吻阳光，那才是你们该待的地方。这些主教什么的真叫人受不了！"

听到这样的话，看到这些可怕的人，那孩子疯狂地尖叫起来——这些人还把他给拎了起来，拂去他身上的土，揉了揉他身上的瘀青，告诉他不要盲目崇信。

"瞧瞧他！"爱默生先生对露西说，"真是一团糟，这么一个小孩儿，受伤了，又冷，还吓着了！可对于一座教堂，你还能有什么指望呢？"

那孩子的腿软得好像融化的蜡一样。老爱默生先生和露西想扶他站起来，可只要一松手，那双腿就伴着一声哭叫倒下去。幸好，一位意大利女士赶过来帮忙了，她之前大概是正在做祷告。借助某种为人母者独有的神秘能力，她抚直了那小男孩的背脊，为他的膝盖注入了力量。他站住了，依旧激动得语无伦次，一边说着什么，一边走开了。

"您是位聪明的女士。"爱默生先生说，"您比这世上所有圣物遗迹做得更多。我不是你们的信徒，但我很信服那些能够让他们的同行者快乐幸福的人。宇宙并无一定之规——"

他停了停，思索措辞。

"Niente（没什么）。"那位意大利女士说，回去继续她的祷告。

"不知道她能不能听懂英语。"露西提醒道。

懊丧之下，她不再瞧不起爱默生父子。她决心要对他们好一些，不只是客气，而是要做得更漂亮一些。而且，如果有机会的话，她要恰到好处地说说那两个可爱房间的好话，以此弥补巴特莱特小姐的生疏客套。

"那个女人什么都明白。"爱默生先生回答道，"不过你在这儿做什么？你在参观教堂？参观完了吗？"

"没有。"露西的委屈涌起，叫了起来，"我是和莱维希小姐一起来的，她说会为我解说。可刚刚就在门口——真是太糟了！——她就那么跑掉了，我等了好一阵子，只好自己进来看。"

"自己看有什么问题吗？"爱默生先生说。

"是啊，为什么你不能自己进来参观？"儿子接口道，这是他第一次和这位年轻女士说话。

"可莱维希小姐还拿走了我的贝德克尔旅游指南。"

"贝德克尔旅游指南?"爱默生先生说,"真高兴你介意的是这个。这值得介意,旅游指南没了。嗯,这个值得介意。"

露西糊涂了。她又一次意识到了某种新观念的存在,但不确定它会将她带往何处。

"没有旅游指南的话,"儿子说,"那你最好跟我们一起。"这就是新观念要带她去的地方吗?她躲回了她的尊严里。

"非常感谢你们,但我想还是不了。我希望你们不会以为我是特地来找你们的。我真的就是过来帮那个孩子的,也想感谢你们昨晚那么仁慈地将房间让给了我们。我希望那没有给你们带来太多不便。"

"我亲爱的,"那老人温和地说,"我想你这是在模仿老人家们说话。你假装爱生气,但其实你并不是。别这么无趣了,告诉我你想看教堂的哪个部分。我们很乐意带你过去。"

哦,这绝对是无礼之至,照道理,她应该生气了。但有时候,要发脾气和要控制住脾气一样困难,露西生不起气来。爱默生先生是位老人,身为年轻人,当然应该迁就他。可另一方面,他儿子是年轻人,她感觉作为年轻女孩,此时应该要觉得受到了冒犯,或者,至少应该在他面前表现出生气的样子。于是,她抬眼看着他,然后才回话。

"我不爱生气,我希望是这样。如果可以的话,我想看看乔托的作品,还请麻烦告诉我哪些是他的。"

儿子点了点头,带着一抹略显忧郁的满意神色,领头朝佩鲁齐礼拜堂走去。他身上有点儿教师的味道，让她感觉自己像个答对了问题的小学生。

礼拜堂里已经挤满了热切的来访者，一个声音正在讲解，指导他们应当如何膜拜乔托，如何以精神的标准去景仰，而不是以世俗的价值去衡量。

"请记住圣十字教堂的历史，"那个声音说，"记住它是如何在热忱的中世纪精神之下完全凭借信念建造起来的，那时候还没有文艺复兴来玷污这种热诚。请仔细观察，乔托在这些壁画中是如何超脱于——很不幸，修复工作造成了破坏——超脱于解剖学和透视学的束缚之外的。还有什么能比这一点更庄严、更悲悯、更美、更真实的吗？我们能够感受到——对于一个真正懂得感受的人来说——知识和技能上的雕虫小技是多么微不足道！"

"不对！"爱默生先生大叫，就教堂这个场合而言，声音大得有点过分了。"忘掉这些东西吧！凭借信念建造，没错！可那只说明工人没有得到合理的报酬。至于那些壁画，我在其中看不到任何真实。看看那个穿蓝衣服的胖子！他肯定跟我一样重，可竟然能像气球一样朝天上飞。"

他指的是那幅"圣约翰升天"的壁画。不出所料，解说者的声音磕巴了。听众们心神不宁地挪动身体，露西也一样。她知道自己不该跟这两个人待在一起，但他们给她下了咒，迷住了她。他们是那么认真，那么与众不同，叫她忘记了该怎样才算是举止得体。

"现在告诉我，这件事是真实发生过的吗，还是并没有。有，还是没有？"

乔治回答：

"如果发生过，那大概就是这个样子。我宁愿自己升上天堂，也不要被一群小天使推上去。要是能上天堂的话，我希望我的朋友们都会从天堂里探出身子来迎接我，就像他们在人间一样。"

"你永远不可能上去的。"他的父亲说，"你和我，亲爱的孩子，将来会安宁地躺在这带给我们烦扰的尘世土壤里，我们的名字必将消失，而我们做过的事情必能留存。"

"有人只能看到空荡荡的坟墓，却看不到圣徒升天——无论哪个圣徒。如果确有其事，那大概就是这样的景象。"

"抱歉，"一个冰冷的声音响起，"这个礼拜堂太小了，容不下两个派别，我们就不打扰了。"

解说者是一名牧师，他的听众必定也是他的信众，因为他们手里不但拿着旅游指南，还捧着祈祷书。他们沉默地依次走出礼拜堂。那两名住在贝托里尼公寓的小个子老妇人也在其中，她们是特蕾莎·阿兰小姐和凯瑟琳·阿兰小姐。

"等等！"爱默生先生叫道，"这里完全可以容纳我们所有人。等等！"

队伍沉默着，消失了。

很快，解说者的声音就在隔壁礼拜堂里响起，这一次解说的是圣方济各的飞升。

"乔治，我敢肯定那位牧师就是布里克斯顿的教区牧师。"

乔治到隔壁礼拜堂看了一眼，回来说："可能吧，我不记得了。"

"那我最好去跟他打个招呼，提醒他我是谁。是叫伊格尔先生，对吧。他为什么走了呢？是我们说话太大声了？这没道理啊，我得过去道个歉。这样会不会好一点？也许他就会回来了。"

"他不会回来的。"乔治说。

可爱默生先生很懊恼，很不开心，还是急急忙忙地跑去向卡斯伯特·伊格尔牧师道了歉。露西表面上全神贯注于一扇弧形花窗，耳朵却听着隔壁的解说再一次被打断，听着那位老人急切、冒失的声音和他的对手简略突兀、仿佛被冒犯了一般的回答。儿子也在这边听着，看上去，似乎每一个小小的意外在他眼里都是一场悲剧。

"我父亲跟人交往基本上都是这个结果。"他告诉她，"他是想与人为善的。"

"但愿我们人人都能与人为善。"她说完，紧张地笑了笑。

"我们与人为善，是因为觉得这能改善我们的形象。可他对人好，是因为他爱他们。只可惜他们要不就是觉得受到了冒犯，要不就是被吓到。"

"那他们真是太愚蠢了！"露西说，尽管她其实也心有戚戚，"我认为这是一种巧妙的善举——"

"巧妙！"

他轻蔑地一扬头。显然，她答错了。她看着这个怪人在礼拜堂里走来走去。作为一名年轻人，他的面容稍显粗犷，若不是还笼着几分阴郁，便会显得相当强硬。但在阴影的笼罩下就温和多了。后来，在罗马西斯廷礼拜堂的穹顶上，她仿佛又一次看到了他，背负着满满的橡子。他健康、强健，却总给她一种灰暗的感觉，一种悲剧感，或许只有在夜里才能找到解决的办法。这种感觉很快就过去了，沉迷乃至于享受如此微妙的东西不是她的性格。它源于沉默和某种未知的情感，爱默生先生一回来，它便消失了，露西得以回归快言快语的世界，这才是她熟悉的世界。

"没人理你？"他儿子平静地问。

"我们毁掉了不知道多少人的兴致。他们不肯回来。"

"……与生俱来的满腔悲悯……敏于体察他人之所长……心怀对人类的大爱……"对方济各的解说绕过隔墙飘来，断断续续的。

"别让我们坏了你的兴致。"老人对露西说，"你看过这些圣徒了吗？"

"看过了。"露西说，"他们很迷人。您知道罗斯金先生称赞过的是哪块墓碑吗？"

他不知道，但提议说不妨试着猜猜看。乔治不肯去，这着实让她松了一口气。她和老人愉悦地在圣十字教堂里漫步，这地方虽说模样像个谷仓，内墙上却有许多漂亮的丰收品。一路上也有乞丐需要避开，有守在立柱边等待生意的向导需要绕开，他们还遇到了一名带着小狗的老妇人，时不时会看到有牧师谦恭地挤过人群，赶去做他的弥撒。可爱默生先生还是多少有些心不在焉。他望着解说者，总觉得自己多半是损害了对方的成功了，于是不安地朝儿子看去。

"他为什么要看那幅壁画？"他不安地说，"我在那里面什么也没看出来。"

"我喜欢乔托。"她回答，"人们说他的价值几乎像实体一样可以触摸，这些都很美妙。不过我还是更喜欢类似德拉·罗比亚[1]的婴儿那样的东西。"

"正该如此。一个婴儿抵得上一打圣徒。我的孩子抵得上整个天堂，不过在我看来，他却活在地狱里。"

露西再一次感觉这样下去不对劲。

"在地狱里。"他重复道，"他不快乐。"

"噢，天哪！"露西说。

"他活得很好，身体健康，为什么还是不快乐？还有什么是可以给到他的呢？想想看，他是怎么长大的吧——远离了一切会让人以上帝之名彼此憎恨的迷信和愚昧。我这样教育他，以为他会快乐地长大。"

她不是神学家，却觉得眼前站着的是个傻极了的老头儿，而且全无宗教信仰可言。她还觉得妈妈大概不会喜欢她跟这样的人交谈，至于夏洛特，自然会是反对得最激烈的那一个。

"我们该拿他怎么办？"他问，"他来意大利度假，却好像——好像那样，就像那个本该痛快玩耍却在墓碑上摔伤了自己的小孩子。嗯？你说什么？"

露西没什么建议可说。他突然说：

"啊，别想岔了。我不是要求你爱上我的儿子，不过我的确想过也许你能试着理解他。你跟他年纪差不多，要是能放开心

---

1. 德拉·罗比亚家族是 15、16 世纪意大利最重要的艺术家族之一，出自佛罗伦萨，以蓝色锡釉瓷板人像浮雕著称，其中最重要的人物即创始者卢卡·德拉·罗比亚（Luca della Robbia，1400？—1482）。罗比亚家族的作品至今有许多仍原样保留在佛罗伦萨、锡耶纳等意大利多个城市里。

怀，我敢肯定你一定是个敏锐的女孩。也许你能帮到我。他认识的女人太少了，而你刚好也有时间。我猜，你会在这里待上几个礼拜？不过这得看你的意思。恕我冒昧，从昨天晚上看来，你有点容易迷茫。放开你自己，把那些你不明白的想法从深渊里拽出来，摊在阳光下，然后你就能明白它们的意思了。通过理解乔治，也许你能学会理解自己。这对你们两个都有好处。"

面对这样一番不同凡响的演说，露西不知该如何回应。

"我只知道他的问题是什么，却不知道出自哪里。"

"是什么问题？"露西战战兢兢地问，以为会听到一个悲惨的故事。

"老一套的麻烦，事情不对头。"

"什么事情？"

"天下的事情。这是真的，绝对。它们不对头。"

"噢，爱默生先生，你到底在说什么呀？"

他开了口，声音和闲谈没什么区别，因此露西几乎没意识到他念的是一首诗：

> "来自远方，来自傍晚与清晨，
>
> 你，十二道风掠过的天空，
>
> 生活的琐碎要将我缠绕，
>
> 吹过来吧：我就在这里[1]。

---

1. 出自英国诗人A. E. 豪斯曼(Alfred Edward Housman, 1859—1936)的诗集《什罗普郡少年》(*A Shropshire Lad*, 1896)中的第32首，通常以首句为诗题。

乔治和我都知道这首诗，可他为什么会因此感到悲伤？我们知道我们由风中来，将来也要回到风中去，整个人生或许就是一个绳结，一场混乱的纠缠，一个无尽光洁之中的瑕疵。可为什么这就会让我们不快乐？为什么不能只管相互友爱，努力工作，高高兴兴的。我不相信这就该是个悲伤的世界。"

哈尼彻奇小姐对此十分赞同。

"那就想办法让我的孩子也这样想吧。让他能意识到，在无止境的'为什么'之外，还存在一个'是的'——只要你愿意就有，一个简短的'是的'，但它就在那里。"

突然间，她笑了起来。当然，她应该笑。一个年轻人的忧郁，是因为世界不对头，是因为人生是一个绳结或者一阵风，因为一个"是的"或者诸如此类的什么！

"非常抱歉。"她笑着嚷道，"你一定觉得我很冷漠，可是——可是——"她稳了稳。"噢，可您的儿子需要工作。他有什么特别的爱好吗？喏，我自己也会有烦恼，但只要弹弹钢琴，基本上就能把它们抛开了；集邮对我弟弟的帮助更是数不胜数。也许他只是觉得意大利很无聊，也许你们应该试试去阿尔卑斯山或苏格兰湖区看看。"

老人的脸色黯淡下来，他轻轻拍了拍她。这并没让露西受到惊吓，她觉得是自己的建议打动了他，老人在向她表达感谢。事实上，她再也不会被他吓到了，在她眼里，他是个好人，只是很傻。她的情绪又高涨起来，和一个小时之前，她还没有失去贝德克尔时一样。亲爱的乔治这时正大步穿过墓碑群朝他们走来，看起来又可怜，又可笑。他走近了，脸庞依然笼在阴影里。他说：

"巴特莱特小姐。"

"噢,天哪!"露西突然慌了,又一次变换视角,看到了整个生活,"在哪儿?在哪儿?"

"在中殿里。"

"好的。那些喜欢传话的小个子阿兰小姐们一定已经——"她忙着检查自己。

"可怜的女孩!"爱默生先生冲口而出,"可怜的女孩!"

她没办法对这句话听而不闻,因为这正是她自己的感觉。

"可怜的女孩?我不太明白您的意思。我觉得我是个非常幸运的女孩,我能跟您担保。我非常快乐,生活美好极了。请不必浪费时间为我忧心。这世上的悲伤够多了,不是吗,别再无中生有了,再会。非常感谢你们二位的盛情好意。啊,是了!那是我表姐过来了。愉快的上午!圣十字真是个美妙的教堂。"

她和表姐会合了。

第三章

音乐、紫罗兰和字母"S"

露西会爱上钢琴纯属意外。那时她正因为日常生活实在太过混乱而感到困扰，孰料无意间翻开钢琴盖，便从此找到了一个更加稳固而有序的世界。她不再谦卑恭顺，也不自命不凡；不再是叛逆者，也不屈身为奴。音乐的王国与现实世界的王国不同，它能够接纳那些由于教养、智识或文化的缘故而遭到排斥的人。普通人一旦开始演奏，就能直上云霄，毫不费力，让我们抬头仰望，惊讶他究竟是如何做到超脱于我们之上的，一心只想着要如何膜拜他、爱他，他会不会——哪怕只是将他的所见所想转化成人类的语言，将他的经历、体验转化为人类的行动。也许不会——他当然不会，至少，他很少这样做。露西就从没这样做过。

她不是那种能让人目眩神迷的演奏者，她的演奏也绝对用不上流光溢彩、明珠生辉这一类的形容，她的技法分毫也没有超出她这个年龄和生长环境所应有的水准。她更不是那种多愁善感的女孩，会在夏日黄昏敞开的窗边弹出无尽悲伤的曲调。情感是在的，却并非那么容易贴上标签。它在爱与恨与嫉妒间游走，在所有雕花的家具间游走。她唯一的悲哀只在于她的胸怀太远大，因为她钟爱在胜利之侧弹奏乐曲。至于那是关乎什么的胜利，或是超越什么的胜利，就不是凡夫俗子的言语所能告诉我们的了。要知道，虽说贝多芬的一些奏鸣曲原本写的只是悲伤不幸，可只要演奏者乐意，它们就可以是凯旋的欢歌或低沉的绝望。而露西认定了，它们应当是凯旋的欢歌。

　　一个雨淋淋的下午让她能有时间待在贝托里尼做做自己真心喜爱的事情。午餐过后，她便掀开了罩着流苏罩子的小钢琴。有几个人在周围流连，为她的演奏送上赞美，但在发现她并不打算回应后，便各自散去，回到自己房间去写日记或小睡一会儿。她没注意到爱默生先生在找他的儿子，也不知道巴特莱特小姐在找莱维希小姐，更不知道莱维希小姐在找她的香烟盒。就像任何一位真正的演奏家一样，她完全沉浸在音符里，它们是音乐的手指，爱抚着她自己的十指。借助这样的触觉，而非仅仅依靠听觉，她抚慰了心底的渴望。

　　毕比先生不声不响地坐在窗边，思索着哈尼彻奇小姐身上这种不合逻辑的因子，回想起第一次在坦布里奇韦尔斯发现这一点时的情景。那是一场上流阶层用来招待较低层人士的娱乐活动。座位上坐满了恭恭敬敬的听众，教区的绅士淑女们在牧师的主持下或是唱歌，或是朗诵，或是模拟表演开香槟。预先排好的节目单里有一项写的是"哈尼彻奇小姐，钢琴，贝多芬"，毕比先生还琢磨着大概会是《阿德莱德》或《雅典的废墟》中的进行曲。当111号作品的开篇几个小节响起，他的平静被打破了[1]。整

---

1 贝多芬的 111 号作品（Op.111）也是他的第 32 号钢琴奏鸣曲，弹奏难度很高。《阿德莱德》为其 46 号作品，是一首歌曲。《雅典的废墟》为 113 号作品，歌剧，其中最著名的是第 4 曲《土耳其进行曲》。

个前奏部分他都悬着一颗心，因为不到节奏加快，没有人能知道演奏者究竟会有怎样的表现。随着主题旋律轰然响起，他知道，一切都好极了；在昭示着结尾到来的和弦中，他听到了胜利的砰然重击。他很欣慰她只演奏了第一乐章，因为他再也无心专注后面婉转纷繁的那几个9/16拍的小节了。观众鼓掌，依旧那样恭恭敬敬。领头跺脚欢呼的就是毕比先生——这是他个人能做到的极限了。

"她是谁？"事后他去问过教区牧师。

"我一个教区居民的表妹。我不认为她的选择是关乎幸福快乐的。贝多芬在表达吁求方面通常都太简单直接了，选择这样一首——如果可以这么说的话——这样一首扰人平静的曲子，实在是太任性了。"

"帮我引荐一下。"

"她会很高兴的。她和巴特莱特小姐对您的布道推崇之至。"

"我的布道？"毕比先生叫了起来，"她怎么会听过？"

见面之后他就明白了，因为离开了琴凳的哈尼彻奇小姐也只是一位年轻女士，乌发浓密，面容白皙，非常漂亮，但五官仿佛还没完全长开。她喜欢听音乐会，总和她的表姐待在一起，热爱冰咖啡和蛋白糖霜。他毫不怀疑她也会热爱自己的布道。但在离开坦布里奇韦尔斯之前，他对教区牧师发表过一句评论，如今，眼看露西合上琴盖，做梦一般地朝他这边走来，他将同样的评论传达给了她本人：

"如果哈尼彻奇小姐在生活中也像弹琴时一样，那么，无论对我们还是对她自己来说，都会是非常令人激动的。"

露西立刻回到了现实中。

"噢，多有趣啊！有人对我母亲说过一模一样的话，可她说她认为我绝不该活成一部二重奏。"

"哈尼彻奇太太不喜欢音乐吗？"

"她倒并不介意这个。只是不喜欢别人太激动，不管为了什么。她觉得我在这方面挺傻的。她觉得——我也说不清楚。您知道，有一次，我说我喜欢自己的演奏胜过其他任何人的。从此她就对这句话耿耿于怀。当然了，我并不是说我弹得多么好，我只是想说——"

"当然。"他说，不太明白她为什么要着意解释。

"音乐——"露西说，像是想做个总结陈词。可她没能说下去，只是抬眼望着窗外那雨中的意大利。整个南部的生活都是混乱无序的，全欧洲最优雅的民族变成了一团团没有形的衣服。

街道和河流是污浊的黄色，桥是污浊的灰色，山丘是污浊的紫色。在它们之中的某个地方，藏着莱维希小姐和巴特莱特小姐，她们选在了这个下午去参观加洛塔。

"音乐怎么？"毕比先生说。

"可怜的夏洛特要湿透了。"露西回答。

这是典型的巴特莱特小姐式的探险，等到回来时，她会又冷、又累、又饿，像个天使，穿着一塌糊涂的裙子，拿着潮湿软烂的贝德克尔，嗓子里不时冒出一声发痒的轻咳。反倒是如果换成另一个日子，整个世界都吟唱着欢歌，空气犹如醇酒般流淌进嘴里，她却不肯离开休息室了，会说，她是个老人家了，没法跟精力充沛的小女孩比了。

"莱维希小姐误导了你的表姐。我猜她是想在雨天去发现真正的意大利。"

"莱维希小姐实在是非常与众不同。"露西喃喃道。这是一句现成的评价，贝托里尼公寓在下定义方面取得的超凡成就。莱维希小姐实在是非常与众不同。毕比先生对此抱怀疑态度，但这些都会被归结为牧师的狭隘。考虑到这一点，再加上别的一些理由，他终究还是选择保持沉默。

"那是真的吗，"露西接着说，声音里带着肃然的敬意，"听说莱维希小姐在写书？"

"他们是这么说的。"

"是讲什么的？"

"是一部长篇小说。"毕比先生回答，"讲当代意大利的。我建议你去问问凯瑟琳·阿兰小姐，请她跟你说一说，在我认识的人里面，她是最擅长言辞的了。"

"真希望莱维希小姐愿意自己说给我听。我们刚开始处得那么好。不过我还是不觉得那天上午她就那么从圣十字教堂跑掉是对的。夏洛特一个人到处找我，几乎操碎了心，所以我才忍不住对莱维希小姐有一点恼火。"

"不管怎么说，那两位女士已经尽弃前嫌了。"

他对女人间这种突然结下的友谊很感兴趣，特别是巴特莱特小姐和莱维希小姐是这样不同的两个人。她们总是形影不离，反倒显得露西有点儿像个格格不入的第三者了。对于莱维希小姐，他自认为已经很了解了，可巴特莱特小姐说不定能揭示出这种陌生交往之中深层的未知因素，虽说这可能并没有什么意义。

是意大利让她抛开了拘谨的陪护人身份吗？还在坦布里奇韦尔斯时他就对她的角色做出了这一判断。终其一生，他都喜欢研究未婚女士，这是他的专长，而他的职业刚好为他提供了充足的观察机会。像露西这样的女孩一看就充满了吸引力，可出于某些更深层的原因，毕比先生对异性的态度多少有些冷淡——与其沉迷，他更愿意保持好奇。

露西第三次念叨起"可怜的夏洛特要湿透了"。阿诺河涨水了，抹去了前滩上小推车留下的车辙。不过西南面的天空中已经出现了一抹昏暗迷蒙的黄光，除非它预示着天气会变得更糟，不然就多半是好转的迹象。她推开窗户想看看情况，一阵冷风吹进屋里，引来凯瑟琳·阿兰小姐一声埋怨的惊叫——她刚好走进门来。

"噢，亲爱的哈尼彻奇小姐，你会感冒的！毕比先生也在。谁能料到这是在意大利？说真的，我姐姐都在准备热水袋了，这真是不舒服，食物也不好。"

她轻巧地走近他们，坐下来，感觉不大自在——每次走进只有一位男士或一男一女的房间时，她总会这样。

"我听到你美妙的弹奏了，哈尼彻奇小姐，虽说我的房门是关着的。真的，关门非常有必要。这个国家里连一个拥有最起码隐私概念的人都没有。人们总会把事情传来传去。"

露西得体地做出了回应。毕比先生没法儿跟女士们说他在摩德纳的惊险经历，当时他正在洗澡，一个客房女服务员闯了进来，乐乐呵呵地大声说："Fa niente, sono vecchia（别担心，我已经上年纪了）。"他只能用下面的话来安慰自己："我完全赞同您，阿兰小姐。意大利人是最让人不愉快的。他们到处刺探，什么都要看一看，我们自己都还不知道想要什么，他们就已经知道了。我们都任由他们摆布。他们窥看我们的思想，揣测我们的欲望。从出租车司机到——到乔托，他们把我们里外翻个通透，我讨厌这样。然而，他们骨子里是——多么肤浅啊！他们完全没有高尚生活的概念。贝托里尼太太说得太对了，前几天她还嚷嚷着跟我抱怨：'嗯，毕比先生，你是不知道，我有多为孩子们的翘育（教育）问题头疼。他可不愿意让个甚么（什么）都说不清楚的徐蠢（愚蠢）的意大利人来教我的小维多利亚！'"

阿兰小姐没有附和，疑心自己是被人以善意的方式嘲弄了。她姐姐对毕比先生是有点儿失望的，她原本期望这个蓄褐色胡子的光头教士能表现得更优雅一些。也对，谁能期望一个长了副军人模样的人能宽容，富有同情心，同时还拥有幽默感呢？

她满意地琢磨着，一边不停地轻轻挪动身体，直到最后，终于把罪魁祸首给找了出来。她从身下抽出了一个炮弹壳做的铜烟盒，上面有用绿松石颜色的彩粉描出的首字母缩写："E. L."。

"这是莱维希的。"教士说，"莱维希是个热心的好人，只是我希望她能改抽烟卷。"

"噢，毕比先生，"阿兰小姐说，半是敬畏半是高兴，"的确，她抽烟这事儿是不好，不过倒也没你想的那么糟糕。她迷上这个，其实是因为受到了足以叫人绝望的打击，她毕生的心血在一次坍塌事故中损失殆尽了。您看，这样看来，就情有可原得多了吧。"

"怎么回事？"露西问。

毕比先生满足地往后靠去，阿兰小姐说了起来："那是一部小说——不过从我听到的情况猜测，恐怕算不上一部非常出色的小说。有能力的人却滥用能力，这实在是悲哀，但我不得不说，人们常常这样。总之，那是在阿马尔菲，她出门去找一点墨水，把马上就要完成的书稿留在了卡普契尼酒店的耶稣受难像神龛里。她说：'能麻烦给我一点墨水吗？'可你们知道意大利人是什么样的，就在这个时候，神龛哗啦一下塌了，倒在海滩上，最叫人伤心的是，她想不起来自己都写了什么了。这可怜的小东西事后大病一场，这样才开始抽起烟来的。这是个大秘密，不过我很高兴她又开始写新的小说了。她有一天跟特蕾莎和波尔小姐说，她已经把本地特色都发掘出来了，她这一部小说要写的是当代意大利的故事，另外还有一部打算写成历史题材的，不过她说要等想好了才会动笔。一开始她去了佩鲁贾找灵感，然后就来了这里——这事决不能告诉别人。能够见证这样一个过程实在叫人高兴！我不禁要想，每个人身上都有值得钦佩的地方，哪怕你并不认同他们。"

阿兰小姐总是这样宽厚仁慈，尽管这有违她更出色的判断。一种微妙的感染力从她语焉不详的评论里弥漫开来，令它们拥有了出人意料的美，就像枯败的秋日丛林里偶尔也有清新的气息升起，叫人回想起春天。她感觉自己似乎太没原则了，又匆匆为这份宽容道歉。

"无论如何，她还是有点儿太——我不想说那样不像个女人，但在两位爱默生先生到来之后，她的举止就奇怪到了极点。"

阿兰小姐突然提起了另一桩事。毕比先生笑了，他知道，她是绝对没有办法在一位绅士面前把这件事情说完的。

"哈尼彻奇小姐，不知道你有没有注意到波尔小姐，那位头发很黄，很喜欢喝柠檬汁的女士。那位老爱默生先生，他说了些非常奇怪的话——"

她张了张嘴，还是沉默着。毕比先生有着老道的社交经验，适时起身出门去叫些茶水点心。她这才压低了声音匆匆告诉露西：

"胃。他警告波尔小姐要小心胃酸过多，这是他的说法——也许他是出于好意吧。我必须承认，我一时忘形，笑了出来。事情来得太意外了。但就像特蕾莎很认真地指出的，这不是什么好笑的事情。可问题在于，那位莱维希小姐显然是被他提到的那个'S'打头的词[1]吸引住了，说她就喜欢有话直说，与不同层面的思想发生碰撞交流。她认为他们是到处行走的商人，'旅行推销员'，这是她的说法。结果呢，整个晚餐期间，她都在努力想要证明英国，我们伟大的、可敬爱的祖国，完完全全是建立在商业基础之上的。特蕾莎非常生气，不等奶酪上桌就离开了，临走时她说：'呐，莱维希小姐，那里有个人能比我更好地反驳你。'一边指着丁尼生爵士[2]那幅漂亮的画像。结果呢，莱维希小姐说：'啧！维多利亚时代早期的人。'听听！'啧！维多利亚时代早期的人。'我姐姐已经走了，我觉得必须说点儿什么。我说：'莱维希小姐，我也是个维多利亚时代早期的人。那就是说，最起码，我不愿听

---

1. 即以"S"隐晦地指代人体器官"胃"（Stomach）。

2. 即英国维多利亚时期桂冠诗人阿尔弗雷德·丁尼生男爵（Alfred Tennyson，1809—1892）。

到有人诋毁我们亲爱的女王。'这话说得非常重了。我提醒她，女王是如何在不情愿的情况下依然前往爱尔兰的。我得说，她完全慌了神，哑口无言。然而，不幸的是，爱默生先生刚巧听到了这一段，嚷嚷着他低沉的嗓门说：'一点不错，一点不错！我很敬重这个女人的爱尔兰之行。'这个女人！我是个很不会讲故事的人。但你可以看出来，我们陷入了怎样混乱的局面，全都因为一开始有人说出了那个'S'打头的词。可这还没完。晚餐过后，莱维希小姐竟然跑过来对我说：'阿兰小姐，我要去吸烟室跟那两位好心的先生聊聊天。你也来吧。'不用说，我当然要拒绝这个完全不得体的邀请。可她还无礼地跟我说什么那能拓宽我的见识，说她有四个兄弟，除了一个在军队里，其他全都是大学教授，他们就一直很注重跟旅行推销员聊天。"

"后面的故事就让我来说完吧。"毕比先生说，他已经回来了。

"莱维希小姐找了波尔小姐、我，每一个人，最后说：'我自己去。'她去了。可不过五分钟时间，她就静悄悄地回来了，拿着一块绿色粗呢板开始玩纸牌接龙。"

"到底发生了什么？"露西叫了起来。

"没有人知道。谁都不会知道。莱维希小姐自己是怎么也不敢说的，爱默生先生觉得不值得说。"

"毕比先生——老爱默生先生，他究竟是不是个好人？我真的很想知道。"

毕比先生大笑起来，建议她自己来寻找答案。

"不——这太难了。有时候他显得那么傻，我会觉得不必在意他。阿兰小姐，你怎么看呢？他算好人吗？"

那位小个子老女士摇摇头，不赞同地叹了一口气。毕比先生被这段对话逗乐了，故意逗弄她：

"经过了紫罗兰那件事，阿兰小姐，我想你会把他归到好人里吧。"

"紫罗兰？哦，天哪！谁跟你说的紫罗兰的事？这事儿是怎么传出去的？膳宿公寓真是个流言蜚语到处飞的糟糕地方。不，我忘不了他们在圣十字教堂里对伊格尔先生的解说所做的事。噢，可怜的哈尼彻奇小姐！那真是太糟糕了。不，我的想法已经彻底转变了。我不喜欢爱默生父子，他们不算好人。"

毕比先生事不关己地笑了笑。他尝试过将爱默生父子引入贝托里尼的社交圈，尝试失败了。如今他几乎是唯一还对他们保持友好的人。莱维希小姐，表面看来很有见识的样子，已经公开表现出了对他们的敌意；现在是两位阿兰小姐，所谓看重良好教养的人，也跟她站在了同一阵营。巴特莱特小姐，很聪明地躲在"职责"二字的掩护之下，几乎不可能对他们以礼相待。露西则不同。她含含糊糊地跟他提起过圣十字教堂的事情，给他的印象是，那两位先生进行了一次不寻常的尝试，也许是有意识地想要将她争取过来，向她展示站在他们独特视角上所看到的那个世界，以独属于他们的喜悲引起她的兴趣。这是鲁莽无礼的，他并不希望他们这样在一个年轻女孩身上取得成功，达成目标，他宁愿他们失败。毕竟，他对他们一无所知，膳宿公寓里的悲喜哀乐都是肤浅的。再说了，露西还是他的教区居民。

露西一只眼睛瞥着窗外的天气，终于说，她觉得两位爱默生先生都是好人——倒不是说她如今又在他们身上看到了什么新的东西，就连他们的晚餐座位都已经调开了。

"可亲爱的，他们难道不是经常故意等着你出去的时候凑上来？"那位小个子女士好奇地探问。

"只有一次。夏洛特不喜欢，跟他们说了——当然，是非常有礼貌的。"

"她做得很对。他们不懂我们的方式。他们必须找准他们自己的层次。"

毕比先生真觉得他们已经失败了。他们放弃了征服这个社交圈子的企图——如果真有这么一个企图的话。如今，那位父亲几乎和儿子一样沉默了。他不知道自己能不能有机会在这些人离开前为他们安排一个美好的一日行程，比如一场郊游之类的。也许叫上露西，她可以跟他们和睦相处。帮助人们留下美好的回忆，是毕比先生最大的乐趣之一。

闲谈之间，黄昏将近了。天空亮了些，树和山丘的颜色变得纯净，阿诺河不再浑浊，有波光开始闪烁。几道蓝绿色的条纹从云彩间穿过，地面上几处水洼反着光，圣米尼亚托圣殿湿漉漉的正墙在低斜的落日余晖下闪亮。

"现在出去太晚了。"阿兰小姐说，声音里透着如释重负，"美术馆都关门了。"

"我觉得我该出去，"露西说，"我想坐环城有轨电车去城里转转——站在司机旁边的平台上。"

她的两个同伴看起来都很严肃。毕比先生觉得既然巴特莱特小姐不在，自己就有责任照看她，于是斟酌着说：

"真希望我们能去。不巧我有些信要回。如果你真想自己出去的话，就在附近走一走会不会更好一点？"

"亲爱的，那些意大利人啊，你知道的。"阿兰小姐说。

"也许我会遇到某个人，能把我看得通通透透。"

可他们依然是一副不赞同的模样，到了这一步，她只能让步，跟毕比先生保证她只出去走一走，而且只走游客多的路。

"她根本就不该出去。"他们站在窗口看着她，毕比先生说，"她自己也知道。我认为这多半是贝多芬弹得太多了的缘故。"

第四章

第四章

　　毕比先生是对的。在这一场弹奏之前，露西从没这样清楚地意识到自己的渴望。她并不真的欣赏牧师的智慧，也不在意阿兰小姐若有所指的嘀嘀咕咕。社交聊天很乏味，她希望遇到些大事件，她相信有轨电车上迎风的平台能带来这样的机会。她或许根本不会付诸行动。这不是女士该做的事情。为什么呢？为什么最激动人心的大事都是不淑女的？夏洛特给她解释过一次，说那并不意味着女人不如男人，而是这两者从根本上就是不同的。女士们的任务是激励男人去努力获得成就，而不是自己去获取。凭借机智得体的手腕和完美无瑕的声名，女士大可以间接做到许多事情。可若是自己冲进去惹得一身麻烦，那她就会是第一个遭到谴责的人，从此被人瞧不起，最终被忽视。许多诗歌也都说明了这一点。

　　那位中世纪女士身上有许多历久不朽的东西。巨龙消失了，骑士也消失了，可她依然在我们中间徘徊。她在维多利亚早期的某座城堡里即位，是许多维多利亚早期歌谣里的女王。闲暇之余为她提供保护是甜蜜的，在她为我们烹饪过美味的晚餐后向她致敬是甜蜜的。但是，唉！这种生物已经退化了。她心中也会涌起陌生的欲望。她也迷恋狂风、广阔的风光和无边的碧海。她在全世界留下了这个王国的印记，她拥有那么多的财富、美丽和战争——那是光芒四射的壳，环抱着中心的火焰构筑而成，追着不断退去的天堂飞驰。男人宣称是她激起了他们的热情，他们愉快地浮在表面，来来去去，与其他男人进行最愉快的相会，那样快乐，不是因为他们是男子汉，而是因为他们还活着。在节目开场、大幕拉开之前，她想先扔下"不朽的女人"这威严的头衔，暂且放纵自己随心而行。

露西并不认同中世纪女士，那更像一个完美典范，被教导着，庄重严肃时要抬起眼睛。但她也不是任何意义上的反叛者。也许在这里或那里，当某个限制让她格外难受时，她会打破它，但过后多少会感到有些抱歉。这个下午她分外焦躁不安，她真的很想去做一些事情，那些对她怀抱好意的人不赞同的事。既然没什么可能去坐有轨电车，她便去了阿里纳利的商店。

她在那里买了一张波提切利的《维纳斯的诞生》的画片。很遗憾，维纳斯毁了这幅原本如此迷人的画，巴特莱特小姐说服她画了一幅没有维纳斯的临摹品（当然，所谓艺术上的遗憾，指的自然就是裸体问题）。还有乔尔乔涅的《暴风雨》、青铜像《小偶像》、某几幅西斯廷壁画以及那尊《揩汗的运动员》，都存在这样的问题。她感觉自己稍微平静了一些，于是又买了弗拉·安杰利科的《圣母的加冕》、乔托的《圣约翰升天图》、几幅德拉·罗比亚的婴儿像和圭多·雷尼的圣母像[1]。她的审美口味不拘一格，因此对所有知名的名字全都不加质疑地给予认可。

然而，七个里拉花掉了，自由的大门却依旧不曾向她敞开。她意识到了自己的不满足。这样的认知对她来说是全新的。"世界上当然有无数美丽的东西，"她想着，"问题只在于我能不能走到它们中间去。"照这样看来，哈尼彻奇太太的态度倒是不奇怪：她不赞成露西学音乐，声称它们总是害得她的女儿心情不好，变得不切实际，还敏感焦躁。

"什么都没发生。"她默默想着，走上领主广场，无动于衷地望着那些她如今已经非常熟悉的艺术奇迹。阴影笼罩着整个大广场——阳光来得太迟，已经来不及照亮它了。海神尼普顿在暮色中影影绰绰的，半像神灵，半像幽灵，喷泉漫不经心地洒向

---

1. 桑德罗·波提切利（Sandro Botticelli, 1445—1510），文艺复兴早期佛罗伦萨画派著名画家，出生于意大利佛罗伦萨，《维纳斯的诞生》（*La nascita di Venere*, 1485）是他的名作之一。
乔尔乔涅（Giorgione, 1477/78—1510），最具影响力的意大利画家之一，威尼斯画派代表人物，意大利文艺复兴全盛时期的领衔者之一，存世画作不多，其中风景画《暴风雨》（*The Tempest*, 约1505）是情绪与神秘感的集中体现。《小偶像》（*Idolino*）正式名称为《年轻人》（*Youth*），1530年在意大利佩扎罗出土，据考证铸造于公元前30年前后的古罗马奥古斯都时期，"小偶像"这一别称仅见于19世纪。
《揩汗的运动员》（*Apoxyomenos*）是公元前4世纪古希腊雕塑家利西波斯（Lysippus）的作品，雕塑是一名身材健美的男子运动员正拿着"刮身板"刮去身上的汗水和尘土。
弗拉·安杰利科（Fra Angelico, 1395—1455），意大利文艺复兴早期画家，尤以其本身所在的佛罗伦萨圣马可修道院的宗教壁画著称。
圭多·雷尼（Guido Reni, 1575—1642），意大利巴洛克时期画家，但作品接近古典风格。

聚集在它周围的男人和萨堤尔[1]们。凉廊宛如一个巨大的洞穴，有着三个入口，里面藏着许许多多的神灵，幽暗缥缈，却永恒不朽，注视着凡人来来去去。脱离现实的时候到了。在这样的时候，一切不常见的东西都会变得真实起来。若是换成一个年长一些的人，身处此时此地，或许会心满意足，觉得已经足够了。可露西还渴望更多。

她渴望的目光投注在宫殿的高塔之上。它自低处的黑暗中升起，宛如一根表面粗糙不平的金色立柱。它不再像是一座高塔，不再立足于大地，而是宁静天空中遥不可及、令人心悸的珍宝。她被这光辉迷住了。哪怕她垂下了眼帘，目光落回地面，转身开始往回走，依旧有光点在她眼前跃动。

就在这时，大事发生了。

两个意大利人在凉廊边为了一笔债务争吵。"Cinque lire（五个里拉），"他们大叫着，"Cinque lire（五个里拉）！"他们打了起来，其中一个胸口挨了一击，并不重。他蹙起眉头，躬起了身子，正对着露西，还望了她一眼，像是要引起她的注意，有什么重要的话要对她说一样。他张开嘴想说什么，可一股红色的液体自他双唇间涌了出来，流过胡子拉碴的下巴，滴到了地上。

到此为止了。暮色中一下子冒出来一大群人，挡住了唯一不同的那一个，把他抬到喷泉边。乔治·爱默生先生刚巧就在几步开外，隔着那个人刚刚倒下的地方望着她。多古怪啊！隔着什

---

1. 萨堤尔是古希腊神话中半人半兽形象的男性精灵，多出没于林间野地，伴随在牧神潘或酒神狄俄尼索斯身边，性情粗俗好色。

么？她刚看到他，眼前的身影就模糊起来，宫殿也模糊起来，在她头顶上摇摇晃晃，温柔地压下来，慢慢地，无声无息地，天空也随着一同压了下来。

她想着："嗯？我怎么了？"

"嗯，我怎么了？"她喃喃道，睁开了眼睛。

乔治·爱默生依然望着她，但没再隔着什么东西了。她之前还在抱怨生活枯燥乏味，结果呢，哈！一个男人被刺了一刀，另一个男人把她抱在了怀里。

他们坐在乌菲兹美术馆那段拱廊下的台阶上。一定是他把她抱过来的。听到她开口说话，他站起来，抬手拍打膝盖上的灰。她又说了一遍：

"嗯，我怎么了？"

"你晕过去了。"

"我——我非常抱歉。"

"现在感觉怎么样？"

"好极了——非常好。"她点点头，露出微笑。

"那我们回去吧。没必要继续留在这里。"

他伸出手打算拉她起来。她假装没看见。喷泉边传来的哭喊声仿佛在虚空里回荡，自始至终都不曾减弱。整个世界似乎都是苍白的，失去了它原本的意义。

"您真是太好了！不然我可能就摔伤了。不过现在我好了。我可以自己回去，谢谢您。"

他的手依旧伸着。

"哎呀，我的画！"她突然叫起来。

"什么画？"

"我在阿里纳利买了几幅画。一定是刚才掉在外面广场上了。"她小心翼翼地看着他，"你能再发发好心，多帮我一个忙，去把它们找回来吗？"

他继续发好心帮忙。见他转身，露西立刻慌慌张张地爬起来，蹑手蹑脚地打算朝阿诺河的方向溜走。

"哈尼彻奇小姐！"

她一手按在胸口，停下脚步。

"你坐着别动。你一个人回去不合适。"

"不，我可以的，非常感谢你。"

"不，你不行。要是可以的话，你完全可以大大方方地走。"

"可我更愿意——"

"那我就不去找你的画了。"

"我想一个人走。"

他霸道地说："那个人死了——那个人有可能死了。坐下来，休息好了再说。"她彻底不知所措了，服从了他。"别走开，等我回来。"

她看见远处出现了一些披着黑色兜帽衫的生物，就像在梦里一样。随着白天的退场，宫殿的高塔失去了光彩，融入这凡尘俗世间。等爱默生先生从那个阴森森的广场上回来以后，她该跟他说什么？那句话再一次闪过她的脑海："嗯，我怎么了？"这几个字领着她越过了某道灵魂的边界，就像那个垂死的男人一样。

他回来了。她谈起这场凶杀。这有些古怪，但总算是个方便的话题。她说起意大利人的性格，几乎是喋喋不休地说起那桩害得她在五分钟前晕倒的意外事件。她体质不错，很快就克服了对鲜血的恐惧。没有依靠他的帮助，她自己站了起来，虽说身体里仍然像是有无数翅膀在扑扇着一样，可到底还是能稳稳地迈开步子朝阿诺河走去了。一个马车夫向他们招揽生意，他们拒绝了。

"那个凶手还想亲吻他，你说说看——意大利人真是太奇怪了！——还自己去找了警察！毕比先生之前还在说意大利人什么都懂，可我觉得倒不如说他们很孩子气。昨天表姐和我在皮蒂宫时——那是什么？"

他把什么东西扔进了河里。

"你把什么丢进去了？"

"我不想要的东西。"他硬邦邦地说。

"爱默生先生！"

"什么？"

"我的画呢？"

他不说话。

"我敢说你刚才扔掉的就是我的画。"

"我不知道该拿它们怎么办。"他叫了起来，听声音就像个紧张的小男孩。她的心第一次对他生出了温暖的感觉。"上面都是血。哈！真高兴我对你说出来了。刚才我们说话时我一直在想，不知道该拿它们怎么办。"他指着流淌的河水。"它们不见了。"河水在桥下打着旋儿，"我的确很介意，其中有一幅画愚蠢极了，要我说，就让这些东西流到海里去倒还好些——我不知道，我只是想说它们吓到我了。"紧接着，小男孩开始变成男人。"发生了那样惊人的事情，我必须面对它，不能犯糊涂。确切地说，那不只是一个男人死了的问题。"

有什么在警告露西，必须阻止他。

"事情发生了，"他重复着，"我想弄清楚那究竟是什么。"

"爱默生先生——"

他转身面对她，眉头紧锁，好像是她害得他陷入了迷茫一样。

"进去之前，我想请求您一件事。"

快到公寓了。她停下脚步，抬起双臂，搁在河岸的护墙上。他也一样。有时候，同样的姿态是有魔力的，它是那种能够暗示我们结下永恒友谊的东西之一。她挪动一下胳膊，说：

"我刚才的行为太可笑了。"

他还沉浸在自己的思绪里。

"我这辈子从来没有这样为自己感到羞愧过。我不知道我究竟是怎么了。"

"我自己也差一点晕过去。"他说。可她感觉自己的态度似乎让他反感了。

"呃，我欠您很多个道歉。"

"哦，没关系。"

"还有——关键是——您知道那些愚蠢的人是怎么说长道短的——特别是女士们，只怕是——您明白我的意思吗？"

"恐怕不太明白。"

"我的意思是，您能不能别跟其他人说，说我愚蠢的举动？"

"你的举动？噢，好的，没问题——没问题。"

"太谢谢您了。那您——"

她没法把她的要求说出口。河水在他们脚下哗哗流淌，伴随着渐渐深沉的夜色，河流几乎变成了黑色。他把她的画扔了进去，然后把理由告诉了她。她突然想到，如果想在这样一个男人身上找到殷勤体贴的骑士精神，看来是无望了。他不会传播闲言碎语伤害她；他值得信赖，他很聪明，甚至十分宽容和善；更有甚者，他对她的印象可能还很不错。可他没有骑士精神，他的思想和行为都不会因为敬畏而有所改变。向他抛出"那您——"，然后期望他自动接下去补完后半句，指望他能像画中的骑士一样，从她赤裸的身体上转开眼睛，这是没有结果的。她被他抱过，他记得，就像记得那些她从阿里纳利商店里买的小画上沾染的鲜血一样。那不只是一个男人死了的问题。对于活着的人来说，有什么发生了：他们走到了这样一个境地，在那里，性格品质决定一切，在那里，孩子就要踏上青春的分岔路。

　　"唔，真是太感谢您了。"她重复道，"这些事情发生得这么快，可一转眼，人们又回归了平常的生活！"

　　"我没有。"

　　她心神不宁，忍不住追问。

　　他的回答叫人迷惑："我大概是想要活下去的。"

　　"什么，爱默生先生？你在说什么？"

　　"我说，我应该是想要活下去的吧。"

　　她双肘撑在护墙上，凝望着阿诺河，河水咆哮着，将意想不到的旋律送到了她的耳边。

第五章

一次愉快郊游的多种可能性

这个家里有这么一句话："你永远不知道巴特莱特小姐会怎么样。"对于露西的惊险遭遇，她表现出了令人愉悦的完美姿态，通情达理，认为只需要简单说说便足够了，对乔治·爱默生先生也表达了恰如其分的感谢。要知道，她和莱维希小姐也有一场惊险遭遇。她们回来时被税务官拦下了，那个年轻官员看起来十分无礼，而且根本就是无事生非，他竟然想搜查她们的购物袋，其实多半只是为了翻些吃的。要真是这样，那可是再没有比这更叫人不愉快的事情了。幸好莱维希小姐懂得跟各种人打交道。

也许好，也许不好，总之，露西只能独自面对自己的问题。无论在广场上，还是后来在堤岸护墙边，都没有朋友看到她。毕比先生倒是在晚餐时留意到了她眼里的惊惶，却也只是又悄悄嘀咕了一遍他的评论："贝多芬弹得太多了。"他只以为她想要去冒险，却不知道她已经遭遇过惊险。孤独感压迫着她——她早已习惯了依靠他人来肯定或反驳自己的想法，无论是哪一种都好，无法确定自己想的是对还是错，这太可怕了。

第二天早餐时，她用行动做出了决断。摆在她面前的有两个选择。毕比先生要和爱默生父子以及几位美国女士一起去登加洛塔，不知巴特莱特小姐和哈尼彻奇小姐是否愿意一起去。夏洛特自己拒绝了，她头一天下午已经冒着雨去过了。但她觉得对露西来说这是个非常不错的主意。露西讨厌购物、换钱、取信等等诸如此类的杂务，而巴特莱特小姐必须在今天上午把这些事情统统处理好，她自己完全可以轻松完成。

"不，夏洛特！"那女孩叫道，满心真诚，"毕比先生非常好心，可我当然要和你一起了。我很想和你一起。"

"好极了，亲爱的。"巴特莱特小姐说，脸上泛起高兴的红晕，引得露西羞愧得也红了脸。她对夏洛特真是太不好了，以前是，现在也是！不过从现在开始，她会改的。这一整个上午，她都要真心真意地好好对她。

她伸手挽住表姐的胳膊，两人并肩沿着阿诺河滨大道走去。无论水流、声音还是颜色，这天早上的阿诺河就像一头狮子。巴特莱特小姐停下脚步，倚在护墙上望着河水。再一次发表了她常常挂在嘴边的感叹："多希望弗雷迪和你母亲也能看到啊！"

露西很焦躁。可恶，夏洛特停下的地方偏偏就是她昨天停留的地方。

"看，露西亚！噢，你在找他们那群去加洛塔的人吗。恐怕你是在后悔之前的选择了吧。"

露西做出选择时是认真的，现在也是，她并不后悔。昨天一团糟、混乱、古怪。这种事情是没办法三言两语就写出来放在纸面上的。她有种感觉，和夏洛特一起去逛街购物总比跟着乔治·爱默生一起登上加洛塔顶要好。既然她解不开那团乱麻，那就必须小心，不要再陷进去。她完全可以对巴特莱特小姐的暗示提出认真的抗议。

可就算避开了男主角，很不幸，场景还在。仿佛是命运的自鸣得意，夏洛特领着她离开河边径直朝领主广场走去。她从来不知道，区区几块石头、一道凉廊、一座喷泉、一尊宫殿高塔，都能蕴含着这样与众不同的意义。在那一刻，她懂得了幽灵究竟是什么。

昨天的凶杀现场被占据了，占据它的不是鬼魂，而是莱维希小姐，她手里还攥着一份晨报。她轻快地跟她们打招呼。头一晚那可怕的惨剧给了她灵感，她打算用它来写一部小说。

"噢，请允许我恭喜您！"巴特莱特小姐说，"经过了昨天那样的失望！这是多幸运的事情啊！"

"啊哈！哈尼彻奇小姐，能在这里遇到您真是太幸运了。我说，您一定要把昨天看到的事情详详细细地跟我说一遍，从头说起。"露西拎着阳伞一下一下地戳地面。

"不过也许您宁愿不提？"

"很抱歉——如果可以的话，我想我还是不要说了。"

两位年长的女士交换了一个眼神，没有反对——作为一个女孩，对这样的事情感觉沉重是很恰如其分的。

"应该是我抱歉。"莱维希小姐说，"文人都是无耻的生物。我想没有什么人心深处的秘密是我们不想去刺探的。"

她兴致勃勃地大步走向喷泉，又走回来，记录下一些具体的数据。然后说她早上八点就到广场来搜集素材了，很多都不合用，不过当然了，小说总是需要再创造的。两个男人为了一张五法郎的钞票[1] 发生争执……嗯，比起五法郎的钞票来，她觉得一名年轻女士更好，后者能够提升整个悲剧的格调，同时扩展出绝佳的剧情。

"女主角的名字是什么？"巴特莱特小姐问。

"里奥诺拉。"莱维希小姐说，她自己的名字是埃莉诺[2]。

"我真心希望她是个好人。"

这个期望不容忽视。

"情节是什么样的？"

爱，谋杀，劫持，复仇，编织成情节。但一切都发生在清晨的日光下，喷泉刚刚开始向萨堤尔们喷溅出水花时。

"但愿你们能原谅我这么无聊地絮絮叨叨。"莱维希小姐最后说，"遇到真正合拍的人就是会让人忍不住一直说。当然了，这只是最基本的大纲。里面还会加入许多本地色彩，对于佛罗伦萨和这些街区的描绘之类的，还要加上几个风趣幽默的人物。我可以给你们一个直接的提示：我可不打算对英国游客留情。"

"噢，你这顽皮的女人。"巴特莱特小姐叫道，"我敢肯定你说的是爱默生父子俩。"

莱维希小姐露出一个狡黠的微笑。

"我承认，在意大利，我的同情心并不站在我的同胞一边。吸引我的是那些不起眼的意大利人，我要着力描画的是他们的生活。因为我一直说，也一直是这么坚持的——对此我坚信不

---

1. 当时法郎在许多国家都通行，基本与意大利里拉等值。

2. 里奥诺拉（Leonora）和埃莉诺（Eleanor）为相同名字的不同变体。

疑——像昨天的这样一场悲剧，绝不因为发生在卑微的生活中而减少了任何一分悲剧性。"

莱维希小姐发表完总结陈词，得到了一阵恰如其分的沉默。随后，表姐妹俩祝愿她创作成功，慢慢穿过广场离开。

"她是我心目中那种真正聪明的女人。"巴特莱特小姐说，"她最后那句话特别打动我。那一定会是一部最最伤感的小说。"

露西表示赞同。眼下，她最大的期望就是不要被写进书里去。这天上午她的感觉敏锐得出奇，她确信莱维希小姐有心要把她写成一个天真无邪的少女。

"她很开放，当然，完全限于这个词语最好的那层含义。"巴特莱特小姐慢吞吞地接着往下说，"只有肤浅的人才会觉得她惊世骇俗。我们昨天聊了很多。她相信正义、公理和人类的利益。她还跟我说过，她对女人的命运有很高的评价——伊格尔先生！噢，真好！多叫人高兴的惊喜啊！"

"啊，对我来说可不是。"这位牧师温和地说，"因为我看着您和哈尼彻奇小姐已经有一小会儿了。"

"我们跟莱维希小姐聊了会儿。"

他的眉头皱了起来。

"我看见了。你们在聊天？Andate via! Sono occupato!（走开！我没空！）"后一句话是对一个带着一脸殷勤笑容凑上来的小贩说的，他是卖风景画片的。"我想冒昧提出一个邀请。不知您和哈尼彻奇小姐是否愿意在本周内找一天和我一起乘车到山里走走？我们可以从菲耶索莱山上去，走塞提涅亚诺山回来。那条路上有个地方不错，我们可以停车到山坡上散散步，走上一个小时。从那里看佛罗伦萨是最美的——比菲耶索莱好得多，说真的，菲耶索莱的风景实在一般。阿莱西奥·巴多维内蒂[1]就非常喜欢把那片山坡上的风景放在他的画作里。这位先生对于风景有着毋庸置疑的鉴赏力。毋庸置疑。但如今还有谁懂得欣赏呢？唉，这个世界上像我们这样的俗人太多了。"

巴特莱特小姐没听说过阿莱西奥·巴多维内蒂，但她知道，伊格尔先生不是普通的牧师。他是那些已经把佛罗伦萨变成家的外来定居者之一。他熟识那些从来不用对照着贝德克尔旅游指南走路的人，他们早就学会了要在午餐后小睡片刻，他们会坐着马车去那些住在膳宿公寓里的人们听也没听说过的地方，参观那些不对旅游者开放的私家画廊。他们过着精致的隐居生活，有的住在设施齐备的公寓里，有的住在菲耶索莱山坡上那些文艺复兴时期的小别墅里，他们读书、写作、学习、交流思想，以此获取对于佛罗伦萨方方面面的深入了解，又或者是对于这座城市的洞察，这一切，都是那些口袋里装满库克优惠券[2]的人没有机会触及的。

因此，能够得到来自这位牧师的邀请，在某种意义上来说是相当值得骄傲的。他横跨两大群体，是两者间唯一的桥梁。他会在他迷途的羊群中挑选值得的羔羊，给予他们走进常驻民牧草场的几小时时光，这是他公开的习惯。他们会在一栋文艺复兴别墅

---

1. 阿莱西奥·巴多维内蒂（Alessio Baldovinetti，1425—1499），意大利文艺复兴早期画家，其作品展示了 15 世纪后半叶佛罗伦萨绘画中对于形式的精心构建和对光影的精细描绘，同时在当时新兴的风景画领域卓有建树。

2. 汤姆斯·库克（Thomas Cook，1808—1892），堪称英国旅游业先锋人物之一，开创了一系列境内外团队游项目，并与酒店、餐厅等各商家协议，建立了一套针对旅行者的联票及优惠券系统。

里喝下午茶吗？暂时还没提到这个。但如果真有这么一刻——露西该有多享受啊！

若是在几天前，露西也会是同样的想法。可生活的喜悦已然自行重组了。跟伊格尔先生和巴特莱特小姐一起坐着马车进山——哪怕最后以一场家庭茶话会告终——已经不再是人生最大的喜悦了。她附和着夏洛特的狂喜，多少有些心不在焉。直到听到毕比先生也会一起去，她的感谢才真挚了些。

"那么，我们这就是一场四人聚会了。"牧师说，"经过了这些天的劳累和混乱，人们最需要的就是乡村和它的纯净了。Andate via! andate presto, presto!（走开！快走，快！）啊，城市！很美，但依然是个城市！"

她们表示赞同。

"我听说，这个广场昨天见证了一场最肮脏的悲剧。对于一个热爱但丁和萨伏纳洛拉[1]的佛罗伦萨的人来说，这样的渎神行为中蕴含着不祥——不祥和羞耻。"

"羞耻，是的。"巴特莱特小姐说，"事发时哈尼彻奇小姐碰巧就在现场。她几乎连提一提这件事都受不了。"她骄傲地看了一眼露西。

"你怎么会到这里来的呢？"牧师慈父般地问。

巴特莱特小姐近来的开明思想在这时候发挥了功用。"请别责怪她，伊格尔先生。错在我，我没有陪着她。"

---

1. 萨伏纳洛拉（Girolamo Savonarola, 1452—1498），文艺复兴时期活跃于意大利佛罗伦萨的多明我会修士、宗教改革者。

"所以说，哈尼彻奇小姐，你是一个人来的？"他的声音里透出带着同情的不赞同，同时又暗示着，一点点令人痛心的细枝末节并非不可接受的。他低下头，暗沉英俊的脸庞悲哀地正对露西，等待她的回答。

"事实上，是的。"

"我们公寓的一位熟人好心把她送了回去。"巴特莱特小姐说，巧妙地略过了保护人的性别。

"对她来说，这必定是一次可怕的经历吧。我相信你们两位谁也没有想到——事情不是刚好发生在你眼前吧？"

在今天的若干新发现中，最令露西震撼的莫过于此了：对于流血事件，这些平日里受人尊敬的人竟都采取了那样一种仿佛食尸鬼一般的方式来细细加以咀摸、品味。可乔治·爱默生那时候却只是让事情完全保持了它本身的纯粹。

"我想，他是死在喷泉边的。"她回答。

"那你和你的朋友——"

"在那边的凉廊下面。"

"那就好多了。你当然不会看到那些下流小报上的描述——这个人真是个社会公害，他明知道我就定居在这里，还一直烦我，要我买他那些庸俗的风景画。"

这小贩无疑是与露西结成同盟了，那是属于意大利和青春的永恒同盟。他突然把他的画册塞到了巴特莱特小姐和伊格尔先生中间，一连串的教堂、图画和风景连缀成了长长的光洁缎带，将他们的手绑在了一起。

"这太过分了！"牧师大吼起来，暴躁地挥手打在了一幅弗拉·安杰利科[1]的天使像上。图片破了。小贩尖叫起来。看来，这本画册比他们以为的更有价值。

"我愿意买下来——"巴特莱特小姐开口。

"别理他。"伊格尔先生厉声说，他们一起快步朝广场外走去。

但意大利人是不容被忽视的。至少，在遭遇委屈不平时是不可以的。那小贩锲而不舍地追着伊格尔先生，简直不可思议；他的威胁和哀叹萦绕在他们周围，挥之不去。他向露西求助。她怎么忍心坐视不理呢？他很穷，他要养活一家人，就连一片面包都要缴税。他等待着，他急促地喋喋不休，他得到了赔偿，他并不满意，他不肯放过他们，直到把他们脑海中一切无论愉快抑或不愉快的思绪统统扫荡一空。

购物是接下来的主题。在牧师的指导下，她们挑选了一大堆难看的礼物和纪念品：花哨的小相框，模样像是镀了金的糕点；其他小相框，更严肃些，架在小画架上，用橡木雕的；一叠上等皮纸做的吸墨纸；一部同样材质的但丁；廉价的马赛克胸针，等到圣诞节时可以送给女用人，她们根本分辨不出真假好坏；别针、水罐、纹章盘子、泛黄的艺术画片，厄洛斯和普赛克[2]的雪花石膏像；配套的圣彼得像……所有东西都比伦敦贵。

这个上午很成功，留给露西的却只有不快。她有点儿被吓到了，不光因为莱维希小姐，还有伊格尔先生，她不知道为什么。

---

1. 弗拉·安杰利科（Fra Angelico，约 1400—1455），意大利画家，也是 15 世纪最重要的画家之一，属于文艺复兴早期风格，同时体现出虔诚的宗教信仰和强烈的古典主义风格影响。

2. 厄洛斯是罗马神话中的爱神，普赛克是他的妻子，掌灵魂。

奇怪的是，伴随着他们带来的惊吓，她对他们的敬意也消退了。她开始怀疑莱维希小姐究竟算不算得上一名伟大的艺术家。她怀疑伊格尔先生究竟是不是如她曾经在种种引导下所以为的那样品性高洁、博学多智。他们都经历了某些新的考验，暴露出了各自的不足。至于夏洛特——至于夏洛特，她也一样。要对她好，是可以做到的；要爱她，不可能。

"工人的儿子——我碰巧知道这个事实。他自己年轻时算是个商人，后来开始给社会主义的报刊写稿。我在布里克斯顿见过他。"

他们在说爱默生父子。

"如今人们的地位上升得多快啊！"巴特莱特小姐叹道，手指拂过一尊比萨斜塔的模型。

"通常来说，"伊格尔回答，"人们对于他们的成功也只有同情而已。他有着接受教育和希望社会进步的欲望——这之中倒也存在着那么些不完全肮脏的东西。在佛罗伦萨，也有些工人非常想看看外面的世界，但都很少有人能做到。"

"他现在还是记者吗？"巴特莱特小姐问。

"不是。他缔结了一场很有好处的婚姻。"

说出这句话时，他的声音里充满了意味深长的暗示，最后还叹了一口气。

"噢，这么说，他有妻子。"

"死了，巴特莱特小姐，死了。我真奇怪——是的，我真奇怪他怎么竟还能那样厚颜无耻，竟然还胆敢走到我面前，说他认识我。我在伦敦时他是我的教区居民，很久以前的事了。那天在圣十字教堂，哈尼彻奇小姐也在，我故意冷落他，就是要让他知道，除了冷落，他什么也不配得到。"

"什么？"露西失声叫道，涨红了脸。

"暴露了！"伊格尔先生嘘声道。

他想转变话题，但在丢出了这样戏剧化的论断后，他的听众已经被吸引了，这超出了他的预期。巴特莱特小姐天生充满了好奇心。至于露西，尽管她恨不得再也不要见到爱默生父子，却也不愿对他们有一言半语的非议。

"您是说，"她问，"他是个无神论者这件事吗？这个我们已经知道了。"

"露西，亲爱的——"巴特莱特小姐说，对表妹的单刀直入表达了婉转的责备。

"如果你们全都知道了的话，我会很震惊的。那个男孩，虽说那时候还是个无辜的孩子，但我也是不会接纳他的。上帝知道，他受到的教育和他继承的那些品质会把他变成什么样子。"

"也许，"巴特莱特小姐说，"有些东西我们还是不听为好。"

"坦率地说，"伊格尔先生说，"是的。我也不会再多说了。"头一次，露西叛逆的想法化作语言冲口而出——在她而言，这还是生平头一遭。

"那您说得还真是够少的了。"

"我本来是不想多说的。"他冷峻地回答。

他愤怒地盯着那女孩，女孩回敬他的目光同样愤怒。她从柜台前转过身，面对着他，胸膛急剧地起伏。他观察着她的眉头，还有那骤然绷紧的双唇。她竟然不相信他，这是不可容忍的。

"谋杀。如果你想知道的话。"他恼怒地大声说，"那个人杀死了他的妻子！"

"怎么做的？"她紧追不放。

"从意图和动机来看，就是他杀了她。那天在圣十字教堂——他们说了我什么坏话？"

"一个字也没有，伊格尔先生——一个字也没有。"

"喔，我以为他们在你面前诋毁我了。不过我猜你之所以维护他们，完全是因为他们的个人魅力。"

"我没有维护他们。"露西说，她的勇气消失了，她又退回到了惯常的混乱中，"他们跟我毫无关系。"

"您怎么能认为她是在维护他们？"巴特莱特小姐说，因为眼前不愉快的一幕而感到格外窘迫。商店里的人很可能都听着呢。

"就算想那么做，她也会发现那很不容易。因为那个人就在上帝的注视下杀死了他的妻子。"

上帝的加入是致命的。但牧师又很想为这句轻率的断言稍加转圜。随之而来的沉默或许会令人印象深刻，但那印象也只是尴尬而已。巴特莱特小姐匆匆买下那座斜塔，领头朝街上走去。

"我得走了。"牧师闭了闭眼睛，掏出表说。

巴特莱特小姐谢过他的慷慨，说很期待即将到来的郊游。

"郊游？噢，我们的郊游说定了，对吧？"

露西找回了常态，稍加发挥，伊格尔先生便恢复了他的志得意满。

"什么郊游，真烦人！"他前脚刚离开，女孩就叫了起来，"那就是我们和毕比先生计划的郊游，本来就一点儿麻烦都没有。他怎么能用那么荒唐的态度来邀请我们？我们也可以邀请他。我们本来就是自己承担自己的费用。"

巴特莱特小姐原本都禁不住要为爱默生父子哀悼了，听到这话，突然冒出了一个意想不到的念头。

"如果是这样的话，亲爱的——如果这一场和毕比先生、伊格尔先生一起去的郊游就是我们和毕比先生计划的那一场的话，那我已经可以预见到，到时候会是多么糟糕的情形了。"

"怎么呢？"

"因为毕比先生还邀请了莱维希一起去。"

"那就是得多要一辆马车了。"

"比那还糟。伊格尔先生不喜欢埃莉诺。她自己也知道。说真的，在伊格尔先生看来，她太离经叛道了。"

这时她们已经在英国银行的报刊阅览室里了。露西站在屋子正中的桌边，完全没有留意桌上放着的《笨拙》和《画报》[1]，只是努力试图解决，或者说，至少是试图理清楚脑子里翻腾不休的那些问题。熟悉的世界破碎了，佛罗伦萨随之浮现，这是一座魔法般的城市，人们在这里想的、做的都是最不寻常的事。谋杀，谋杀指控，依附于一个男人的女士却对另一个男人粗暴无礼……这一切都是这座城市的大街小巷里司空见惯的日常吗？它那直白的美，除了满足双眼的渴慕，是否还意味着更多？或许存在着某种力量，能够唤醒激情——无论好的还是坏的——并且引导它们迅速化为行动？

---

1. 两者都是英国报刊。《笨拙》（*Punch*）为漫画周刊，创刊于 1841 年；《画报》（*the Graphic*）是图文周报，创刊于 1896 年。

快乐的夏洛特。她虽然常常为无关紧要的琐事烦恼，可对于真正要紧的事情，却似乎总能够茫然不觉。她能以叫人赞叹的敏锐揣摩出"事情将走向何方"，可在这过程中，却看不见她正慢慢接近的终点。此刻，她正躲在墙角，努力从一个亚麻口袋里往外掏旅行支票，口袋是贴身挂在她的脖子上的，藏得很严实。她听人说过，要想在意大利保管好随身财物，这是唯一安全的办法——取放都一定要在英国的银行里面。一边摸索，她一边低声嘀咕："不管是毕比先生忘了告诉伊格尔先生，还是伊格尔先生跟我们说的时候忘记了，还是说他们俩都决定把埃莉诺排除在外——这个不太可能——总之，我们必须做好准备。他们真正想邀请的是你，我只是需要在场罢了。你应该和两位绅士一起，我和埃莉诺跟在后面。我们有一辆单驾马车就够了。这件事真是太麻烦了！"

"的确麻烦。"这女孩回答，口吻严肃，听来似乎深有同感。

"你怎么看？"巴特莱特小姐一边问，一边忙着把衣服重新整理好，刚才的努力已经让她的脸上泛起了红晕。

"我不知道该怎么看，也不知道我想要什么。"

"噢，露西，亲爱的！我真心希望佛罗伦萨没有让你觉得无聊。只要你开口，你知道的，我明天就能带你去到海角天涯。"

"谢谢你，夏洛特。"露西说，琢磨起这个提议来。

邮局里有几封给她的信。一封是她弟弟写来的，通篇都在说体育和生物；一封是妈妈的，再没有谁的信能比这更叫人高兴的了。她从信件里得知，原本以为是黄色而买回来的番红花慢慢开始变成紫褐色了；新来的客厅女用人用柠檬水浇蕨类植物；半独立式的小屋正在毁掉萨默街，哈里·奥特维爵士的心都快碎了。她想起在家时自由自在的愉快生活，在家里，她想做什么都可以；在家里，从来没有讨厌的事情发生在她身上……穿过松树林上山的那条小路，干净清爽的客厅，远处苏克塞斯维尔德的旷野风光……一切都出现在她的眼前，明亮、清晰，却像挂在画廊里的画一样叫人感伤，仿佛早已历尽了沧桑，等待着游子归来。

"有什么新闻吗？"巴特莱特问。

"维斯太太和她的儿子去罗马了。"露西说，这是她最不感兴趣的消息，"你认识维斯一家吗？"

"噢，回去不是那条路。可爱的领主广场再走几次也不嫌多。"

"他们都是好人，维斯一家都是。非常聪明，在我看来，是那种真正的聪明。你不想去罗马吗？"

"想得要死！"

领主广场上都是石头，不免少了些光彩。没有绿草，没有鲜花，没有壁画，没有闪亮的大理石墙或抚慰人心的红砖地面。偶尔——除非我们相信每个地方都有掌管它的神灵——那些雕像会传递出它们强烈的暗示，不是孩童的无邪，也不是青春那光辉灿烂的困惑，而是成年人有意为之的成就。珀尔修斯和犹滴，赫拉克勒斯和图斯涅尔达[1]，他们都做过一些事，经受过一些事，即便

---

1. 珀尔修斯和赫拉克勒斯都是希腊神话中的英雄人物，宙斯之子，传说中前者斩杀了蛇发女妖美杜莎，后者是完成了十二项功业的大力神。
犹滴出自《圣经》次经，是一名富有、美丽且品性高洁的犹太寡妇，在亚述大军围城之际佯作投敌诱惑亚述统帅荷罗浮尼，趁其酒醉斩下了他的头颅，解了围城之困。这个故事被诸多画家采纳，作为创作题材。
图斯涅尔达（Thusnelda，公元前10—公元17）是日耳曼切鲁西部落首领阿米尼乌斯（Arminius，前18？—公元19）的妻子，在部落联盟与罗马军队作战期间被俘。

获得了不朽的永恒，可这永恒也是在他们经历之后才到来，而不是之前。在这里，也可能有英雄遇上女神，或女英雄遇上男神。这样的故事并非只能发生在大自然的荒寂之中。

"夏洛特！"女孩突然大叫道，"我有个主意。我们明天就去罗马怎么样——直接去维斯夫人的旅馆！我知道我想要什么了。我厌倦佛罗伦萨了。不，你说了的，海角天涯都会带我去！去吧！去吧！"

巴特莱特小姐同样兴致勃勃，回答道：

"噢，你这滑稽的傻丫头！拜托，你的山间郊游怎么办？"

她们并肩穿过广场上荒凉的美丽，为这异想天开的点子快活地大笑起来。

第六章

亚瑟·毕比教士大人、卡斯伯特·伊格尔教士大人、爱默生
先生、乔治·爱默生先生、埃莉诺·莱维希小姐、夏洛特·巴
特莱特小姐和露西·哈尼彻奇小姐乘马车去看风景，意大利
人为他们赶车

那是难忘的一天，为他们赶车的小伙子名叫法厄同，一个
全无责任感却热情洋溢的年轻人，在菲耶索莱那岩石嶙峋的山
路上，不管不顾地催着他主人家的马儿拼命快走。毕比先生一眼
就认清了他的面目。无论是虔诚崇信的年代，还是怀疑多思的年
代，都不能触动他分毫，他是托斯卡纳的法厄同，赶着马车前
行。他还请求他们允许他在路上接一个人，叫珀耳塞福涅，说那
是他的妹妹——珀耳塞福涅，高挑，苗条，肤色苍白，每到春天
才能回到母亲的小屋，却依旧要遮起眼睛，不习惯光亮[1]。伊格尔

---

1. 两个名字在希腊神话中均有所本。法厄同是太阳神赫利俄斯之子，贸然驾驶
   父亲的太阳战车却无法控制，以至太阳过分贴近地面引起灾祸，被神王宙斯
   击落坠河身亡。
   珀耳塞福涅是宙斯与农业、丰饶女神得墨忒尔的女儿，被冥王哈得斯抢入冥界
   为后。得墨忒尔因此悲伤过度、无心司职，以致大地凋零、万物不生，在宙
   斯的干预下，冥王被迫答应放回珀耳塞福涅，却引诱她在冥界吃下了一粒石
   榴籽，换取她每年必须返回冥界停留四个月，因此有了四个月草木凋零的冬季，
   只有待她回到母亲身边后，大地方可回春。

先生是反对的，说车子单薄，不该承受额外的载重。但女士们帮忙求情，事情便定了下来。这是莫大的恩惠，女神得以爬上车，坐在男神身边。

法厄同立刻抬起左手，将缰绳绕过她的头顶，如此一来，他就可以揽着她的腰驾车了。她完全不介意。伊格尔先生是背对马匹坐着的，因此对事情发展到这样不得体的地步未置一词，只是继续和露西聊着天。马车里的另外两位乘客是老爱默生先生和莱维希小姐。因为事情出现了最糟糕的变故：毕比先生没跟伊格尔先生商量，直接将聚会的人数扩展了一倍。尽管巴特莱特小姐和莱维希小姐一整个上午都在盘算该怎么安排座位才好，可一到了关键时刻，当马车到来，她们就昏了头，莱维希小姐和露西一起上了车，而巴特莱特小姐则跟乔治·爱默生和毕比先生同车，跟在后面。

那可怜的牧师从未想过他的四人聚会竟会变成这个样子。至于文艺复兴小别墅里的下午茶，就算他曾经考虑过，现在也绝无可能了。露西和巴特莱特小姐当然很合适，毕比先生虽然不那么稳当，但也是个有才华的人。可拙劣的女作家和在上帝的注视下杀死了自己妻子的新闻记者，他们绝不该经由他的引荐进入任何一幢别墅。

露西一身优雅的白色装束，在这炸药堆中坐得笔直，精神紧绷，小心应和伊格尔先生，谨慎应对莱维希小姐，分心留意老爱默生先生——万幸，他从上车起就一直在睡觉，感谢丰盛的午餐和叫人睡意昏沉的春日气息。她将这次探险看作命运的安排。若非如此，她已经成功避开乔治·爱默生了。他的态度明明白白，他希望延续两人的密切关系。她拒绝了，不是因为不喜欢他，而是因为她还不清楚情况究竟是怎么一回事，却疑心他已经知道，这吓到她了。

真正要紧的事情——无论那是什么——不是发生在凉廊下，而是在河边。目睹死亡后的行为失常是可以理解的。但在之后还去讨论它，还放任讨论变成沉默，沉默变成惺惺相惜，这就错了，不是惊慌失措的情绪错了，而是整个事态发展都错了。他们在昏沉的河边交谈，交谈之后在同样的情绪推动下转身进屋，没有交换一个眼神，没有多说一个字，（她觉得）这其中一定有什么是应该受到责备的。这种不道德感起初非常轻微。她差一点儿就跟着他们一起去爬加洛塔了。可每避开乔治一次，这感觉就越发强烈一分，敦促她一定要继续避开他。可现在，天意弄人，命运借助她的表姐和两位牧师降下来，让她不得不和他一起踏上这次征途，一起行走山间，在此之前，不能离开佛罗伦萨。

与此同时，伊格尔先生一直拉着她彬彬有礼地交谈——他们的小龃龉已经过去了。

"这么说，哈尼彻奇小姐，你是在旅行？作为学习艺术的学生吗？"

"哦，哎呀，不——噢，不是！"

"也许是作为研究人性的学生？"莱维希小姐插嘴道，"就像我一样。"

"呃，不。我在这里就是个游客。"

"噢，真的，"伊格尔先生说，"你是说真的吗？恕我冒昧直言，我们这些住在这里的人，有时候会有点儿可怜你们这些游客——像包裹一样被从威尼斯送到佛罗伦萨，又从佛罗伦萨到罗马，成群结队地住在膳宿公寓或旅馆里，除了贝德克尔指南里提到的东西之外什么也看不到，唯一在意的就是'去过了'和'经过了'，然后就忙着再赶去其他地方。结果呢，他们把不同的城市、河流、宫殿全都混为一谈。你知道，《笨拙》上有个美国女孩，她说：'嘿，爸爸，我们在罗马看了什么？'父亲回答：'啊，我想想，罗马就是我们看到那条黄狗的地方吧。'这就是旅行带给你们的。哈！哈！哈！"

"我非常赞同。"莱维希小姐说，她已经好几次尝试打断他尖刻的智慧了，"盎格鲁-撒克逊游客的狭隘和肤浅简直就是祸害。"

"一点不错。哈尼彻奇小姐，你要知道，如今定居在佛罗伦萨的英国人数目相当不小，当然了，不是人人都处在同样的层次上，也有来做生意或诸如此类的。不过大多数都是学生。海伦·莱维斯托克女士眼下就忙着研究弗拉·安杰利科。我之所以提起她，是因为她的别墅现在就在我们左边。不，只有站起来才看得到——不，别站起来，你会摔下去的。她很为她别墅周围浓密的树篱骄傲，里面简直就是个完美的隐居所。你很可能会觉得在那里就像是回到了六百年前。有些评论者相信她的花园就是《十日谈》发生的地方，这让它更有意思了，不是吗？"

"还真是的！"莱维希小姐叫了起来，"跟我说说，他们把绝妙的第七日场景放在哪儿了？"

但伊格尔先生只是对着哈尼彻奇小姐说话，继续介绍右边是什么什么地方，住的是某某先生，他是最棒的那种美国人，非常少见！还有其他谁谁住在更远的山坡下面。"你一定知道她在《中世纪别论》系列丛书里发表的专著吧？他在研究格弥斯托士·卜列东[1]。有时候，我在他们家里喝茶时，会听到墙外有电车从新修的路上开过，车上挤满了游客，风尘仆仆、无知、激动，正要花上一个小时去完成他们'去过了'菲耶索莱的目标，为的是将来可以说他们到过那里，而我会想着——想着——我会想，他们对近在咫尺的东西竟能够如此视而不见。"

在他发表这段演讲期间，车夫座上的两个人正在可耻地嬉闹。露西感到了一阵妒忌。没错，这就是他们想要的，这样让他们很快乐。或许只有他们两个才是享受这段旅途的人。马车颠簸着穿过菲耶索莱广场，转上塞提涅亚诺[2]的山道。

"Piano! Piano!（稳一点！稳一点！）"伊格尔先生说，优雅地将手举过头顶挥了挥。

"Va bene, signore, va bene, va bene（没有问题，先生，没有问题，没有问题）。"车夫轻快地回答，又抽了马儿一鞭子。

这时，伊格尔先生和莱维希小姐终于开始有来有往地聊起有关阿莱西奥·巴多维内蒂的话题了。他是文艺复兴的源起之一吗，还是说，他是表现之一？另一辆马车被抛在了后面。马车跑得越来越快，睡着的爱默生先生被颠得摇摇晃晃，沉重的身体一下一下机械地撞在牧师身上。

---

1. 格弥斯托士·卜列东（Gemistus Pletho，约1355—1450/52），拜占庭哲学家、人文学者，他有关柏拉图和亚里士多德哲学思想的辨析被认为对意大利文艺复兴的哲学发源起到了重要影响。

2. 塞提涅亚诺（Settignano）是佛罗伦萨东北部一处山坡上的侨居者聚居区，包括米开朗琪罗在内的多位雕塑家都曾居住或出自于此。

"Piano! Piano!（稳一点！稳一点！）"他说着，朝露西露出一脸苦相。

又一次剧烈的颠簸引得他恼怒地从座位上回过头去。法厄同已经努力了好一阵子，想要亲吻珀耳塞福涅，这会儿刚刚达成所愿。

之后发生的一小幕情形，照巴特莱特小姐事后说来，是极不愉快的。

马匹停步，这对爱人被勒令分开，赶车男孩的小费没了，女孩必须立刻下车。

"她是我妹妹。"他说，眼巴巴地望着他们。

伊格尔先生不吝费心地告诉他，他是个撒谎精。

法厄同垂下头，不是因为这样的指责，而是因为这种态度。马车停下来时爱默生先生就惊醒了。这时，他开口声援这对爱人，说他们绝不该被分开，还拍着他们的背表达自己的赞许。莱维希小姐虽然不愿和他站在同一战线，却又觉得有责任对波希米亚精神表示支持。

"我当然非常愿意让他们都留下。"她大声说，"不过我敢说一定没什么人支持我。我一生都在对抗陈规旧俗。这就是我所说的冒险。"

"我们决不能纵容。"伊格尔先生说，"我知道他还会那样。他把我们当成揣着库克优惠券的游客了。"

"当然不能！"莱维希小姐说，显而易见，她的激情退缩了。

另一辆马车赶了上来，通情达理的毕比先生出面，警告这对小情侣一定要确保接下来举止得体。

"让他们待着吧。"爱默生先生向牧师求情，对于后者，他没有丝毫敬畏，"难道是我们生活里的快乐太多了，以至于我们竟然看不得它们出现在这车厢前面，非得将它们扼杀不可？有一对爱人为我们驾车，就连国王都会妒忌我们的。如果硬要把他们拆散，那才是最大的亵渎，比我所知道的一切恶行更加可恶。"

巴特莱特小姐的声音传来，说已经有人开始朝这边聚过来了。

相较于坚定的意志，更令伊格尔先生困扰的是无法流畅表达，他决心要让人专注于他口中说出的话。于是，他再一次面对车夫开口。意大利语在意大利人口中就像低回婉转的溪流，偶尔有意想不到的激流和大石头出现，使其免于平板单调。可在伊格尔先生口中，它彻底变成了酸气扑鼻的喷泉，尖啸着，越喷越高，越喷越快，声音越来越尖利，直到"啪嗒"一声，骤然止歇。

"Signorina（小姐）！"当这一幕结束，车夫转向了露西。他为什么要寻求露西的帮助？

"Signorina（小姐）！"珀耳塞福涅用她美妙的女低音跟着说。她指了指另一辆马车。什么意思？

两个女孩相互看了一会儿。珀耳塞福涅终于还是从车上跳了下去。

"终于胜利了！"伊格尔先生说，两手重重一拍，马车重新跑起来。

"这不是胜利。"爱默生先生说，"这是失败。你把两个幸福快乐的人拆散了。"

伊格尔先生闭上了眼睛。他迫不得已坐在了爱默生先生旁边，但绝不会跟他说话。老人之前睡了一觉，这会儿精神正好，于是热烈地谈论起了这件事。他要求露西赞同他，他大声吼着向儿子寻求支持。

"我们这是在试图购买金钱买不到的东西。他收费为我们驾车，他履行了职责。我们没有权力干涉他的灵魂。"

莱维希小姐皱起眉头。当一个被你归类为"典型英国人"的人却说出了超越这个性格范围之外的话时，事情是很难接受的。

"他没有好好驾车。"她说，"他颠着我们了。"

"这个我不认同。车稳当极了，就像在睡觉一样。啊哈！现在他倒真是在颠我们了。你想不到吗？他会恨不得把我们甩出去，当然了，他这样完全合情合理。要是迷信一点的话，我还会害怕那个女孩。伤害年轻人是不行的。你们听说过洛伦佐·德·美第奇吗？"

莱维希小姐被激怒了。

"我当然知道。你说的是'伟大的洛伦佐'，还是乌尔比诺公爵洛伦佐，还是那位因为身材矮小而被冠以洛伦奇诺姓氏的洛伦佐？[1]"

"天知道。说不定老天真的知道，我说的是那位诗人洛伦

---

1. 这里出现了三个同名人物洛伦佐·德·美第奇（Lorenzo de' Medici），均出自15至18世纪佛罗伦萨最强大的美第奇家族。
"伟大的洛伦佐"（Lorenzo il Magnifico, 1449—1492），在世时为佛罗伦萨共和国实际的掌控者，经济巨头、政治家、外交家，文艺复兴运动最热心的赞助者，资助了诸多学者、艺术家和诗人，其中包括波提切利和米开朗琪罗。他本身也是一名诗人。
乌尔比诺公爵（Duke of Urbino）全名洛伦佐·迪·皮耶罗·德·美第奇（Lorenzo di Piero de' Medici, 1492—1519），是前者的孙子，在1516至1519年期间执掌佛罗伦萨。
洛伦奇诺大名同样为洛伦佐·德·美第奇（1514—1548），曾暗杀当时的佛罗伦萨公爵亚历山德罗，也是美第奇家族中最著名的作家之一。

佐。他曾经写过一句诗——我昨天刚听到的——是这样的：'不要跟春天作对'。"

但凡能够展示博学多识的机会，都是伊格尔先生无法抗拒的。

"Non fate guerra al Maggio."他嘀咕道，"不要对五月开战[1]，这才是正确的意思。"

"问题在于，我们已经对它开战了。放眼看看吧。"他指着阿诺河谷说。河谷就在他们下方，隔着绽放新芽的树木，远远的，却清晰可见。"绵延50英里的春光，我们特地上来欣赏它们。你觉得大自然的春意与人的春意有什么区别吗？可我们在做什么，赞美其中之一，却谴责另一种'不得体'，真是耻辱，贯穿两者的是同样的永恒法则。"

没有人支持他继续说下去。很快，伊格尔先生示意马车停下，他要带上整支队伍去山间漫步了。一个圆形大剧场般的山谷横在他们与菲耶索莱之间，山谷中是层层的梯田和隐隐约约的橄榄树，道路依旧随山势曲曲弯弯，蜿蜒伸向兀立于平原之上的一处岬地。将近500年前，阿莱西奥·巴多维内蒂钟爱的岬地就是这里，这样一处荒野，湿润，灌木丛生，间或夹杂着几棵树。这位勤奋的、默默无闻的大师，他登上过它，也许是为了工作，也许是追求登山的乐趣。他矗立在那片高地上，眺望着阿诺河谷和更远处的佛罗伦萨，这些风光后来都出现在了他的画作中，只是未必如此精彩。但他究竟是站在哪一个点上的呢？这是伊格尔先

---

1. 这句诗并非洛伦佐所作，而是出自其友人兼受助者、文艺复兴中最重要的古典学者之一波利齐亚诺（Poliziano, Angelo Ambrogini, 1454—1494）。原文其实是 "non fate guerra il maggio（不要在五月开战）"。

生最想知道的问题。至于莱维希小姐，她天生就是会被任何有问题的东西吸引，此刻同样兴致勃勃。

要在脑子里记下几幅阿莱西奥·巴多维内蒂的画并不容易，哪怕你并没有忘记在出发前预先做一做功课。山谷里的迷雾更是加大了任务的难度。队伍散开了，大家散入在各处草丛之间，他们想继续同行，却也有各自不同的方向想要去，终于还是分成了好几组人马。露西粘着巴特莱特小姐和莱维希小姐不肯离开；爱默生父子回到马车边，吃力地跟车夫们聊起天来；而两位牧师，他们打算讨论点儿共同的话题，走在了一起。

两位稍许年长的女士很快就丢掉了她们的面具，窃窃私语起来。对于她们的这副模样，露西如今已经太熟悉了，她们聊的不是阿莱西奥·巴多维内蒂，而是路上发生的事。巴特莱特小姐问起乔治·爱默生先生的职业是什么，他回答"铁路"。她非常后悔问了这个问题。她从没想过会是这么可怕的答案，不然是绝不会问的。毕比先生非常机智地转变了话题，她希望这位年轻人不会因为她的问题受到太大伤害。

"铁路！"莱维希小姐倒抽了一口冷气，"噢，我早该知道！当然了，就是铁路！"她抑制不住地高兴，"他可不就是一副搬运工的模样——在——在东南铁路线上。"

"埃莉诺，小声点儿。"巴特莱特小姐拽了拽她快活的同伴，"嘘！他们会听到的——爱默生父子俩——"

"我可忍不住。就让我走我的邪路去吧。搬运工——"

"埃莉诺！"

"我敢说这没什么。"露西插话道，"两位爱默生先生听不到的。就算听到了，他们也不会介意。"

莱维希小姐似乎并不乐意听到这样的说法。

"哈尼彻奇小姐在这里听着呢！"她故意摆出一副夸张极了的模样，说，"去！去！你这淘气的女孩！走开！"

"噢，露西，你该去和伊格尔先生在一起，我确信应该这样。"

"这会儿已经找不到他们了，再说我也不想去。"

"伊格尔先生会生气的。这是为你办的聚会。"

"我更愿意留下来，跟你们在一起，拜托了。"

"不。我同意你表姐的意见。"莱维希小姐说，"这就像一场校园晚会，男孩和女孩被分开了。露西小姐，你应该过去。我们要讨论一些不适合你听的高阶话题。"

女孩很倔。佛罗伦萨之旅就要结束了，这个时候，只有和自己不在意的人在一起她才觉得自在。莱维希小姐就是这样一个人，此时的夏洛特也是。她不愿引人注意。可她们俩似乎对她都很头疼，像是打定了主意要甩开她。

"真累啊。"巴特莱特小姐说，"噢，真希望弗雷迪和你妈妈也在这里。"

在巴特莱特小姐这里，"热情"的功用被"大公无私"彻底取代。露西也无心看风景。在到达安全的罗马之前，什么也不能叫她安下心来欣赏。

"那你坐会儿吧。"莱维希小姐说，"看我多有先见之明。"

她露出大大的笑容，抽出两块正方形的防水布。有了它们，郊游时就可以坐在潮湿的草地或冰冷的大理石台阶上了。她坐了一块，另一块谁来坐呢？

"露西坐。不用说，当然是露西坐了。我坐地上没问题。真的，我好多年都没犯过风湿了。如果感觉到要犯病了的话，我就站起来。想想看吧，要是我竟然让你穿着你的白色亚麻裙子坐在湿地上，你母亲会是什么感受。"她笨拙沉重地在一块看上去特别潮湿的地面上坐下，"好了，所有人都高高兴兴地坐好了。我的裙子是棕色的，所以就算颜色再深一点儿也看不太出来。坐下，亲爱的。你太无私了，不懂得好好照顾自己。"她清了清嗓子，"别担心，这不是受凉了。只是有一点点微不足道的咳嗽，三天前就开始了。跟坐在这里一点儿关系也没有。"

事已至此，只有一条路可走了。五分钟后，露西起身去找毕比先生和伊格尔先生。她被一块防水布打败了。

她转身去找车夫。他们正四仰八叉地躺在马车上，烟草熏着坐垫。那位罪大恶极的年轻人坐起来迎接她，他瘦骨嶙峋，皮肤被太阳晒得焦黑，带着主人一般的殷勤好客和亲人一般的笃定自信。

"Dove（在哪里）？"露西压下慌乱的思绪问。

他仰起脸。当然，他知道在哪里。而且不远。他胳膊一挥，扫过了四分之三的地平线。他应该只是自以为知道吧。他伸出指尖，用力点了点自己的前额，然后朝她推过去，像是要把信息抽出来传给她看一样。

看来得问得再细一点。意大利语的"牧师"是怎么说的来着？

"Dove buoni uomini（好先生在哪里）？"

好？这个词绝不会是用来形容那些高贵人物的！他冲她亮了亮自己的烟卷。

"Uno—piu—piccolo（个子——小一些的——那位）。"这是她的第二个描述，意思是"这根烟卷是毕比先生给你的吗，两个好先生中小个子的那位？"

她猜对了。她总能猜对。车夫把马拴在一棵树下，踢了它一脚，让它保持安静，再掸一掸掉落在马车上的烟灰，理一理头发，整一整帽子，捋一捋胡子，不到十五秒，就整装完毕，只等为她带路了。意大利人天生就知道路，仿佛整个地球都摆在他们面前，不是像地图那样，而是像一块棋盘，他们永远能看到上面挪动的棋子，跟棋盘格一样清晰。他们总能找到人。至于找到的是谁，就全靠老天保佑了。

他中途只停下来一次，为她摘了几朵盛开的蓝色紫罗兰。她谢过他，发自内心地感到高兴。走在这个普普通通的人身边，整个世界都是那么漂亮，而且道路清晰。平生第一次，她感受到了春天的感染力。他挥动胳膊，优雅地划过天际线，那里有紫罗兰盛放，也有其他草木花朵生机勃发。她想去看看那些吗？

"Ma buoni uomini（可是，好先生）。"

他鞠了个躬。当然。先找好先生，再看紫罗兰。他们轻松地穿行在树下的灌木丛中，灌木越来越浓密。就要到岬角边上了，美景悄然浮现，环绕在他们周围，只是被渔网一般连绵的褐色灌木切成了无数小碎片。他叼着烟卷，拨开柔韧的大树枝。她很高兴能摆脱沉闷。对她来说，没有哪一步，没有哪一根枝条是无关紧要的。

"那是什么？"

林子里有声音传来，远远地落在他们身后。那是伊格尔先生的声音吗？他耸了耸肩。有时候，意大利人的无知比他们的见识更加不凡。她没法让他明白他们或许已经跟牧师们错开了。终于，美景连成了片，她差不多能看到河流、金色的原野和其他山丘了。

"Eccolo（他在那里）！"他宣布。

就在这时，地面陡降，伴随着一声惊呼，她脚下一空，跌出了树林。光亮和美景包围了她。她落在一块小小的开阔地上，地面上铺满了紫罗兰，从一头绵延到另一头。

"勇气！"她的向导如今站在她头顶上方6英尺[1]的高处，大声说，"勇气和爱情。"

她没有回答。从她的脚下，地面一路向下，随后猛地斜插入无限风光之中，紫罗兰随着小溪、小河与瀑布流淌，将斑斑点点的蓝色泼溅在山坡上；它们绕着树墩打转，汇入低洼地上的水潭里；它们为绿草点染上青空色泽的飞沫。再没有第二个地方能让它们丰沛如斯了，这片小台地就是泉源，是美喷涌而出灌溉大地的最初的源头。

台地边上站着那位"好先生"，看上去就像一名即将跃入水中的游泳健将。可那不是她想找的"好先生"，他只有一个人。

乔治听到动静，转过身来。有那么一会儿，他注视着她，仿佛注视着坠落凡尘的天使。他看着喜悦的光辉在她脸上绽开，看着花儿如同蓝色波浪拍打着她的裙摆。高处的灌木丛合拢了。他抢步上前，亲吻了她。

---

1. 英尺为英制长度单位，1英尺约为0.3米。

087

不等她说出话来，甚至不等她回过神来，一个声音传来了："露西！露西！露西！"巴特莱特小姐打破了生命的寂静，她一身棕褐，兀然站立在风景之中。

第七章

————

他们回去了

整个下午，一场复杂的游戏在这片山坡上下展开。究竟是什么游戏，谁和谁是同盟，露西花了很久去慢慢弄明白。伊格尔先生向他们投来怀疑的目光，夏洛特用琐碎的唠叨赶走了他。爱默生先生在找他的儿子，有人告诉了他要到哪里去找。作为热情的中立者，毕比先生受命找齐所有人，准备返程。整个游戏都带着迷乱的气息，仿佛在黑暗中摸索。潘已经降临在他们之中——不是伟大的潘神，祂已经被埋葬在了两千年前，而是小潘神，专门掌管社交的意外事故和失败的野餐会。毕比先生弄丢了所有人，孤独地吃掉了他原本打算当作惊喜带上来的野餐篮。莱维希小姐弄丢了巴特莱特小姐。露西弄丢了伊格尔先生。爱默生先生弄丢了乔治。巴特莱特小姐弄丢了一块防水布。法厄同弄丢了这场游戏。

最后的事实是无可否认的。他哆嗦着爬上驾驶座，领子竖起，预言说马上就要变天了。"我们立刻出发。"他对他们说，"那位男士自己走回去。"

"全程？那得好几个小时。"毕比先生说。

"当然。我跟他说过了，这是不明智的。"他谁也不看，也许对他来说，失败尤其羞耻。只有他一个人是在熟练地玩着游戏，调动了他全部的直觉，其他人却都只拿出了他们智慧的碎屑残渣。只有他一个人预言了事情会如何，说他希望他们如何。只有他一个人，参透了五天前露西从那垂死之人的双唇间得到的信息。珀耳塞福涅半生都在坟墓中度过，她也能参透。但这些英国人不行，他们学东西很慢，到领悟时可能已经太晚。

然而，区区一名车夫的想法很少能影响到雇主们的生活，不管他是多么正确。在巴特莱特小姐的诸多对手之中，他是最能干的一个，但也绝对是最不具有危险性的。只要回到城里，他和他的洞见、他的知识就再也困扰不到英国女士了。当然了，那也是最不愉快的。她看到他的黑脑袋藏在灌木丛中，谁知道他会编造出一个什么样的酒馆故事来到处乱说。但无论如何，酒馆跟我们又有什么关系呢？真正的威胁来自休息室。他们迎着渐渐黯淡的太阳下山，这一路上，巴特莱特小姐考虑的都是休息室里的人。露西坐在她身边，伊格尔先生坐在对面，一直试图锁定她的眼睛，他隐约起了疑心。他们在聊阿莱西奥·巴多维内蒂。

黑暗和雨水一同到来。两位女士挤在一把并不太合用的阳伞下。闪电划过天空，莱维希小姐坐在前面的马车上，紧张得尖叫起来。又一道闪电划过，露西也叫了起来。伊格尔先生老道地对她说：

"勇敢点，哈尼彻奇小姐，勇敢点，保持信念。如果可以的话，我得说，这种对于自然元素的恐惧之中含有某种几乎可以称得上是亵渎神灵的东西了。我们难道真的会认为这些乌云，这些规模巨大的电子活动，就是为了消灭你我而被召唤出来的吗？"

"不——当然不是——"

"就算站在科学的角度看，我们被击中的概率也是极小的。这里唯一可能引来电流的就是那些钢制的刀，它们也都在另一辆马车上。而且，不管怎么说，我们现在这样总比走路安全得多。勇敢点——勇敢点，保持信念。"

露西感觉到表姐在小毯子下体贴地用力按了按她的手。有时候，我们是如此渴望一个支持的姿态，以至于完全不在意它原本传达的究竟是什么意思，过后我们又要为此付出怎样的代价。依靠着这适时的一点点肌肉调动，巴特莱特小姐的收获比花费上好几个小时来劝导、盘问还要多得多。

快进入佛罗伦萨城时，两辆马车停了下来，她又再次传递了一遍这样的支持。

"伊格尔先生！"毕比先生叫道，"我们需要您的帮助。你能帮我们做一下翻译吗？"

"乔治！"爱默生先生大声说，"问问你的车夫，乔治走的哪条路。那孩子可能迷路了。他可能被杀死了。"

"去吧，伊格尔先生。"巴特莱特小姐说，"不要问我们的车夫，我们的车夫帮不上忙。去帮帮可怜的毕比先生……他快急疯了。"

"他会被杀死的！"老人叫道，"他会被杀死的！"

"典型的行为。"牧师叫停了马车，说，"在现实面前，这种人总会崩溃，无一例外。"

"他知道什么？"一等到车里只剩下她们俩，露西立刻悄声问，"夏洛特，伊格尔先生知道多少？"

"什么都不知道，我最亲爱的，他什么都不知道。不过——"

她指一指车夫，"他什么都知道。我最亲爱的，我们是不是最好？我是不是应该？"她拿出手提袋，"跟下层人搅在一起很可怕。他什么都看见了。"她用旅游指南轻轻敲一敲法厄同的背，说，"Silenzio（别说）！"同时递给他一法郎。

"Va bene（好的）。"他回答，收下钱。对他来说，以这样的方式结束这样一天，和每一天并没有什么不同。可是露西，一个凡间少女，对他感到了失望。

路上发生了一起爆炸。雷雨击中了半空中的有轨电车线路，一根巨大的柱子倒了下来。要是他们没有停下来，说不定就被砸伤了。他们宁愿相信这是上天奇迹般的保护，爱与真挚的洪流从骚乱中喷涌而出，让生命的每个时刻都能结出硕果。他们从马车上下来，相互拥抱。相互谅解是快乐的，就像谅解过去那些无意义的琐事一样。在那一刻，他们意识到了善良的无限可能。

年长些的人恢复得更快一些。哪怕在心情最激荡的时刻，他们也清醒地知道这样的表现是不够男人或不够淑女的。莱维希小姐算了算，就算他们刚才一直走，也不会那么不巧地赶上这次事故。伊格尔先生含糊念叨了几句恰如其分的祈祷。可车夫们不同，在走过了数英里黑暗泥泞的道路之后，他们将心灵坦露，献给了德律阿得斯[1]和圣徒们。至于露西，则将她的心灵坦露给了表姐。

---

1. 德律阿得斯（dryads）是希腊神话中树的精灵，通常是美丽的女性形象，属于宁芙仙子的一种，最初特指栎树精灵，后推及所有树精。宁芙是古希腊神话和北欧神话中的自然精灵，不属诸神之列。

"夏洛特，亲爱的夏洛特，吻吻我。再吻吻我。只有你能理解我。你警告过我要小心。可我——我以为我长大了。"

"别哭，我最亲爱的。别慌。"

"我太倔了，太傻了——比你想的还要糟糕，糟糕得多。有一次在河边——噢，可他不会死的——他不会死的，是吗？"

这念头扰乱了她的忏悔。事实上，下山的这一路上，雷雨一直在变大。只是她自己刚刚与危险擦身而过，便以为人人都会遇到危险了。

"我相信不会。我们总得祈祷这样的事情不要发生。"

"他其实——我想他是有点儿吃惊，我之前也是。可这一次不是我的错，你要相信我。我只是脚下滑了一下，才掉进那片紫罗兰地里的。不，我要诚实，真正的诚实。我有一点儿错的。我有些傻念头。你知道，整片天都是金色的，地面都是蓝色，有那么一瞬间，他看上去就像是书里的什么人。"

"书里的？"

"英雄——神——都是女学生的胡思乱想。"

"后来呢？"

"别，夏洛特，后来的事情你都知道了。"

巴特莱特小姐沉默了。事实上，她也没什么可多问的了。凭借着一定的洞察力，她将年轻的表妹拉拢到了自己身边。回程路上，露西一直在颤抖，深深地呼吸，怎么也止不住。

"我想要诚实的。"她低声说，"可要做到彻底的诚实太难了。"

"别担心，我最亲爱的。缓一缓，等你平静一些。晚上睡觉前到我房里来，我们到时候再谈。"

就这样，她们十指紧握着回到了城里。眼看其他人的情绪竟平复得如此快，女孩感到了震惊。雷雨减弱了，爱默生先生对儿子的担忧也减少了几分。毕比先生拾回了他的幽默感，伊格尔先生已经对莱维希小姐恢复了冷淡。她唯一能看明白的就只有夏洛特——夏洛特，她的外表下藏着多么敏锐的洞察力和多么深沉的爱啊。

自我坦露的奢侈为她带来了持续整个漫长晚间的快乐——几乎算得上是快乐了。关于之前发生过什么，过后又该如何讲述之类的问题，她没去想太多。她所有的感动，那些一阵阵涌起的勇气，那些莫名愉快的瞬间，她那说不清道不明的不满足感，总之，一切都将摊开在她的表姐面前，细细剖白。她们将抱持着神圣的信念，携手将所有问题一一分析、解决。

"等到那时候，"她想，"我就能明白我自己了。我再也不会因为那些没来由的事情烦恼，不，也许只是我还不知道来由而已。"

阿兰小姐说想听她弹弹琴。她竭力推脱了。此刻，在她看来，音乐根本就是小孩子的玩意儿。她坐在表姐身边，紧挨着她。后者正以可堪赞叹的耐心听一个有关丢失了行李的长长的故事。甚至在故事说完之后，她还投桃报李，讲了一个自己的故事。露西简直要被这样的拖沓给折磨疯了。她徒劳地尝试打断，或者，无论如何，至少也让事情进展得快一点。直到深夜，巴特莱特小姐才终于找回了行李，能够用她惯常略带责备的温和语调说：

"好了，亲爱的，我已经准备好要去贝德福德郡[1]了。到我房里来，我帮你好好把头发梳一梳。"

门关上了，气氛颇有几分肃穆。一把藤椅搬了过来，是为女孩准备的。一切就位，巴特莱特小姐说："那么，我们接下来该怎么做？"

这个问题是露西始料未及的。她压根儿没想到还会需要做什么。她所想的只是将她的情绪、她的感受统统坦露出来，巨细靡遗。

"该怎么做？这一点，我最亲爱的，你可以自己决定。"

雨水在黑色的窗户上流成了河，这巨大的房间让人感觉又湿又冷。一支蜡烛立在五斗橱上，紧靠着巴特莱特小姐的无边女帽，颤颤巍巍地燃烧着，在上了拴的门板上投下巨大的、奇异的影子。黑暗中，一辆电车轰隆隆开过，尽管早已擦干了眼泪，露西却感到一阵无可名状的悲伤袭来。她抬起双眼看着天花板，上面的格里芬和巴松管都失去了色彩，模模糊糊的——这些代表着快乐的幽灵。

"这雨下了快四个小时了。"最后，她说。

巴特莱特小姐忽略了这句话。

"你打算怎么让他保持沉默？"

---

1. 贝德福德郡（Bedfordshire）位于英格兰中部地区，历史悠久，早在青铜器时代便有人居。英国文学史上最重要的神学小说，也是最具代表意义的宗教文学作品之一《天路历程》（The Pilgrims Progress，1678/1684）就诞生于该郡，这是一个宗教寓言故事，分上下两部出版，讲述一个"好人"在睡梦中从自己所在的"毁灭之城"出发，一路历经磨难考验，涤清罪恶，进入"天堂之城"的故事。这里借指进入梦乡。

"车夫？"

"我亲爱的姑娘，不。是乔治·爱默生先生。"

露西站起来，在屋里走来走去。

"我不明白。"她终于说。

她很明白，可她不想"彻底诚实"了。

"你打算怎么做来杜绝他跟人谈起这件事？"

"我有感觉，他绝对不会这么做。"

"我也愿意相信他是好心的。但很不幸，我遇到过这样的人。他们很少能对自己的种种战绩保密。"

"种种战绩？"露西叫起来，被这个可怕的复数词吓到了。

"我可怜的亲爱的姑娘，你以为这会是他的第一次？过来，听我说。我只是从他自己说过的话里判断出来的。你记得那天午餐时，他跟阿兰小姐争论，说喜欢上一个人，就多了一个喜欢另一个人的理由？"

"记得。"露西说，她当时很喜欢这个说法。

"你看，我不是个会对这类问题大惊小怪的女人。也没必要因为这个就判定他是个不讲道德的年轻人，但很明显，他是完全未经教化的。如果你愿意的话，我们可以把这个问题归结为他可怕的出身和接受的教育。但这无助于解决我们的问题。你打算怎么做？"

一个念头闯进露西的脑子，要是早点想到这个点子，好好琢磨琢磨，现在说不定已经成功了。

"我打算跟他谈一谈。"她说。

巴特莱特小姐发出了一声真正的惊叫，她受到惊吓了。

“你瞧，夏洛特，你的好意——我永远不会忘掉。可是，就像你说的，这是我自己的事情。我的，和他的。”

“你要去恳求他吗，去乞求他保持沉默？”

“当然不是。这并不难。无论你问他什么，他都会直接回答‘好’或者‘不’。然后，事情就结束了。我之前一直怕他。可现在，我一点儿也不怕了。”

“可我们替你害怕，亲爱的。你太年轻了，什么都没经历过，你一直生活在好人中间，所以你不会知道，有时候，人可能会——他们是可以怎样去欺辱一个没有保护的孤零零的女人，从中得到野蛮的享受。就比如说，今天下午，如果我没到，接下来会发生什么？”

“我想不到。”露西闷闷地说。

露西的声音里有什么东西，促使巴特莱特小姐再一次重复了她的问题，这一次，她加重了语气，仿佛咏叹一般。

“如果我没到，接下来会发生什么？”

“我想不到。”露西又一次说。

“要是他欺辱你，你会怎么做？”

“我来不及想。你来了。”

“是的，可你现在能不能跟我说说你会怎么做呢？”

“我会——”她反思自己，吞下了后半句话。她站起来，走到淌水的窗边，抬眼望进窗外的黑暗中。她很紧张，想不出自己会怎么做。

“别站在窗户边，亲爱的。”巴特莱特小姐说，“会被外面的人看到的。”

露西听从了。她屈服在她表姐的力量之下了。她无力扭转自己一开始就定下的自我贬抑的调子。她们谁都没再提起她之前的想法，那个说她要亲自去跟乔治谈，跟他解决这件事——不管这究竟是什么事——的想法。

巴特莱特小姐哀伤起来。

"唉，缺一个真正的男人！我们只是两个女人，你和我。毕比先生帮不上忙。伊格尔先生倒是在，可你不信任他。哦，要是你弟弟在的话！他还年轻，可我知道，他姐姐受辱会让他变成一头雄狮。感谢上帝，骑士精神还没有死。依旧还有些男人是尊重女人的。"

她一边说，一边摘下手上的戒指——她戴了好几个戒指——把它们套在针垫上。然后，她开始往手套里吹气，说：

"要搭上明天早上的火车会很赶，不过我们必须试试。"

"什么火车？"

"去罗马的火车。"她挑剔地端详手套。

女孩很轻易地就接受了这份通知，就像它早就发布了一样。

"去罗马的火车几点开？"

"八点。"

"贝托里尼太太会生气的。"

"我们必须面对这一点。"巴特莱特小姐说，不想说她已经通知了房东太太。

"她会让我们付满一整周的膳宿费。"

"我想也是。不过我们在维斯太太的旅馆会住得舒服得多。那里的下午茶不是免费的吗？"

"是的，但他们的葡萄酒要另外付费。"说完这句话她就沉默了，不再说话，也不动。在她疲惫的双眼里，夏洛特就像梦中的幽灵，抽动着，扭曲着。

她们开始收拾衣服，打包行李，想要赶上去罗马的火车就没时间可浪费了。露西被指挥着在两个房间之间跑来跑去，原来，借着烛光收拾行李比得了某种微妙的疾病更叫人难受。夏洛特不是个能干的人，她跪在一个空箱子旁边，徒劳无功地试图把大大小小、厚厚薄薄的书塞进去。她叹了两次或者三次气，因为这样弯腰的姿势让她的后背开始疼了。而且，尽管在交际上游刃有余，她还是觉得自己开始老了。女孩进屋时听到了她的叹息，胸中突然涌起一股冲动——她常常有这样的冲动，只是向来都不知道那是从何而来。她只是觉得，要是她能给予并且接受某种人与人之间的爱，烛火就能燃得更旺一点，她们收拾起行李来就能更容易一点，世界就能更快乐一点。这种冲动在今天之前也出现过，但从没这样强烈。她挨着她的表姐跪下来，张开双臂拥抱她。

巴特莱特小姐也以一个温柔的温暖拥抱予以回应。但她并不是个愚蠢的女人，她非常清楚，露西不爱她，只是需要她来接受这份爱。因此，一段长长的沉默过后，她再次开口的语调是如此难过：

"我最亲爱的露西，你要怎样才能原谅我呢？"

露西立刻警觉起来，根据过往的痛苦经验，她很清楚巴特莱特小姐的"原谅"指的是什么。冲动消退，她放松了胳膊，说：

"夏洛特，亲爱的，你在说什么呀？好像有什么需要我原谅似的！"

"有很多，还有很多需要我自己原谅的地方。我很清楚，我一直都在让你烦恼。"

"可是没有——"

巴特莱特小姐扮演了她最爱的角色，一个过早衰老的殉道者。

"啊，是的！我能感觉到，我们俩的这趟旅行不会像我期望的那样成功。我应该知道的。你想要一个更年轻、更强壮、和你更谈得来的旅伴。我太无趣，已经落伍了。只适合帮你收拾收拾行李。"

"求你了——"

"唯一能够安慰我的，就是你能找到更合你口味的人，能经常留我一个人在家待着。在有关女士应该是什么样子的小问题上，我有我自己可怜的小想法，但我希望，除非必要，我没有过多地用它们为难你。归根结底，就像在这些房间的事情上一样，你有你自己的想法。"

"求你千万别这么说。"露西软软地说。

她依然保有一丝希望，希望她和夏洛特是真心实意地爱着彼此的。她们沉默下来，继续收拾行李。

"我一直都是个失败者。"巴特莱特小姐说，她正奋力捆扎露西的行李箱，自己的暂且扔在一边，"我没能让你快乐，没能尽到你母亲交给我的职责。她对我那么慷慨，现在发生了这么一场灾难，我再也无颜面对她了。"

"可妈妈会理解的。这次的麻烦不是你的错，再说也算不上灾难。"

"是我的错，是一场灾难。她永远都不会原谅我了，这很公道。就举个例子来说吧，我有什么权利去和莱维希小姐交朋友？"

"你当然有权利。"

"在我本该好好照顾你的时候？要是我让你不高兴，那就等同于我忽视了你，这是毋庸置疑的。等你母亲听到这件事情之后，她对这一点会看得和我一样清楚。"

露西怯懦地希望情形能变得好一点，于是说：

"妈妈为什么要知道这件事？"

"可你不是什么都会告诉她吗？"

"我想，大概是的。"

"我不敢破坏你们之间的信任。这之中存在着某些神圣的东西。除非你觉得这是一件不能告诉她的事情。"

女孩不会让自己背负这样的罪名。

"当然，照理我是会告诉她的。但如果说她会因此对你有任何责备，我发誓，我不会告诉她，我很乐意这么做。我永远不会对她说出这件事，对谁都不说。"

漫长的谈话随着她的起誓戛然而止。巴特莱特小姐两颊火辣，对她道过了晚安，送她回到她自己的房间。

最初的问题被暂时抛下。乔治从头到尾都表现得像个卑鄙下流的家伙——也许这就是人们最终能够接受的说法。眼下，她既不认定他有罪，也不宣判他无罪，她还没有作出判决。那时她原本就要作出判决了，可表姐的声音适时插了进来，从此，掌握主导权的就是巴特莱特小姐了。巴特莱特小姐，即便是现在，她的叹气声还在透过隔墙的裂隙传过来。巴特莱特小姐，其实她既不温顺，也不谦卑，也不自相矛盾，她就像个了不起的艺术家，在一段时间里，事实上，是许多年里，她毫无作为，却在最后关头，将一个阴郁惨淡的、无爱的世界完完整整地呈现在画纸上，亮在女孩面前。这个世界里，年轻人总是向着毁灭飞奔，直到他们学会更多。这是一个可耻的世界，处处设防，处处都是用来阻隔"恶"的屏障，可如果我们看一看那些最善于运用它们的人，却会得出这样的判断：这些屏障似乎并不能带来"善"。

露西承受了这世上迄今为止的最大的委屈：她的真挚、她对于爱与认同的渴望，被圆滑的社交手腕利用了。这样的委屈是不容易遗忘的。她再也不会不假思索、毫无防备地将自己坦露出来，到头来却只得到断然的拒绝。这样的委屈，是有可能对灵魂产生可怕的影响的。

门铃响了，她朝百叶窗前走去，中途犹豫了一下，回身吹灭了蜡烛。这样，她可以看到有人站在楼下，湿淋淋的，而他虽然仰着头，却看不到她。

他得先经过她的房间才能回到自己那间。她依旧衣装整齐。一个念头突然冒了出来，她可以溜到走廊上，只是告诉他，明天一早，在他起床之前，她就要走了，他们这不寻常的小小往来到此为止了。

她究竟有没有胆量付诸行动，这个问题永远没有答案。因为就在这紧要时刻，巴特莱特小姐打开了她的那一扇房门，她的声音响起：

"爱默生先生，我有句话想跟你说，到休息室去，请。"

很快，他们的脚步声重新响起，巴特莱特小姐说："晚安，爱默生先生。"

他沉重、疲惫的呼吸声是唯一的回答。监护人完成了她的工作。

露西在心里大叫："那不是真的。那根本就不是真的。我不想这么糊里糊涂。我想快点长大。"

巴特莱特小姐轻轻敲一敲墙壁。

"快睡吧，亲爱的。你需要好好休息。"

第二天一早，她们动身去了罗马。

第二部

第八章

——

中世纪

　　"风角"的客厅里，窗帘合拢着，因为地毯是新的，值得好好保护，避开八月的太阳。窗帘很厚，几乎垂到地面，光线穿过它们再照进屋里，就变得柔和又变化多端了。如果有位诗人在场——可惜并没有——他多半会吟诵出"生，就像彩色玻璃的穹顶"这样的诗句[1]，也可能将这些窗帘比作水闸，闸门放下，阻断了来自天堂的汹汹怒潮。屋外，是倾泻而下的光的海洋；屋里，那光辉虽然依旧可见，却已经是宜人的了。

　　屋里坐着两个愉快的人。一个男孩，十九岁，正在研读一本解剖学的小册子，间或端详一下放在钢琴上的人体骨架。他窝在椅子里，时不时地颠一颠身子，吐一口气，发出抱怨的呻吟，

---

1. 出自英国诗人雪莱（Percy Bysshe Shelley，1792—1822）为好友济慈之死而写下的长诗《阿童尼》（*Adonais*，1821），原诗中引文下半句为"玷污了洁白的永恒光辉"。"阿童尼"源自希伯来语，是对神的敬称。

因为天气太热，书上的字印得太小，人体构造太复杂。另一个是他的母亲，正在写信，不断把写下的内容读给他听。还频频站起来，把窗帘拉开一道细缝，每当这时，便会有一道细细的光落在地毯上，她会说，他们还在那里。

"哪里没有他们？"男孩说，这是弗雷迪，露西的弟弟，"我跟你说，我已经腻味透了。"

"看在上帝的分上，不然你还是从我的客厅里出去吧？"哈尼彻奇太太叫道，她希望能把孩子们的说话方式纠正过来，文雅些，别那么粗俗。

弗雷迪没动，也没说话。

"我觉得事情就快有分晓了。"她继续观察，很想听听儿子对于当前这个局面的看法，但千万别指望她会为此满足他什么过分的要求。

"时候也是差不多了。"

"真高兴塞西尔能再一次向她提出求婚。"

"这是他第三次了，不是吗？"

"弗雷迪，我得说，你说话的方式真的不大友善。"

"我不是故意的。"顿了顿，他又补上一句，"不过我真的觉得露西在意大利时就可以把事情说清楚。我不知道女孩们是怎么处理事情的，但她之前肯定都没能把'不'这个意思说清楚，不然就用不着现在再来说一次。至于这整件事情——我说不清楚——但我的确觉得非常不舒服。"

"你真这么觉得，亲爱的？真有意思！"

"我觉得——算了。"

他重新埋头在自己的事情里。

"听听我给维斯太太写的信。我说：'亲爱的维斯夫人——'"

"是啊是啊，妈妈，你读给我听过了。信写得棒极了。"

"我说：'亲爱的维斯夫人，塞西尔刚刚就此事来征求我的同意，如果露西愿意，我当然会非常高兴。但——'"她中断了朗读，说，"对于塞西尔来征求我的同意这件事，我始终觉得很有意思。他一向标新立异，从不把父母的话当回事儿，向来如此。结果到了关键时刻，没有我他根本就不行。"

"还有我。"

"你？"

弗雷迪点点头。

"你这是什么意思？"

"他也来征求过我的同意。"

她叫了起来："他这也太古怪了！"

"怎么古怪了？"儿子问，"为什么他就不能来征求我的同意？"

"你对露西或者女孩或者诸如此类的事情又知道些什么？你究竟怎么说的？"

"我跟塞西尔说：'要么征服她，要么离开她。这事儿跟我没关系！'"

"真是有用的回答！"可她自己的回答也差不多，只是遣词造句更中规中矩一些。

"麻烦就在这里。"弗雷迪欲言又止。

他继续埋头自己的事情，实在不好意思说出"麻烦"就在哪里。哈尼彻奇太太就站在窗边回头招呼他。

"弗雷迪，你一定要过来看看。他们还在那儿！"

"我不觉得你应该像这样偷看。"

"像这样偷看！我难道还不能站在自家窗口往外看一看了？"

不过她还是转身朝写字台走去，经过儿子身边时，留神看了一眼："还是322页？"弗雷迪轻哼一声，翻过两页。母子俩都没说话。就在窗边，窗帘外面，一段漫长的谈话正在进行，低低的交谈声一直没停。

"麻烦在于，我跟塞西尔说错话了，最糟糕的那种。"他紧张得深吸了一口气，"他对我的'同意'不满意，我已经同意了，只不过我说的是'我不介意'，所以他就不满意了，他想知道我是不是乐疯了。事实上，他是这么说的：要是他和露西结了婚，对露西、对'风角'来说，难道不都是一件大好事吗？他一定要我回答——他说这能给他增加助力。"

"我希望你给出的是个慎重的回答，亲爱的。"

"我说，'不'。"男孩说，磨了磨牙，"就是这样！这简直就像是苍蝇掉进了炖肉里！我忍不住——非说出来不可。我必须说'不'。他应该再也不会来问我了。"

"你这孩子多可笑！"他的母亲叫道，"你觉得你厉害极了，真实极了是吧。可这其实只不过是可憎的狂妄。你以为像塞西尔那样的男人真会把你说的哪怕一个字听进去吗？我真恨不得给你一个耳光。你怎么敢说'不'？"

"噢，小点儿声，妈妈！我没法说'是'，那就只能说'不'了呗。我还是努力笑了一下的，好显得我其实不是那个意思，而且塞西尔也笑了，然后才离开，也许没问题的。只是我觉得我说错话了。嗯，总之，请务必安静一会儿，让男人做点自己的事情。"

"不。"哈尼彻奇夫人说，带着一副已经对这个问题有过深思熟虑的神气，"我不会安静。他们俩在罗马的事你都知道，你知道他为什么会在这里，可你还故意对他无礼，想把他从我的家里赶出去。"

"才没有！"他辩解道，"我只是不小心把我对他的不喜欢表现出来了。我并不讨厌他，但我不喜欢他。我只是担心他会告诉露西。"

他闷闷不乐地瞥了一眼窗帘。

"哼，我喜欢他。"哈尼彻奇太太说，"我跟他的母亲很熟。他自己也很不错，聪明，有钱，出身背景优越——噢，你用不着踢钢琴！他出身背景优越——如果你喜欢的话，我还能再说一遍：他出身背景优越。"她稍停片刻，像是在回味自己的赞颂一样，但脸色看上去依旧不满意。于是，她补充道："而且他谈吐举止都很有教养。"

"我刚才本来倒还有点儿喜欢他的。我觉得是他毁掉了露西回到家的第一个星期，而且照毕比先生的说法，其中还有点儿别的什么，不知道是什么。"

"毕比先生？"他母亲说，努力掩饰自己的好奇，"我倒不知道毕比先生和这件事也有关系。"

"你知道毕比先生那个人的，怪怪的，总之，你永远没法弄清楚他究竟是什么意思。他说：'维斯先生是个完美的单身汉。'

我很机灵，马上问他这是什么意思。他说：'噢，他和我一样——最好是一个人生活。'我再问他就什么也不肯说了，但这话让我开始思考。自从塞西尔开始追求露西之后，他就不那么讨人喜欢了，至少是这样——我说不清楚。"

"你当然说不清楚，亲爱的。但我能。你是在嫉妒塞西尔，因为有了他，露西可能就再也不会给你织丝领结了。"

这个解释看来是说得通的，弗雷迪努力接受它。但脑海深处却始终埋藏着一丝隐隐约约的怀疑。塞西尔过分推崇体育对人的影响了。是因为这个吗？塞西尔总要人按照他的方式说话，而不是让人照着自己的方式来。这很烦人。是因为这个吗？还有，塞西尔是那种绝对不会戴别人的帽子的人。弗雷迪没有意识到自己的敏锐深刻，只忙着自我反省。他一定是嫉妒了，不然绝不会因为这些傻气的理由而不喜欢一个人。

"这样写怎么样？"母亲招呼他，"'亲爱的维斯夫人——塞西尔刚刚就此事来征求我的同意，只要露西愿意，我当然非常高兴。'这里我写到最顶上去了，'我把这话也告诉了露西。'我得把这封信重新誊一遍，'——我把这话也告诉了露西。但露西似乎还相当举棋不定，如今，年轻人的事情都得靠他们自己来拿主意了。'我这么写是因为不想让维斯太太觉得我们太守旧了。她经常参加讲座，提升见识，床底下永远积着厚厚一层灰，女用人的脏指头印就印在电灯开关上。她把家里打理得实在是一团糟——"

"你觉得，露西要是嫁给了塞西尔先生，他们是会住在公寓里，还是住在乡下？"

"别这么愚蠢地来打断我。我读到哪里了？哦，是的——'年轻人的事情都得靠他们自己来拿主意了。我知道露西是喜欢您的儿子的，因为她什么都不瞒我，他在罗马第一次向她求婚时，露西就写信告诉我了。'不，我要把最后一句删掉，这句显得有点自鸣得意似的。就写到'因为她什么都不瞒我'。是不是该把这一句也删掉？"

"也删掉吧。"弗雷迪说。

哈尼彻奇太太保留了这一句。

"那么，整封信就是这样：'亲爱的维斯夫人——塞西尔刚刚就此事来征求我的同意，只要露西愿意，我当然非常高兴，我把这话也告诉了露西。但露西似乎还相当举棋不定，如今，年轻人的事情都得靠他们自己来拿主意了。我知道露西是喜欢您的儿子的，因为她什么都不瞒我。但我不知道——'"

"看外面！"弗雷迪叫道。

窗帘分开了。

塞西尔的动作一上来就带着几分恼火。他实在受不了哈尼彻奇家这种为了保护家具而宁愿坐在黑暗里的习惯。他下意识地猛力一拽窗帘，让它们顺着杆子滑开去。阳光照进来。阳台露了出来，和许多别墅一样，阳台周围种了一圈树，上面放着一把乡村风格的小椅子，再往外有两个花坛。但更远处的风光赋予了它全然不同的面貌，因为"风角"刚好建在可以远眺苏塞克斯维尔德旷野的位置上。露西坐在小椅子上，看上去就像坐在半空中的一块绿色魔毯上，正俯视着这战战兢兢的世界一般。

塞西尔走了进来。

塞西尔在这个故事里出现得这样晚，必须立刻介绍一下。他是中世纪的，就像一尊哥特式塑像，高挑、精细，双肩仿佛是凭着意志力撑起的，端得平平正正，头抬得比一般人的视线更高一些，他整个人就像是一个守卫在法国天主教堂门口的圣徒。接受过良好的教育，天赋良好，外形没有缺陷，这样的他，却偏偏落入了一个魔鬼的手中，在现代社会里，我们知道那叫"自我中心"，而在中世纪蒙昧的眼光下，却会被人们当成苦修主义来加以崇拜。一尊哥特式塑像意味着独身，而一尊希腊塑像，意味的却是开花结果，也许这就是毕比先生的意思。至于弗雷迪，历史和艺术都不在他的考虑范围内，但当他想象不出塞西尔戴其他人的帽子时，其中意味或许是同样的。

哈尼彻奇太太把信放在写字台上，起身迎向这位她早已熟悉的年轻人。

"哦，塞西尔！"她扬声招呼——"哦，塞西尔，快，告诉我！"

"I promessi sposi（婚约已定）[1]。"他说。

他们都急切地盯着他。

"她答应我了。"他说。用英语说出这话让他红了脸，却也高兴地笑了起来，看上去更像个凡人了。

"我太高兴了。"哈尼彻奇太太说。与此同时，弗雷迪伸出了他那只被化学药剂染得发了黄的手。他们只希望自己也能懂得意大利语，因为英语里表达认同与惊异之情的词语太局限于小事

---

1. 塞西尔在这里借用了意大利作家亚历山大·曼佐尼（Alessandro Manzoni, 1787—1873）颇负盛誉的历史小说的书名。

了，以至于我们不敢将它们用在大事上。我们不得不求助于朦胧的诗意，不然就只能到《圣经》手稿里去寻求慰藉了。

"欢迎你成为这个家庭的一员！"哈尼彻奇太太说，伸手朝着屋里的家具比画了一下，"今天真是个快乐的日子！我有预感，你一定能让我们亲爱的露西幸福的。"

"这是我的心愿。"年轻人回答，抬眼看了看天花板。

"我们做母亲的——"哈尼彻奇太太堆出笑脸，但立刻意识到自己这样太做作、太浮夸，显得太多愁善感了——这些恰恰是她本人最讨厌的。她怎么就做不到像弗雷迪那样呢？那孩子笔直地站在屋子中间，看上去很不高兴，却完全称得上英俊帅气。

"我说，露西！"眼看就要冷场，塞西尔叫道。

露西从椅子上站起来。她穿过草地，微笑着向他们走来，就像要来邀请他们一起去打网球似的。她看到了弟弟的脸，双唇开启，给了他一个拥抱。他说："冷静点儿！"

"不给我一个吻吗？"她母亲问。

露西也吻了她。

"你要不要带他们到花园走走，给哈尼彻奇太太说说这整件事情？"塞西尔提议道，"我留在这里，把消息告诉我妈妈。"

"我们跟露西走？"弗雷迪说，好像听到了命令一样。

"是的，你们跟露西走。"

他们走到了阳光下。塞西尔看着他们穿过阳台，穿过阳光，走下台阶。他们还会继续往下走，他清楚他们的习惯，他们会越过灌木丛，穿过网球坪和种着大丽花的花坛，一直走到小菜园边，在那里，在土豆和豆子跟前，是他们讨论大事的地方。

带着宽容的微笑，他点燃一支烟，将所有导向这个快乐结局的大事小情从头回顾了一遍。

　　他认识露西已经有好些年了，但向来只当她是个碰巧会一点音乐的普通女孩。他还记得罗马那个郁闷的下午，那时，她和她可怕的表姐从天而降，要求他带她们去圣彼得大教堂。那天的她看上去就是个典型的旅行者，粗糙，不依不饶，因为旅途劳顿而显得疲惫憔悴。但意大利令她身上发生了某些奇迹般的改变。它赋予了她光，也赋予了她影——后者是他更珍视的。很快，他就发现她是个美妙寡言的人儿。她就像莱昂纳多·达·芬奇笔下的女人，我们爱她们，不是因为她们本身，而是因为她们从不说出口的背后的东西。这些东西显然与现世无关，达·芬奇的女人绝没有任何诸如"故事"之类俗气的东西，完全是日复一日的时光累积，才将她们打磨成了那最美妙的模样。

　　于是，他慢慢变了，即便说不上激情涌动，也从一开始带着优越感的彬彬有礼，变得至少惴惴不安起来。这一点相当意味深长，事情就这样发生了。在罗马时，他就向她暗示过，他们或许很适合彼此。令他颇为感动的是，露西并没有断然回绝这样的暗示。她的拒绝清晰，可是温柔；而在那之后，正如那句可怕的俗语所说，她对他一如既往，与之前毫无二致。三个月后，在意大利边境上，身处繁花遍野的阿尔卑斯山间，他用直白的传统语言再一次向她提出求婚。在他眼里，她比以往任何时候都更像莱昂纳多的女人，她的面孔被晒黑了，在奇妙的岩石映衬下更显幽深。当时，听完他的话，她转过身来，面对着他，身后是无尽的原野与光芒。他陪着她一起走回去，坦然自若，完全不像一个刚

113

刚遭到拒绝的求婚者。最重要的，就是一定要坚定、泰然。

所以，今天他才会再一次提出求婚，同以往一样，她的态度温柔又明确，她接受了，没有为她的拖延找任何扭捏作态的理由，只是简简单单地说，她爱他，愿意尽力让他幸福。母亲也会很高兴的，事情原本就是在她的敦促下推进的，他必须给她写一封长信来讲述整个过程。

他扫了一眼自己的手，想确认一下弗雷迪手上的化学药剂没有沾在自己手上，然后才朝写字台走去。刚走到跟前，他就看到一行文字，"亲爱的维斯夫人，"后面跟着许多涂涂抹抹的痕迹。他立刻退开，没再继续读下去。稍稍犹豫了一下后，他另外找了个地方坐下，就着膝盖当桌子，用铅笔写了一张便条。

写完后，他又点起一支烟，这一支就没有第一支那么神圣了。他在思索，能做些什么来让"风角"的客厅变得更独特一些。坐拥外面那样的风景，它完全可以是一个非常出色的房间。门外的小路直连托特纳姆法院路，他都能想象到舒尔布雷德公司和马普尔公司的货车当初是如何开到大门前，搬下了这把椅子、那些刷漆的书柜和那张写字台。写字台，他又想起了哈尼彻奇太太的那封信。他并不想看信的内容，对他而言，诱惑从来就不在于这些方面，可他还是很担心。她会和母亲谈论他，这是他自己的错，他当时希望能在赢得露西的这第三次努力中得到她的支持，他想感受到别人也是认同他的，无论那个人是谁，所以他才会去征求他们的许可。哈尼彻奇太太态度彬彬有礼，但在关键问题上却含糊其词，至于弗雷迪——"他不过是个小孩子，"他想，"我代表着他鄙视的一切。所以他又有什么理由希望我成为他的姐夫呢？"

哈尼彻奇是值得尊重的家庭，但他已经意识到了，露西跟他们是完全不同的。也许——他还没想得很清楚——也许他该尽快把她引入更合适的圈子里去。

"毕比先生来了！"女用人说。萨默街的新任教区牧师跟着便走了进来。得益于在佛罗伦萨时露西信里的称赞，他一上任就受到了友好的欢迎。

塞西尔颇有些挑剔地迎接他。

"维斯先生，我是为喝茶来的。你觉得我能喝到吗？"

"我必须说，当然。我们在这里总能得到食物——别坐那把椅子。小哈尼彻奇先生在上面放了个骨架。"

"嚯！"

"我明白。"塞西尔说，"我明白。我不知道哈尼彻奇太太怎么会允许他这样。"

在塞西尔心目中，骨架和马普尔的家具是没有关联的。他不明白，正是有它们在一起，才为这个房间注入了他所渴望的生活气息。

"我来这里是为了喝喝茶，说说闲话。这可不是新闻吗？"

"新闻？我不明白您的意思。"塞西尔说，"什么新闻？"

毕比先生的"新闻"跟一般的新闻非常不一样，他自顾往下说。

"我来的路上遇到了哈里·奥特维爵士——我很有理由相信，我自己是第一个得知这个消息的。他从弗莱克先生手里把'茜茜'和'阿尔伯特'买下来了！"

"真的？"塞西尔说，努力让自己保持平静。他这是有多大的误解啊！难道说一名牧师和一名绅士会就这么轻率地开始谈论婚约问题吗？但他的看法依然没变，他仍然认为毕比先生是个粗鲁莽撞的人，不过他还是问了问茜茜和阿尔伯特是谁。

"问出这个问题就不应该了！在'风角'住了一个星期了，还没看到过'茜茜'和'阿尔伯特'吗？它们就在教堂正对面，那两栋半独立式的别墅！我可得让哈尼彻奇夫人敦促敦促你。"

"我在地方事务方面愚钝得惊人。"这年轻人漫不经心地说，"我甚至连教区委员会和地方政府委员会的区别都弄不清楚。可能它们根本就没有区别，也可能不叫这两个名字。我来乡间只是为了探望朋友，欣赏风景。我实在是个很懒散的人，只有意大利和伦敦是不会让我觉得难受的地方。"

察觉到一上来就说"茜茜"和"阿尔伯特"让气氛有些僵住了，毕比先生决定转换话题。

"让我想想，维斯先生——我不记得了——您的职业是什么？"

"我没有职业。"塞西尔说，"这又是一个说明我颓废的例证。我所秉持的态度——实在是相当站不住脚的一个态度——是，只要不给别人造成麻烦，那我就有权照自己喜欢的样子生活。我知道我应该从其他人手里赚些钱，或者不计回报地投身于某些事情中，但不知怎么的，始终就没迈出这一步去。"

"您非常幸运。"毕比先生说，"能够有足够的财产过您闲的生活，这是非常难得的。"

这完全是教区牧师的腔调，却始终有那么些不自然。和所有拥有固定职业的人一样，他也觉得人人都应当有一份固定职业，这是必然的。

"真高兴您能认可这一点。我都无颜面对那些健康的人——比如说，弗雷迪·哈尼彻奇。"

"噢，弗雷迪是个好小子，不是吗？"

"令人钦佩的好小子。是那种让英国成其为英国的人。"

塞西尔自己也很奇怪。为什么偏偏在这一天，他要这样无可救药地跟人唱反调呢？他力图挽回，于是热情地问候起毕比先生的母亲来。那是一位他并不特别敬重的老妇人。接着他又恭维牧师，称赞他宽容的自由思想和他对于哲学、科学的开明态度。

"其他人去哪儿了？"最后，毕比先生说，"我还一心想着要在晚祷前喝杯茶呢。"

"我猜安妮根本就没去跟他们说您来了。在这栋屋子里，人们从进门就开始受到用人的调教。安妮的问题在于她明明听清楚了，却还要你再说一遍，而且老是踢你的椅子腿。玛丽的问题——我不记得玛丽的问题都是什么了，总之都不小。我们要不要去花园里看看？"

"我知道玛丽的问题是什么。她会把簸箕放在楼梯上。"

"尤菲米娅的问题在于她不肯——纯粹是不肯——把牛油切得小块一点。"

他们俩一起大笑起来，气氛缓和了。

"弗雷迪的问题——"塞西尔接着说。

"啊，他的问题太多了。除了他母亲，没有人能记得清弗雷迪的问题。说说哈尼彻奇小姐的问题，她没那么多。"

"她完全没有问题。"年轻人说，非常严肃认真。

"我完全同意。目前她还没有问题。"

"目前？"

"我并不是悲观，只是刚好想到了我对于哈尼彻奇小姐的小小理论。她弹琴弹得那样好，生活中却如此安静，这合理吗？我猜总有一天，她在两方面都能同样出色。她内心的密封舱隔板会降下，音乐和生活将会水乳交融。到那时，我们会看到一个传奇般的她，传奇般的好，要不就是传奇般的坏——太传奇了，远不是'好'与'坏'所能涵盖的。"

塞西尔觉得自己的同伴很有意思。

"那么，目前您是觉得她在生活中不够出色了？"

"唔，我必须承认，我只在坦布里奇韦尔斯见过她，在那里她还不够出色，然后就是在佛罗伦萨。我来萨默街的时候她还没回来。您在罗马和阿尔卑斯山区里见过她，不是吗。哦，我忘记了，当然了，您之前就认识她。不，在佛罗伦萨的时候她都还不够出色，但我一直认为她会做到的。"

"在哪方面呢？"

两人的谈话变得和谐起来，他们一边聊，一边在阳台上踱来踱去。

"我可以很轻松地告诉你她下一支曲子要弹什么。那就是一种感觉，好像她找到了翅膀，而且有意识地在使用它们。我可以给你看我的意大利日记里的一幅画，很漂亮：哈尼彻奇小姐就像一只风筝，线握在巴特莱特小姐手里。还有一幅：线断了。"

画在他的日记里，却是后来才画上去的，等到他以艺术的眼光回看过那些事情之后。想当初，他自己也曾偷偷拽动那根线。

"但线其实一直没断？"

"没有。我也许看不到哈尼彻奇小姐高飞，但一定能听到巴特莱特小姐倒地的声音。"

"现在断了。"年轻人说，声音低沉，带着共振。

话一出口，他就意识到，在宣布订婚消息的所有方式中，这一种是最自负、最荒唐、最可鄙的。他暗暗诅咒自己对比喻的热爱——他这是在暗示自己是颗星星，而露西在乘风而上飞向了他吗？

"断了？怎么说？"

"我是说，"塞西尔僵硬地说，"她就要嫁给我了。"

教士先生感到某种带着苦涩的失望涌起，一时竟没忍住，从声音里透了出来。

"我很抱歉，我必须道歉。我不知道您和她的关系这么亲密，不然我不会这样说话的，这太没礼貌，太肤浅了。维斯先生，您应该阻止我的。"他看到露西本人了，就在花园那头。是的，他很失望。

塞西尔的嘴角撇了下去，他自然是更愿意听到恭贺而不是道歉的。这就是这个世界对他的行动所给予的回应吗？当然了，就世界这个整体而言，他并未放在眼里。每一个有思想的人都应该如此。这几乎可以算得上是教养的入门试了。但他对自己遭遇到的种种具体细节是敏感的。

偶尔，他也可能变得相当粗鲁。

"很抱歉让您吃惊了。"他干巴巴地说，"恐怕露西的选择没能让您满意。"

"不是这样的。只是您该阻止我的。过了这么久了，我对哈尼彻奇小姐的了解实在很少。也许我压根儿就不该这样随意地谈论她，无论跟谁谈论，当然，更不该跟您说这些话。"

"您觉得自己说了什么轻率的话吗？"

毕比先生努力打起精神。真的，维斯先生很懂得如何把人逼到最讨厌的地方。他被迫调用他的职业特权。

"不，我没有说任何轻率的话。在佛罗伦萨时，我预见到了她宁静、安稳的童年就要结束。它结束了。我隐约意识到她可能就要迈出重要的一步。她迈出了。她学会了——如果您能允许我直言不讳的话，我就直说了——她学会了什么是爱，总有人会告诉您，这是凡俗人生教给我们的最伟大的一课。"说到这里，也差不多该摘下帽子向渐渐走近的三个人挥帽致意了。他没有遗漏这一步。"她是从您身上学到的。"如果说他的腔调依旧还是牧师式的，现在又平添了几分真挚，"帮助她受益于她的所学所知，这是您要做的。"

"Grazie tante（非常感谢）！"塞西尔说，他不喜欢牧师。

"您听说了吗？"哈尼彻奇太太吃力地走上花园斜坡，一边大声说，"噢，毕比先生，您听说我们的新消息了吗？"

弗雷迪这时已经心情大好，口里吹着婚礼进行曲。年轻人很少会对既成事实提出批评。

"当然，我听说了！"他也大声回答。他看了看露西。她一出现，他就没办法再继续扮演牧师了——无论如何，在没有道歉之前不行。"哈尼彻奇夫人，我要做大家都会期望我做的事情了，只不过我常常都太害羞。我要祈祷一切祝福都降临在他们身上，严肃的、快乐的，宏大的、渺小的。我希望他们拥有无上美好、无上幸福的人生，丈夫与妻子，父亲与母亲。现在，我想喝我的茶了。"

"您来得正是时候。"女士回敬道，"不过您怎么敢在'风角'这么一本正经？"

他欣然接受批评。没有了沉甸甸的好意善心，也不必再试图用诗意或《圣经》来装点气氛，增加威严。这些东西统统不敢，或者说，无法继续严肃下去。

婚约是如此强大的东西，或迟或早，它总能让所有提起它的人都发出欢喜的赞叹。若是没有了它，待到独自关在屋子里，毕比先生，甚至弗雷迪，都可能重新变得挑剔。而有了它，有了此时此刻在场的每一个人，所有人都只是由衷地感到高兴。这是一种奇怪的力量，它不但能掌控人的嘴，还能掌控人的心。如果要找出一种足以与之匹敌的强大力量来加以类比的话，那就是某种其他宗教的庙宇神殿所能加诸我们的力量。站在殿外时，我们可能会嘲笑它，对抗它，最好的状况也不过是略有几分感伤。可一旦走进去，即便那些圣徒和神明都不是我们所信奉的，但只要有真正的信徒在场，我们也就变成了真正的信徒。

就这样，经过了一个下午的试探和猜忌之后，他们促膝并坐，开始了一场非常愉快的下午茶会。如果说他们的友好是伪装的，那至少，他们并没有意识到这一点，因此，这份伪装大有可能安定下来，变成真实。安妮将盘子一一放在他们面前，就像摆放结婚礼物一样，给他们带来了极大的刺激。她用脚踢开客厅门，朝他们露出微笑，他们无法不立刻回以微笑。毕比先生尖声说个不停。弗雷迪发挥出了他最大的机灵，管塞西尔叫"滑铁卢大将军"——这是这个家里对于"未婚夫"的双关尊称。哈尼彻奇太太富态风趣，天生一副好岳母的模样。至于露西和塞西尔，对于他们来说，神殿已经落成，他们也加入了喜悦的庆典之中，只是和最虔诚的崇信顶礼者一样，他们还在等待，等待更加神圣、欢乐的神殿揭幕。

第九章

露西是件艺术品

订婚消息公开的几天之后，哈尼彻奇太太带着露西和她的"滑铁卢大将军"去参加了一场社区的小型花园聚会，自然是因为她想让大家看看，她的女儿要嫁的是这样一个体面的男人。

塞西尔何止体面，几乎称得上是高贵。他修长的身形陪伴在露西左右，他狭长、英俊的面容回应着露西对他说的话，这是相当赏心悦目的场景。人们纷纷向哈尼彻奇太太道喜，在我看来，这是错误的社交举止，却让她很高兴，她不加挑拣地向几位乏味的老年贵妇人介绍了塞西尔。

喝茶时发生了一桩小小的灾难：一杯咖啡被打翻在露西的提花丝绸裙子上了，虽然露西假装并不介意，她的母亲却毫不掩饰，立刻把她拉进屋子里，找到一名好心的女佣帮忙处理衣服。她们去了一些时候，把塞西尔独自留在了一群老贵妇中间。到她们回来时，他已经不像一开始那样愉快了。

"你经常参加这类活动吗？"回家路上，他问。

"呃，有时候。"露西说，她过得挺愉快。

"乡间社交都是这样的吗？"

"我猜是的。妈妈，是吗？"

"社交活动很多。"哈尼彻奇太太说，她正在努力回想一条裙子上的装饰。

看出她的心思在别的地方，塞西尔凑近露西，说：

"对我来说，这简直就是彻彻底底的灾难，骇人听闻，装腔作势。"

"让你一个人待在那里，我实在是非常抱歉。"

"不是这个，而是那些祝贺。实在是叫人难以接受，那种把一场婚约当成公共事务的方式——好像婚约就是一块荒地，任何局外人都可以跑上去把他庸俗的情感往外倒。那些老妇人个个都那么自以为是，傻笑个没完！"

"我猜人人都得经过这么一遭。下一次他们就不会这么关注我们了。"

"可我在意的重点是，她们的态度从根本上就是错的。婚约——首先，这本身就是个可怕的词——是私人事务，不该被那样对待。"

然而，虽说就个体而言，这些傻笑的老妇人是错了，但就人类种族而言，她们依然是正确的。世世代代的灵魂透过她们露出微笑，为塞西尔和露西的婚约而欢喜，因为婚约意味着尘世间生命的延续。只是对于塞西尔和露西来说，它代表的是某种截然不同的东西，是属于个人的爱情。因此才有了塞西尔的恼怒，而露西也才会认为他的恼怒是合理的。

"那的确很烦人！"她说，"你怎么没躲去打打网球？"

"我不打网球——至少，不在公众场合打。这个社区消弭了我想要运动的浪漫情怀。我这种浪漫情怀是Inglese Italianato

（意大利样貌的英国人）的。"

"Inglese Italianato（意大利样貌的英国人）？"

"È un diavolo incarnato（他是恶魔的化身）！你听过这句谚语吗？"[1]

她没听过。而且这听来也不适合用来描述一个刚刚陪着母亲在罗马度过了整个冬天的年轻人。不过，自从订婚之后，塞西尔就喜欢摆出一副见多识广的淘气模样，殊不知，他身上根本没有这种东西。

"唉，"他说，"要是他们实在不能认同我，那也没办法。他们和我之间显然存在着无法消除的障碍，我必须接受这一点。"

"我想，我们每个人都有自己的局限。"露西明智地说。

"只是有时候那些东西是强加给我们的。"塞西尔说。他从露西的话里听出她没太明白自己的立场。

"怎么说？"

"我们竖起篱笆把自己围起来，和别人竖起篱笆把我们圈起来，这是不一样的，不是吗？"

她想了想，同意那是不一样的。

"不一样？"哈尼彻奇太太叫道，她突然回过神来了，"我看不出有什么不一样。篱笆就是篱笆，况且它们还就在同一个地方。"

"我们说的是动机。"塞西尔说，这样被打断让他不太高兴。

"我亲爱的塞西尔，看。"她放平双腿，搬过牌盒放在上面，

---

1. 上下句相连是一句意大利谚语，形容一个人虽然仍旧保留着人的外形，实际上已经变成了恶魔。

"这是我。这是'风角'。剩下的图案是其他人。大家的动机都是好的，但篱笆在这里。"

"我们说的不是真的篱笆。"露西笑了，说。

"噢，我明白，亲爱的——是诗化的。"

她心满意足地靠了回去。塞西尔不知道露西为什么会被逗乐了。

"我告诉你们什么人没有'篱笆'——照你们的说法，"她说，"那就是毕比先生。"

"一个没有篱笆的教区牧师就意味着绝非没有篱笆。"

露西对别人的话理解得很慢，但对他们的言外之意却领会得很快。她忽略了塞西尔的名言警句，却立刻抓住了它传递出来的感觉。

"你不喜欢毕比先生？"她若有所思地问。

"我从没这么说过！"他叫道，"我觉得他远胜过一般的牧师。我只是不喜欢——"他又把话题拉回到了篱笆上，措辞十分漂亮。

"说起来，有一个牧师我倒是真的很讨厌。"她想表达一点赞同的立场，于是说，"一个的确是浑身都竖着篱笆的牧师，最讨厌的那种，那是伊格尔先生，在佛罗伦萨的一个英国教士。他真是虚伪——很不幸，不仅仅是言谈举止上那种。他是个势利小人，狂妄自负，而且说过一些非常不好的话。"

"哪种话？"

"贝托里尼公寓里有一个老人，他说他杀害了他的妻子。"

"也许他真的杀了。"

"不会！"

"为什么'不会'？"

"他是个非常好的老人家，我很肯定。"

塞西尔为她女性化的自相矛盾笑了。

"喏，我试过梳理这件事。伊格尔先生从来不说关键点。他更喜欢含糊其词，说那个老人'事实上'谋杀了他的妻子，说他在上帝的注视下杀了她。"

"嘘，亲爱的！"哈尼彻奇太太漫不经心地说。

"可是一个本该让我们追随效仿的人却在到处散布流言，这难道不是不可容忍的吗？我相信这位老人之所以受到排挤，主要原因就在他身上。人们假装那老人是个低俗的粗人，可他根本不是那样的。"

"可怜的老人！他叫什么名字？"

"哈里斯。"露西随口诌道。

"但愿没有哈里斯太太[1]这么个人吧。"她母亲说。

塞西尔明智地点了点头。

"伊格尔先生不是那种很有修养的牧师，对吗？"他问。

"我不知道，我讨厌他。我听过他讲解乔托，我讨厌他。狭隘的天性是藏不住的，我讨厌他。"

"我的天哪，孩子！"哈尼彻奇太太说，"你要把我吵晕了！有什么好大叫大嚷的？我不许你和塞西尔再讨厌任何牧师了。"

---

1. 这里化用了英国作家查尔斯·狄更斯 (Charles Dickens, 1812—1870) 的长篇小说《马丁·翟述伟》(*The Life and Adventures fen Martin Chuzzlewit*, 1842) 中的人物情节，其中，哈里斯太太是助产士甘普太太虚构出来用以夸赞自己的人物。

他笑了。露西突然道义感爆发，对伊格尔先生大加指责，这之中颇有些很不协调的东西。就像莱昂纳多的画出现在西斯廷教堂的天花板上一样。他很想提醒她，她的位置不在这里，女人的力量与魅力在于神秘感，而不是激动地发表演说。不过能够演说总是有活力的象征——它有害于美丽的生物，却也显示出她的确是鲜活的。片刻后，他带着某种赞许，注视着她涨红的脸和激动的手势，他不想压抑青春的源泉。

在他看来，大自然是最简单、最安全的话题。此刻他们正身处其中。他赞叹松林，赞叹绵延不绝的浓密的欧洲蕨、斑驳灌木中点点殷红的红叶、实用的收费公路上的美景。户外的世界非他所长，他难免会弄错点儿什么。听到他说落叶乔木常绿不败时，哈尼彻奇太太的嘴角禁不住抽了抽。

"我认为自己是个幸运的人。"最后，他总结道，"在伦敦时，我觉得自己没法在其他地方生活。到了乡间，我对乡间又有了同样的感受。总而言之，我真的相信那些鸟儿、那些树，还有蓝天，都是生命中最美妙的东西，身处其中的人一定也都是最好的。只是百分之九十的人似乎都没有留意到这些。乡间的绅士和乡间劳作的人以他们各自的方式成了彼此最叫人沮丧的伙伴。即便如此，其中或许依然存在某种心照不宣的默契，大自然的造化是我们城里人无缘享受的。哈尼彻奇夫人，你有这样的感觉吗？"

哈尼彻奇太太一惊，笑了笑。她刚才没注意听。塞西尔挤在维多利亚式马车[1]的车夫前座上，心情有些暴躁，决定再也不说什么有意思的话了。

露西也没留意。她皱着眉头，看来仍是一副怒气冲冲的样子。对此，他得出的结论是：道德训练做过头了。眼看她这样对八月林地的美视而不见，真叫人悲哀。

"'下来吧，噢，少女，从那远处的高山上。'"他吟咏道，膝盖碰了碰她的膝盖。

她又红了脸，说："什么高山？"

"'下来吧，噢，少女，从那远处的高山上；

住在那高山上有什么乐趣（牧羊人高唱）？

在高山上，在山间的壮丽光彩中……'[2]

我们还是听从哈尼彻奇夫人的劝告，别再憎恨牧师了。这是到了什么地方了？"

"当然是萨默街。"露西说着，回过神来。

林木退开，空出一片三角形的草坡。两边排列着漂亮的村舍，第三边地势高一些，被一座新的石头教堂占据，它简单大方却所费不赀，还有一座迷人的木瓦尖塔。毕比先生的房子就在教堂旁边。并不见得比村舍更高。当然也有一些大宅子，都在附近，只是藏在了树林间。这样的一幕，让人想起的与其说是世外桃源的圣殿与中心，倒不如说是瑞典的某处阿尔卑斯山区——唯一的败

---

1. 一种轻便型的法式小马车，顶篷可折叠，双人乘客座，前面有升高的车夫座位，最迟于 19 世纪 40 年代开始以英国女王维多利亚之名命名，以优雅著称。

2. 出自英国桂冠诗人丁尼生的长篇叙事诗《公主》（*Princess*，1847）。

笔是两栋丑陋的小别墅。这些别墅曾经与塞西尔的订婚消息相争，就在塞西尔得到露西的那个下午，哈里·奥特维爵士得到了它们。

"茜茜"是其中一幢别墅的名字，"阿尔伯特"是另一幢。这两个名字不但以带阴影的哥特体出现在花园大门上，还在门廊上出现了第二次，大写的正楷，沿着入口拱门的半圆弧线排开。"阿尔伯特"里有人住。它饱经风霜的花园里盛开着天竺葵和半边莲，铺着亮闪闪的贝壳，光彩焕然。它的小窗上镶着纯正的诺丁汉花边。"茜茜"在招租。三块杜金中介代理公司的告示牌懒洋洋地倚在它的篱笆上，宣告着这个毫不令人意外的消息。它的小径上已经长满了杂草，手帕一般的草坪上开满了黄色的蒲公英。

"这地方毁了。"女士们用平板的声音说，"萨默街再也不是当初的萨默街了。"

就在马车经过时，"茜茜"的大门打开，一位绅士走了出来。

"停车！"哈尼彻奇太太喊道，用她的阳伞碰了碰车夫，"那是哈里爵士。这下我们有救了。哈里爵士，赶紧把这些东西拆掉吧！"

哈里·奥特维爵士——这个人物不需要特别介绍——走到马车前，说："哈尼彻奇夫人，我也想这么做。但我不能，要把弗莱克小姐赶出去，我实在做不到。"

"我总是对的，不是吗？合同签订她就应该离开。她这是继续白住在里面，就像她侄儿还在时那样？"

"可我能怎么办呢？"他放低了声音，"一位老女士，完全俗不可耐，还几乎算是卧床不起了。"

"把她扔出去。"塞西尔无所畏惧地说。

哈里爵士叹了口气，忧伤地看了看别墅。他早就清楚弗莱克先生的想法，也得到了清晰的警示，而且原本是很有希望赶在房子动工前把这块地给买下来的，可他当时没放在心上，拖拉了。他所熟悉的萨默街已经存在了那么多年了，他从没想过它可能遭到破坏。直到奠基石已然安放，红色和奶油色砖块的恶灵从地面升起，他才幡然醒悟。他特地拜访了弗莱克先生，这位本地的建筑商是最最通情达理、最最有责任心的人，也认同用瓦片铺屋顶会更艺术一些，却同时指出，石板更便宜。另一方面，他还对那些水蛭一样趴在凸窗上的柯林斯式圆柱提出了异议，说以他看来，他更喜欢正墙清爽一点，只用少量装饰调剂一下就足够了。哈里爵士婉转地提醒他，如果可能的话，柱子不但是装饰，还应当是房屋结构的一部分。

弗莱克先生回答说柱子都订好了，还补了一句："每个柱头都不一样：一个是几条龙，伏在植物中间；另一个类似爱奥尼亚风格；还有一个嵌入了'弗莱克先生'的姓名首字母。每一个都不一样。"他读过罗斯金的书，他按照自己的意愿修建他的别墅。等到哈里爵士终于把房子买下来，他却已经在里面塞进了一个不能动弹的姑妈。

爵士倚在哈尼彻奇太太的马车上，这桩无用又无利可图的交易让他十分伤心。他没能尽到守护这片乡土的职责，大家都在嘲笑他。他花了钱，可萨默街还是被毁坏了，毫无改观。如今，他唯一能做的就是为"茜茜"寻找一位合意的好租客，一个真正叫人称心如意的人。

"租金低得都可笑。"他告诉他们，"大概我是个好说话的房东吧。但这房子的大小很尴尬。对于农民阶层来说太大，对于任何像我们这样的人来说，又太小了。"

塞西尔不知道是自己是该鄙视这小别墅，还是应该因为哈里爵士鄙视它们而鄙视他本人。后者的冲动看来更合理一些。

"你该赶紧找到租客。"他故意说，"对于银行职员来说，这房子就是天堂。"

"对极了！"哈里爵士兴奋地说，"这就是我担心的，维斯先生。它会把不对头的那类人引过来。火车交通发达了——要我说，这种发达简直就是灾难。如今还有自行车，离车站5英里又算得了什么呢？"

"那得是个相当勤奋的职员才行。"露西说。

要论中世纪的恶作剧手段，塞西尔是把好手，他回答说，中下阶层的体魄如今正在以令人震惊的极致速度提升。她看出他是在嘲笑他们无害的邻居，于是打起精神来阻止他。

"哈里爵士！"她大声说，"我有个主意。你觉得老小姐们怎么样？"

"我亲爱的露西，那可就太棒了。你认识什么人吗？"

"是的，我在国外遇到过几个。"

"都是淑女？"他试探地问。

"是的，地地道道的淑女，眼下正想找地方住下。我上个星期才收到她们的消息——特蕾莎·阿兰和凯瑟琳·阿兰小姐。我真还不是随口说说。她们就是最合适的人，毕比先生也认识她们。我能让她们给您写信吗？"

"当然可以！"他叫道，"这样我们的难题就解决了。多叫人高兴啊！还有额外优惠——请告诉她们，还有额外优惠，因为我不需要中介费。哦，那些中介公司！他们给我找来的人太可怕了！一个女人，我写信请她告诉我她的社会地位——你知道，写得很婉转——结果她回信说她会提前支付房租。好像谁在乎那个似的！还有好几个备选人，我都不满意极了——不是骗子，就是毫无责任感。还有，噢，那些谎言！上个星期，就一个星期的时间，我真是见识了不少阴暗的东西。那些表面看来最有前途的人撒下的谎言。我亲爱的露西，谎言！"

　　她点点头。

　　"以我的建议，"哈尼彻奇太太插嘴道，"还是别听露西的，不要跟她那些老朽的淑女有瓜葛的好。我知道那种人。但愿我能远离那些人。家道中落，抱着家传的宝贝不放，永远弄得房子里一股子霉味儿。这很伤感，但我宁愿跟正在走上坡路的人打交道，也绝不愿意结交走下坡路的人。"

　　"我想我同意您的观点。"哈里爵士说，"那真是，如您所说，非常伤感的事情。"

　　"两位阿兰小姐不是那样的！"露西大声说。

　　"是，她们是的。"塞西尔说，"我没见过她们，但我敢说，她们绝对不适合这个社区。"

　　"别听他的，哈里爵士——他真是讨厌。"

　　"讨厌的是我。"哈里爵士说，"我不该把我的烦恼带给年轻人。只是我实在是太烦恼了，奥特维夫人只会说怎么小心也不为过，这话对极了，可并没有帮助。"

"那我可以给两位阿兰小姐写信吗？"

"请写吧！"

可哈尼彻奇太太的一番高论又让他的眼神闪动着犹豫了。

"要小心！她们肯定会养金丝雀的。哈里爵士，要小心金丝雀，它们会把谷子从笼子的栏杆中间往外吐，招来老鼠。有女人就要小心。还是把房子租给男人吧。"

"不会吧——"他殷勤地含糊应道，尽管他觉得她的话很有道理。

"男人不会在喝茶时说长道短。要是喝醉了，他们就只是醉了，他们舒舒服服地倒在床上，睡一觉就好了。要是他们低俗粗鄙，那也仅限于他们自己。不会传播开去。为我们找个男人来住吧——当然了，前提是他得是个讲究卫生的人。"

哈里爵士脸红了。面对这样针对他们性别的公然称赞，无论是他还是塞西尔都无法感到愉悦。即便把肮脏的人排除在外了，也没让人感觉有多大差别。他向哈尼彻奇太太提议，如果有时间的话，不妨从马车上下来，亲自看看"茜茜"。她很乐意，天性要叫她过穷日子，让她对住进这样一幢房子里感兴趣。居家事务总能吸引她，特别是那些琐碎小事。

露西准备跟着母亲一起下车，塞西尔把她拉了回来。

"哈尼彻奇夫人，"他说，"我们两个能否丢下您，自己走回去？"

"当然！"这是她由衷的回答。

哈里爵士更像是很高兴终于能摆脱他们俩了一样。他会意地看着他们俩，说："啊哈！年轻人，年轻人！"接着便忙不迭打开了门锁。

"不可救药的暴发户！"几乎等不及走到对方听不到的距离，塞西尔就大声说。

"噢，塞西尔！"

"我忍不住。要不讨厌那个人才叫有问题了。"

"他是不聪明，但真的是个好人。"

"不，露西，他代表着乡间生活里所有不好的东西。要是在伦敦的话，他就会知道自己的位置了。他会被扔进蠢人俱乐部，他的妻子主持的会是蠢人晚宴。可到了这里，他倒成了上流阶层，扮演起小小的上帝来了，他的恩惠，他虚伪的美学，人人都被他蒙蔽了，甚至你母亲也是。"

"你说得都很对。"露西说，虽说她其实觉得有些丧气，"只是我不知道这个是否——是否真的那么重要。"

"这极其重要。哈里爵士就是那场花园聚会的精神。噢，天哪，我太生气了！我真希望他为那栋别墅找到一个粗俗的房客——某个真正粗俗的女人，这样他才会发现这一点。上流人士！呕！就他那个秃头，还有那个短下巴！算了，我们还是忘掉他吧。"

露西乐意之至。如果说塞西尔不喜欢哈利·奥特维爵士和毕比先生的话，那怎么能担保她真正在乎的人就能例外呢？比如说，弗雷迪。弗雷迪不聪明，也不文雅，还不英俊，怎么能担保塞西尔不会在什么时候说出"要不讨厌弗雷迪才叫有问题了"呢？到了那个时候，她该怎么回答？除了弗雷迪，她还没有想得更远，但仅仅这样就已经让她很忧心了。她只能安慰自己，塞西尔认识弗雷迪已经有一段时间了，他们一直相处得很愉快，除了——也许要除了最近几天吧——可那只是个意外，也许。

"我们走哪条路？"她问他。

在她看来，大自然是最简单、最安全的话题，此刻他们正身处其中。萨默街深藏在林地中间。她停下脚步，面前是小路和大路的分岔口。

"两条路都可以吗？"

"也许走大路更明智些，毕竟我们都穿得挺讲究。"

"我倒更想走走树林。"塞西尔说，隐隐带着些恼火。她能感觉到，这一整个下午他都处在这种状态中。"露西，为什么你总说要走大路？自从订婚之后，你还一次都没有跟我在野地或树林里散过步，你知道吗？"

"没有吗？那就走树林好了。"露西说。她被塞西尔的不快吓到了，不过很清楚他自己稍后就会做出解释——任由她对自己的意思疑惑不解，这不是他的做派。

她当先走进沙沙作响的松树林，很有信心，不出十二码，他一定会开口。

"我有个感觉——我敢说一定是错了——你只有跟我待在房间里才更自在。"

"房间里？"她重复道，越发一头雾水。

"是的，或者说，至多也就是在花园里，或者在大路上。从来没有在像这样的真正的乡野间。"

"噢，塞西尔，你到底是在说什么？我从来没有过这样的感觉。你说得好像我是个什么女诗人之类的。"

"我不知道你有没有感觉到过。我总会把你和风景联系起来——某一种风景。既然如此，你怎么就不会把我和房间联系起来呢？"

她认真想了想，笑了，说：

"你知道吗？你是对的。的确是这样。说到底，我一定是个女诗人。我只要想到你，那场景就总是在房间里。多有趣啊！"

叫她吃惊的是，他似乎生气了。

"在客厅里，请问是这样吗？没有风景？"

"是的，没有风景，我想是这样。为什么要有风景呢？"

"我宁愿你把我放在露天里。"他说，带着责备的口吻。

她再一次说："噢，塞西尔，你到底在说什么呀？"

没有更进一步的解释了。于是她把这个话题抛到一边，权当是它太复杂，不适合女孩研究，继续领着他往林子深处走，时不时地在某个地方停下脚步，欣赏树木勾勒出的那些特别漂亮或特别眼熟的风景。自从长到能独自出门散步的年纪以后，她对萨默街和"风角"之间的树林就已经烂熟于心了。她曾经带着弗雷迪在林子里玩捉迷藏，那时弗雷迪还是个紫红脸蛋的小宝宝，就算后来去了意大利，这片树林的魅力依然分毫未减。

眼下，他们走到了松林间的一小块空地上。那是另一处小小的绿丘，孤零零的，环抱着一汪浅潭。

她大叫："圣湖！"

"为什么管它叫这个名字？"

"我不记得原因了。大概是从哪本书里看来的。现在只是个小水坑，但你见过山上的水流下来时的样子吗？下过大雨之后，很多水从山上流下来，汇进潭里，可是水不会一下子就流走，于是水潭就变得很大，很美。每到那时，弗雷迪就常常来这里游泳。他非常喜欢这个。"

"你呢？"

他的意思是，"你喜欢吗"，可她仿佛梦游一般，回答："我也游，可是后来被发现了。那真是一场轩然大波。"

换个时间，他可能会很震惊，因为他骨子里是个拘谨守礼的人。可现在？他突然沉浸在了对清新空气的热爱中，露西的天真更是值得赞叹，能让他心情欢畅。他看着站在水潭边的她，用她的话说，她打扮得很讲究，让他想起了某些绚烂的鲜花，本身没有叶子，却在绿色的世界里卓然而立，尽情绽放。

"谁发现了你？"

"夏洛特。"她喃喃道，"她拦住了我们。夏洛特——夏洛特。"

"可怜的姑娘！"

她闷闷地笑了笑。看来是时候实施他那个计划了——迄今为止他一直在回避的计划。

"露西！"

"嗯，我看我们该走了。"她应道。

"露西，我想向你提出一个我从没提过的请求。"

听出他声音里的严肃，她大方又体贴地走过去。

"是什么，塞西尔？"

"在此之前从来没有——就连在那片草地上，你答应嫁给我的那天也没有——"

他难为情起来，眼睛不断地左扫、右扫，想确认有没有人会看到他们。他的勇气消失了。

"嗯？"

"到现在，我还从来没有吻过你。"

她的脸红得好像他刚刚说出了什么最最下流的话一样。

"没——你没有过。"她结巴了。

"那我想请求你——现在可以吗？"

"当然，可以，塞西尔。以前也可以，你知道的，我又不能主动扑到你怀里。"

在这样一个无比重要的时刻，他却只觉得荒谬。她的答复还不够。她那样一本正经地掀起了她的面纱。他凑上前去，却发现自己只想后退。当终于碰到她时，他的金边夹鼻眼镜滑下来，架在了他们俩中间。

就这样，他们只得到了一个拥抱。他真心觉得这就是一场失败。激情应当顺从它无法抗拒的诱惑而行，应该丢掉礼仪、顾虑和一切该死的教养。最重要的，它绝不应该征求许可。他为什么不能像随便哪个工人或者海员——不，像任何一个躲在角落里的年轻人那样呢？他在脑海里重新排演了这一幕。露西站在水边，宛若鲜花一般，他冲上前去，将她搂进怀里，她会斥责他，然后默许他，从此为他的男子汉气概而倾倒。他相信，女人对男人的崇拜就源于他们的男子汉气概。

他们沉默着离开了水潭。经过这样一次"问候"之后，他期待她能说些什么，好让他知道她内心真正的想法。终于，她开口了，带着恰如其分的严肃。

"爱默生才是他的名字，不是哈里斯。"

"什么名字？"

"那个老人的。"

"什么老人？"

"我跟你说到的那个老人。伊格尔先生对他非常不好的那个。"

他不会知道，这就是他们之间最亲密的一次交谈了。

第十章

———

塞西尔是个幽默大师

塞西尔打算用来拯救露西的社交圈子或许也算不上特别出类拔萃，但总比她先天得到的那一个优越。露西的父亲是一名成功的本地事务律师，是他建造了"风角"，当时这个地区刚刚开发，他原本只是当作一笔投资，不料却爱上了自己的创造物，最后干脆自己住了进来。就在他完婚后不久，社会风尚开始改变。其他人的房子要么建在陡峭的南坡顶上，要么藏在后面的松树林里，要么就在北面丘陵的白垩山脊上。大多数房子都比"风角"大，里面住满了人，不是本地人，都来自伦敦。他们错把哈尼彻奇一家当作某个本地贵族家族的后裔。他对此有些不安，可他的妻子安然接受了这一局面，不卑不亢。"我不知道人们会怎样，"她是这么说的，"但这对孩子们来说是天大的幸运。"她四处拜访新邻居们，得到了热情的回应，等到人们发现她其实算不上自己圈子的成员时，却早已经喜欢上了她，因此，身份也就显得没那么重要了。哈尼彻奇先生是怀着安乐满足过世的，他的家庭已经在他们所能够进入的最好的社交圈里扎下了根——平心而论，在事务律师的圈子里，极少有人能对此不屑一顾。

所能进入的最好圈子，诚然，许多外来居民都相当乏味，从意大利回来之后，露西对这一点的感受尤其鲜明。迄今为止，她毫无疑义地接受了他们的观念理想——他们友善的富足，他们温和的宗教信仰，他们对于纸袋、橙子皮和碎瓶子的不喜。身为一个彻头彻尾的激进分子，她学会了把城郊生活说成可怕的。无论怎样发挥想象，在她眼里，生活始终是一个富足、愉快的人们组成的圈子，大家有着同样的喜好和同样的厌恶。人们思考、结婚、死亡，都在这个圈子之内。圈子外是贫穷与粗俗，它们永远都在试图闯进来，就像伦敦的雾试图闯进布满整个北部山区的松林。然而，意大利让这种生活观消失了，在那里，只要愿意，人人都可以沐浴阳光，人人都可以让自己温暖满足。她的感知扩展了。她觉得好像没有谁是她会不喜欢的，诚然，社会壁垒是不可移除的，这一点毫无疑问，但它们也没有那么高。你可以跳过它们，就像跳进亚平宁半岛上农户的橄榄园，而他会很乐意看到你。带着全新的目光，她回来了。

塞西尔也一样。但意大利带给塞西尔的是激化，不是让他更宽容，而是更容易被激怒。他看到了这个地区小社会的狭隘，却并不肯只是说："有那么要紧吗？"他愤而反抗，试图用他所说的"更广阔"的社会来取代它。他没有意识到，露西已经用千千万万细小的仪式将她周遭的环境变得神圣，日积月累之下，这些细节之中早已滋生出一种柔软的亲切，因此，即便她的眼睛看到了这个社会的缺点，她的心也不愿将它全盘鄙弃。还有更重要的一点，也是他没有意识到的：如果说露西的"好"已经超越了这个小社会，那么对于整个社会来说，她也必定太"好"，已经到了只有个人交往才能令她满足的层面。一个叛逆的露西（并非他以为的那种叛逆），她渴望的不会是更大的居室，而是与她所爱的人之间的平等。要知道，意大利赠予了她一切财富之中最珍贵的无价之宝——独立的心与灵魂。

露西在跟教区牧师十三岁的侄女明妮·毕比打吊击球。那是一种无比尊贵的古老游戏，简单说来，就是向空中用力击打网球，让它们落到网的另一边，再高高弹起来——有些球打到了哈尼彻奇太太，还有些丢了。这句话很混乱，但总比露西脑子里的情形强，因为她还同时忙着和毕比先生说话。

"噢，真是讨厌——先是他，然后是他们——谁都不知道他们想要的是什么，人人都那么无聊。"

"但她们是真的就要到了。"毕比先生说，"我几天前就给特蕾莎小姐写了信——她想知道小贩多久来一次，我说一个月一次，这回答一定能让她满意，而且印象深刻。她们就要到了。我今天早上刚接到她们的消息。"

"我一定会讨厌这些阿兰小姐的！"哈尼彻奇太太叫道，"就因为她们是那种又老又蠢的人，整天说'多可爱啊'！我讨厌她们没完没了的'如果'啊，'可是'啊，'还有'啊。可怜的露西——说来也是她自找的——憔悴得不成样子。"

毕比先生注视着那个"憔悴得不成样子"的人在球场上跳跃、大喊。塞西尔不在，他在的时候没人会打吊击球。

"哎呀，如果她们来了——不，明妮，不要'土星'。""土星"是颗网球，表皮有点脱线了。飞起来时会甩出一道环。"要是她们来了，哈里爵士就会让她们在二十九号之前搬进去，他答应删掉粉刷天花板的要求，因为这会让她们紧张，然后加进有关正常损耗的条款——那个不算，我跟你说了不要用'土星'。"

"打吊击球'土星'没问题。"弗雷迪加入了他们中间，叫道，"明妮，别听她的。"

"'土星'弹不起来。"

"'土星'的弹力足够了。"

"不，它不行。"

"得了吧，它比'漂亮白魔'弹得高。"

"小声点儿，亲爱的。"哈尼彻奇太太说。

"可你看看露西，一个劲儿抱怨'土星'，手里却一直抓着'漂亮白魔'随时准备出击。对，明妮，冲过去——用球拍扫她的小腿——打她的小腿！"

露西跌倒了，"漂亮白魔"从她手里滚了出去。

毕比先生把它捡起来，说："拜托，这个球的名字是维多利亚·科隆伯纳[1]。"可他的订正被当成了耳旁风。

弗雷迪有个本事，特别擅长招惹小姑娘发急，不到半分钟的时间，他就把明妮从一个举止文雅的小女孩变成了哇哇大叫的野丫头。塞西尔在楼上都听到了他们的声音，他有满肚子有趣的新闻，但并不打算下楼告诉他们，免得自己被误伤。他不是胆小的人，也和所有男人一样承受过不得不承受的痛苦。可他讨厌年轻人那种肢体上的野蛮。这真是太明智了！不出所料，一声尖叫结

---

1. 维多利亚·科隆伯纳(Vittoria Corombona)是英国剧作家约翰·韦伯斯特(John Webster, 1580—1634)悲剧《白魔》(*The White Devil*, 1612)中的女主人翁。而"漂亮白魔"出自旅英澳大利亚小说家盖·布斯比(Guy Newell Boothby, 1867—1905)在 1897 年出版的同名小说《*The Beautiful White Devil*》。

束了楼下的游戏。

"真希望两位阿兰小姐能看到这一幕。"毕比先生在一旁看着，露西刚刚还在照顾受伤的明妮，这时又被她的兄弟一把抱了起来。

"两位阿兰小姐是谁？"弗雷迪气喘吁吁地说。

"她们租下了'茜茜'。"

"不是这个名字——"

他脚下一滑，姐弟俩一起摔倒在草坪上，都快活极了。他们躺了会儿。

"不是这个名字？"露西问，她兄弟的脑袋还枕在她的腿上。

"租下哈里爵士房子的人不叫阿兰。"

"胡说八道，弗雷迪！你根本不知道这件事。"

"你才胡说！我刚刚才遇见了他。他跟我说：'啊哼！我总算找到了真正称——心——如——意——的租客。'我说，'好呀，老伙计！'还拍了拍他的背。"

"一点不错。是阿兰小姐？"

"当然不是。听着更像是安德森。"

"喔，老天，可别再出什么乱子了！"哈尼彻奇太太叫道，"你看到了吗，露西？我总是对的。我说了别搅和进'茜茜'的事情里面去。我总是对的。事情总是这样一而再再而三地被我说中，真叫人不安心。"

"这不过是弗雷迪又犯的糊涂罢了。弗雷迪连那些人的名字都不知道，就假装什么都清楚似的。"

"不，我知道。我想起来了，是爱默生。"

"什么名字？"

"爱默生。我可以跟你打赌，赌什么都行。"

"哈里爵士还真是个风向标。"露西静静地说，"真希望我从来没为这事烦过心。"

说完，她仰面躺下，望着如洗的碧空。毕比先生对她的评价越来越高，这时，他正悄声教导自己的小侄女，当有小事出了错时，这才是恰如其分的态度。

同一时间里，新房客的名字将哈尼彻奇太太的注意力从自己的特殊能力上引开了。

"爱默生？弗雷迪，你知道他们是哪个爱默生吗？"

"我不知道他们是不是哪个特别的爱默生。"弗雷迪回嘴道，他是个有民主精神的人。同他姐姐和大部分年轻人一样，天然会被有关平等的理念所吸引，因此，可能存在不同的爱默生这一无可辩驳的事实让他恼火了。

"我相信他们是对的那类人。得了，露西——"女孩已经重新坐起来了，"—— 我看到你的表情，你觉得你妈妈是个势利小人，对吧。可这世上就是有对的人和不对的人，假装没有才是矫情。"

"爱默生是个很普通的名字。"露西发表意见。

她一直盯着旁边不肯转过眼睛来。坐在这块隆起的山坡地上，她能看到松林覆盖的坡地仿佛海岬一般，一个叠着一个地层层下降，向着远处伸展开去，一直伸进维尔德旷野。花园越往下走，这片横剖开的风景就越迷人。

"弗雷迪，我只是想说，我相信他们跟那位哲学家爱默生[1]没有关系，那是最讨厌的人。但愿上帝保佑吧。这样你满意了吗？"

"哦，好吧。"他嘟囔道，"你也会满意的，因为他们是塞西尔的朋友，所以——"这是精致的挖苦，"——你和我们这里这些乡下人家尽可以放心大胆地去拜访他们。"

"塞西尔？"露西惊叫起来。

"别这么大惊小怪的，亲爱的。"母亲波澜不惊地说，"露西，不要尖叫。你最近开始有这个坏毛病了。"

"可是塞西尔他——"

"塞西尔的朋友。"他又说了一遍，"而且是真正的称——心——如——意。嗯哼！哈尼彻奇，我刚刚给他们发了电报。"

她从草地上站起来。

对露西来说，这一点很难接受。毕比先生十分同情她。以为自己愧对两位阿兰小姐的原因在于哈里·奥特维爵士时，她还能像个好姑娘一样接受它。可听说事情还可能和她的爱人有关时，她当然就要"尖叫"了。维斯先生是个喜欢戏弄别人的人——可能比戏弄更糟：他喜欢阻挠别人，从中获取恶意的愉悦。牧师对此一清二楚，看向哈尼彻奇小姐的目光也就比平时更加慈蔼。

当她惊呼"可是，塞西尔的朋友，爱默生——不会就是那两位吧——那两位——"时，他并不觉得奇怪，只将它看作一个可以转移注意力，让她有时间恢复镇静的机会。于是，他直接转

---

1. 即美国诗人、哲学家、散文家拉尔夫·瓦尔多·爱默生（Ralph Waldo Emerson, 1803—1882）。

移了话题，说：

"你是说佛罗伦萨的两位爱默生先生？不，我不觉得会是他们。他们和'维斯先生的朋友'之间的距离或许比天还大。噢，哈尼彻奇太太，他们是那种最不寻常的人！最古怪的人！就我们两个来说，我们喜欢他们，不是吗？"他转向露西寻求认同，"当时有个很壮观的场面，跟紫罗兰有关的。他们摘来紫罗兰，插满了房间里所有的花瓶——就是没能租下'茜茜'别墅的那两位阿兰小姐的房间。可怜的小老太太！她们震惊极了，但是又高兴极了。这是凯瑟琳小姐最津津乐道的故事之一。它的开头总是'我亲爱的姐姐很喜欢鲜花'；然后就是她们就发现整个房间都铺满了蓝色，瓶子里，罐子里，到处都是；最后，故事的结尾永远是，'太不绅士了，但是太漂亮了。整件事情实在是叫人非常尴尬'。是的，所以我总忍不住把那两位佛罗伦萨的爱默生先生和紫罗兰联系在一起。"

"'滑铁卢大将军'这次可算是打败你了。"弗雷迪发表评论，没看到他姐姐的脸已经涨得通红。她没办法镇静下来。看到这情形，毕比先生继续努力转移话题。

"这两位与众不同的爱默生先生是一对父子。儿子就算称不上出色，至少也是个好小伙儿；他不傻，我想只是还很不成熟——有点儿悲观主义之类的。我们更喜欢的那位父亲，一位待人非常诚挚的好人，有人居然说他杀了自己的妻子。"

放在平时，毕比先生是绝对不会传这类流言蜚语的，可他一心想保护陷入了小小麻烦里的露西。这个时候，无论脑子里闪过的是什么样的胡说八道，他都会把它们说出来。

"杀了他的妻子？"哈尼彻奇太太说，"露西，别扔下我们——去打吊击球吧。说真的，贝托里尼公寓一定是这世上最奇怪的地方。这已经是我听到在那里出现的第二个谋杀犯了。夏洛特究竟有没有预先做好功课？这么看来，我们真得找个时间叫夏洛特过来好好问问她。"

毕比先生想不出哪里有第二个谋杀者。他暗示女主人，是不是弄错了。接收到否定的暗示，女主人激动了。她非常肯定存在第二个有着同样故事的旅行者，有人说过的。她想不起名字了。是叫什么来着？噢，名字是什么？她抱着膝盖回忆名字。萨克雷[1]小说里的什么人。她拍了拍自己端庄的前额。

露西问弟弟塞西尔在不在屋里。

"噢，别走！"他叫道，伸手想去抓她的脚踝。

"我得走了。"她严肃地说，"别傻了。你总是一玩起来就疯过头。"

就在她转身离开时，母亲大声叫出的"哈里斯！"震颤了宁静的空气，让她想起了自己曾经撒下还从来没有纠正过的谎言。完全是个毫无意义的谎言，却击碎了她紧张的神经，让她将如今出现的这些爱默生先生——塞西尔的朋友——和一对平庸无奇的旅人联系在了一起。事到如今，真相自然早已亮在了她面前。她明白，将来她必须更加谨慎，而且要——绝对诚实？好吧，无论如何，她绝对不再说谎了。她匆匆沿着花园往上走，脸颊依然

---

1. 威廉·萨克雷（William Makepeace Thackeray, 1811—1863），与狄更斯同时代的英国小说家，代表作包括《名利场》（*Vanity Fair*, 1848）等。

羞红着。只要塞西尔一句话，她就可以安心了，她很肯定。

"塞西尔！"

"哈喽！"他大声回应，从吸烟室的窗户里探身出来。他的心情似乎很好，"我正盼着你来呢。我听到你们都在花园里，很热闹，不过这里有更有趣的事情。我，是的，就是我，为掌喜剧的缪斯女神赢得了一场伟大的胜利。乔治·梅瑞狄斯[1] 是对的，喜剧和真实的源头其实是同一个；是我，是的，就是我，为不幸的'茜茜'别墅找到了房客。别生气！别生气！听完整个故事你就会原谅我的。"

他容光焕发，看上去魅力十足，立刻打消了露西那荒谬的不祥预感。

"我听说了。"她说，"弗雷迪已经告诉我们了。可恶的塞西尔！我猜我必须原谅你了。想想我白白自找的那大堆的烦恼吧！当然了，两位阿兰小姐是有点儿无趣，我也更愿意有你出色的朋友做邻居，可你不该这样戏弄别人。"

"我的朋友？"他哈哈大笑，"不，露西，这就是最好玩的地方了！过来。"她站在原地没动。"你知道我在哪里遇到这些'叫人称心如意'的房客的吗？在国家美术馆，我上个星期上伦敦看我母亲的时候。"

---

1. 乔治·梅瑞狄斯（George Meredith, 1828—1909），英国维多利亚时代的小说家、诗人，七次获诺贝尔文学奖提名，代表作包括《理查德·费弗洛尔的苦难》《利己主义者》等。文中内容出自他在 1877 年的一次讲座，《喜剧的概念与喜剧精神之功用》(*The Idea of Comedy and the Uses of the Comic Spirit*)，他认为喜剧是一种可以对抗自负的文明的力量。这篇讲稿后来被作者用作了《利己主义者》（1879）的前言。

"在这地方见人也太奇怪了！"她说着，提起了心，"我不太明白。"

"在翁布里亚画派的展厅里。我们素不相识。他们很推崇卢卡·西尼奥雷利[1]——当然了，那傻透了。不过我们聊了会儿，他们给我带来的新鲜感可不是一点点，他们也去过意大利。"

"可是，塞西尔——"

他喜不自禁地只管往下说。

"聊天过程中，他们说到想找一处乡间小屋——父亲住在里面，儿子每个周末下来。我心想：'多好的机会啊，正好可以打击打击哈里爵士！'于是我留了他们的地址和一些在伦敦的资料，发现他们并不真的是无赖——这是个了不起的玩笑——我写信给他，列出了——"

"塞西尔！不，这不公道。我可能见过他们——"

他截住了她的话。

"这公道极了。任何能惩罚势利小人的事情都是公道的。那个老人会给整个社区带来数不尽的好处。哈里爵士说什么'老朽的淑女们'，真是太叫人恶心了。我就想找个什么时间给他上一课。不，露西，阶层是应当要融合的，要不了多久，你就会同意我的观点。应当有跨阶层的联姻——各种各样的融合。我相信民主——"

"不，你不相信。"她断然道，"你不知道这个词意味着什么。"

---

1. 卢卡·西尼奥雷利（Luca Signorelli，1445/50—1523），意大利文艺复兴时期画家，以裸体人体绘画和小说式的创作手法而著称。

他定睛注视她，那感觉再次袭来，她再一次失败地扮演了莱昂纳多的画。"不，你不懂！"她的脸上毫无艺术的美感——简直就是张坏脾气的悍妇的脸。

"这不公道，塞西尔。你错了——大错特错了。你没理由抹杀我在两位阿兰小姐这件事情上所做的努力，让我显得那样滑稽可笑。你说这是打击哈里爵士，可你有没有想过，这根本就是在牺牲我吗？在我看来，这是你最大的背叛。"

她转身离开他。

"闹脾气！"他想着，挑了挑眉。

不，这比发脾气更严重——事关优越感。以为取代两位阿兰小姐的是他圈子里那类时髦朋友时，她并不介意。可他竟然是认为这些新房客有教育价值。他打算容忍那位父亲，塑造那位儿子，后者还是个沉默寡言的人。他认为他是为了喜剧缪斯和真理之神的利益才把他们带到"风角"来的。

第十一章

————

在维斯夫人应有尽有的公寓里

虽说喜剧的缪斯完全有能力看顾好自己的利益，却也并不唾弃维斯先生的协助。他想要将爱默生父子带进"风角"的念头打动了她，让她觉得这是个毋庸置疑的好主意，于是，事情顺顺当当地达成了协议。哈里·奥特维爵士签下合同，见到了爱默生先生，当然，他的幻想破灭了。两位阿兰小姐生气了，这也是理所当然的，她们给露西写了一封颇有尊严的信，认为这次失败应该归咎于她。毕比先生为迎接新邻居规划了些欢乐时光，还对哈尼彻奇太太说，等他们到了，一定要让弗雷迪立刻上门拜访。当然了，缪斯女神是如此宽宏大量，她允许哈里斯先生——这位从来就不那么强健的罪犯——垂下他的头，被遗忘，就这样死去。

露西从光明的天堂落回到了地面，地面上有阴影，因为有山峦起伏。一开始，露西的确感到了绝望，但再稍微想一想便放开了心怀，毕竟，说到底，这也没什么要紧的。她已经订婚了，爱默生父子绝不可能对她造成什么伤害，这个社区是欢迎他们的。这个社区欢迎塞西尔将他中意的人引荐进来。所以说，这个社区是欢迎塞西尔将爱默生父子引荐进来的。可是，就像我常常说的，这之中是需要一点缜密思考的，偏偏姑娘们总是那样缺乏逻辑——这件事本来没什么，但放在这里，它的影响会更大、更可怕。她很高兴，刚好是该去拜访维斯夫人的时候了，这样，等到新租客搬进"茜茜"别墅时，她已经安安稳稳地待在伦敦的公寓里了。

"塞西尔——塞西尔，亲爱的。"到达伦敦已是傍晚，她轻声呼唤着，偎进了他的怀抱。

塞西尔也禁不住真情流露。他看到渴望的火焰已经在露西心中燃起。终于，她开始渴望关爱了，就像一个女人该有的样子，仰望着他，因为他是个男人。

"这么说，你是真的爱我了，小东西？"他喃喃道。

"噢，塞西尔，我爱你，我爱你！我不知道没有你我该怎么办。"

几天过去了。她收到一封巴特莱特小姐的信。这对表姐妹的关系突然冷淡了，自从八月份分开之后，她们就再没有联系过了。这种冷淡是从夏洛特称之为"逃往罗马"的那段旅程开始的，到了罗马之后，它更是以令人惊异的速度飞快滋长。一个在中世纪世界里仅仅是志趣不投的伙伴，到了古典世界就变得令人恼火了。夏洛特极力想做个比露西脾气更好的人，在古罗马城市广场上，她是慷慨无私的，可走进卡拉卡拉浴场时，她们甚至开始怀疑两人是否还能继续结伴旅行。露西说她可以和维斯母子一起——维斯太太是她母亲的熟人，因此这个安排没什么不妥；巴特莱特小姐回答，她实在是非常习惯突然间被抛下了。最终什么也没发生，但冷淡依旧。当露西拆开信，读到下面的文字时，这感觉甚至更加强烈，信是从"风角"转过来的。

最亲爱的露西亚：

　　我终于有了你的最新消息！莱维希小姐骑行到了你们那一带，但不确定如果贸然登门拜访是否会受到欢迎。她在萨默街附近扎破了车胎，于是坐在那个漂亮的教堂前等轮胎补好，整个人沮丧极了，就在那时，她看到了令她震惊的一幕，教堂对面的一扇房门打开了，小爱默生先生走了出来。他说他的父亲刚刚租下了那套房子。还说他不知道你住在那一区（？）。他连一杯茶都没给埃莉诺，提都没提这一茬儿。亲爱的露西，我非常担心你。我建议你将他过去的行为统统说出来，告诉你的母亲、弗雷迪和维斯先生，他们会采取行动的，比如禁止他进入你家之类的。这真是太不幸了，我敢说你一定已经把事情都告诉他们了。维斯先生是那么敏感的人。我还记得在罗马时我常常惹得他心烦。对这一切，我感到非常遗憾，要是不写这封信提醒你的话，我实在无法安心。

　　　　　　　　　　　　　　相信我，

　　　　　　　　　　　为你担忧的、爱你的表姐，

　　　　　　　　　　　　　　夏洛特

露西生气极了，回复如下：

博尚大厦，伦敦西南区

亲爱的夏洛特：

非常感谢你的提醒。当时爱默生先生在山上忘情失态，是你让我发誓不要告诉妈妈，因为你说她会怪罪你没有陪在我身边。我信守了诺言，现在更不可能告诉她。我对她和塞西尔都说过，我在佛罗伦萨遇到过爱默生父子，他们都是值得尊敬的好人。这是我的真心话。说到他为什么没有为莱维希小姐提供茶水，也许是因为他自己都没有。她该试试去敲教区牧师的大门。我不能在这个阶段制造混乱。你一定能明白，这样太荒谬了。要是爱默生父子听说我在抱怨他们，他们就会觉得自己很重要，事实当然并非如此。我喜欢那位老父亲，很希望能够再次见到他。至于那位儿子，等到我们再见面时，比起自己来，我会更为他感到难过。他们都认识塞西尔，他非常好，改天再跟你说他的事。我们计划一月份结婚了。

莱维希小姐一定没跟你说起太多有关我的事情，因为我现在根本就不在"风角"，而在这个地址。请不必在信封上特意标注"亲启"。没有人会拆我的信。

爱你的，
L. M. 哈尼彻奇

保守秘密就是有这样的坏处：我们会丧失分寸感，不知道我们的秘密究竟算不算重要。露西和表姐所隐藏的，究竟是件足以毁掉塞西尔人生的大事，还是一桩他只会哈哈一笑的小事？巴特莱特小姐暗示是前者。也许她是对的，到了今天，它已经变成大事了。如果只事关露西自己，她早就坦白地告诉妈妈和她的爱人了，那它就会始终只是一桩小事。"爱默生，不是哈里斯"，这句话不过就是区区几个星期之前说出来的。即便是现在，当他们大笑着谈起上学时一位漂亮的女士是如何让塞西尔心碎时，她也想过要把事情告诉他。可她的身体做出了如此荒唐的反应，硬生生将她拦了下来。

她和她的秘密一起在那荒芜的大都市里待了十天，一起造访那些她们将来会十分熟悉的场所。塞西尔认为，虽说社交界本身已经从高尔夫球场和荒野上消失了，但了解一些社交界的结构对她总没坏处。天气冷了，这对她也没坏处。尽管到了这个季节，维斯太太还是设法安排了一场晚宴派对，凑齐了所有知名人士的孙辈。食物很糟糕，但人们的交谈中流动着一种诙谐的倦意，这让女孩印象深刻。那就像是早已厌倦了一切，人们焕发热情，只是为了优雅地颓然倒下，再在理解的笑声中重新振作。在这样一种氛围的衬托下，贝托里尼公寓和"风角"看来似乎都一样那么粗俗，露西似乎已经看到，她未来的伦敦生活将拽着她一点点远离她过去所爱的一切。

那些名人子孙请她弹钢琴。

她弹了舒曼。"再来点儿贝多芬吧。"待到那如泣如诉的美妙音符消逝，塞西尔叫道。她摇了摇头，继续弹舒曼。旋律响起，带着毫无功利意味的魔力。乐曲骤然止歇、接续，不断止歇、接续，从未走完从摇篮到坟墓的大循环。这是不完整所带来的哀伤，生活中常有，但绝不该出现在艺术中——这哀伤在它断续的乐句间搏动，让听者的神经也随之抽痛。面对贝托里尼那架罩着流苏罩子的小钢琴时，她没有这样弹奏过；当演奏结束，"舒曼弹得太多了"也不是毕比先生暗暗在心里对她做出的评价。

客人们散去了，露西也上床休息了，维斯太太还在客厅里走来走去，和儿子讨论她的小派对。维斯太太是个和气的好女人，但和许多人一样，她的个性早已被伦敦吞没，毕竟，要在这么多人之中生活，需要的是一颗强大的头脑。她的命运之球太大，压垮了她。她见过太多四季更迭，见过太多城市、太多人，这超出了她能承受的极限，就连和塞西尔在一起，她也是无意识的，似乎并不是把他当成儿子，说话间像是在面对着一个名叫"子女"的群体。

"让露西成为我们家的一员。"她说，每说完一句话便机警地打量一番四周，嘴唇绷紧、张开，然后才继续往下说，"露西越来越棒了，非常好——非常好。"

"她的音乐一直都非常出色。"

"是的，但她如今正在一点点洗掉哈尼彻奇家的味道，她是哈尼彻奇家最优秀的，你明白我是什么意思。她很少谈论下人，也不会去过问他们布丁应该怎么做。"

"这是意大利的功劳。"

"有可能。"她喃喃道，想的却是那个对她来说就代表着意大利的博物馆，"只是有可能。塞西尔，想想你明年一月就要迎娶她了。她已经是我们家的一员了。"

"可她的音乐！"他大声抱怨道，"她那个性子！她就那样一直弹舒曼，我却像个傻子一样，想听贝多芬。舒曼很适合今天晚上。舒曼是对的。你知道吗，妈妈，我会让我们的孩子接受露西那样的教育。让他们在乡间淳朴的人们中长大，这样他们会很有精神和活力，然后送他们到意大利，学会敏锐与精微美妙，再之后，到这个年纪，才让他们来伦敦。我不信任伦敦的这些教育——"他顿住了，想起自己接受的就是这些教育，最后得出结论，"至少，不适合女孩。"

"让她成为我们家的一员。"维斯太太又重复了一次，准备回房休息。

就在她迷糊着快要睡着时，一声尖叫——做了噩梦的尖叫——从露西房间里传了出来。如果愿意的话，露西应该会按铃叫女用人的，可维斯太太觉得还是亲自去看一看更好。她发现那女孩在床上坐得笔直，手捂着脸。

"太抱歉了，维斯夫人——都是这些梦。"

"噩梦？"

"就是梦。"

年长的夫人笑了，吻了吻她，非常肯定地说："你应该是听到了我们说你的那些话，亲爱的。他比以往任何时候都更加欣赏你，做一做这个梦吧。"

露西回吻了她，依然捂着半边脸颊。维斯太太回到自己床上。塞西尔已经打起了呼，尖叫声并没有把他吵醒。黑暗笼罩了这间公寓。

第十二章

第十二章

这是个星期六的下午，大雨过后，一派明媚欢快，虽说已经是秋天了，却处处洋溢着青春的气息。一切胜利都归于优雅。汽车开过萨默街，也只能扬起些许的微尘，汽油味很快就被风吹散，代之以湿润的桦树或松柏清香。毕比先生悠闲地享受这生命的馈赠，斜倚在他的教区长宅邸大门边。弗雷迪倚在另一边，吸着一只弯嘴烟斗。

"你说，我们到对门去叨扰一下新邻居如何。"

"嗯哼。"

"你应该会觉得他们很有趣的。"

从来就没人能让弗雷迪觉得有趣。他找了一堆诸如新邻居说不定会有点忙之类的借口推脱，毕竟，他们才刚搬进来嘛。

"我看我们就该去给他们捣捣乱。"毕比先生说，"这是他们应得的。"拉开门闩，他漫步穿过三角形的绿地，走进"茜茜"别墅。"哈喽！"他冲着敞开的房门扬声招呼，透过门口，能看到屋里一片狼藉。

一个低沉的声音回答："哈喽！"

"我带了人来拜访你们。"

"马上下来。"

过道被一个衣柜堵住了，搬家工人没能把它搬上楼。毕比先生艰难地侧过身子从柜子边挤进去。起居室里也堆满了书。

"这些人是很厉害的读书人吗？"弗雷迪悄声说，"他们是那种人吗？"

"我想他们懂得该怎么读书——这可是相当难得的本事。看看他们都有什么书？拜伦，当然了。《什罗普郡少年》没听说过。《众生之路》没听说过。吉本，啊哈！亲爱的乔治还读德国人的书。唔——唔——叔本华、尼采[1]，唔，我们再看看。啊，哈尼彻奇，我猜你们这一代人对自己的事都心里有数吧。"

"毕比先生，看看这个。"弗雷迪惊诧不已地说。

那个大衣柜的檐板上涂抹着一句明显出自外行人之手的铭文："一切需要新衣服的事业皆不可信。"[2]

"我知道，这不是很有趣吗？我喜欢这个。我敢肯定是老先生写的。"

---

1. 拜伦（Lord Byron, 1788—1824），英国诗人，浪漫主义最重要的代表人物之一。《什罗普郡少年》（参见第 33 页注 1），着笔乡间少年。
《众生之路》（*The Way of All Flesh*, 1903）是英国作家塞缪尔·巴特勒（Samuel Butler, 1835—1902）身后出版的自传体小说，摒弃了维多利亚式的多愁善感风格。
爱德华·吉本（Edward Gibbon, 1737—1794），英国历史学家，代表作《罗马帝国衰亡史》（*The History of the Decline and Fall of the Roman Empire*, 1776—1788）谴责奢靡堕落，倡导思想自由。
此外，叔本华（Arthur Schopenhauer, 1788—1860）关注生命意志；尼采（Friedrich Nietzsche, 1844—1900）以其对宗教信仰和道德的批判著称。

2. 化用自美国散文家、超验主义者哲学家梭罗（Henry David Thoreau, 1817—1862）在《瓦尔登湖》（*Walden*, 1854）第一章中的话，原文大意为：依我说，要小心一切需要新衣服的事业，而不是穿新衣的人。

"他真是太古怪了！"

"你真这么想吗？"

可弗雷迪毕竟是他母亲的儿子，总觉得损坏家具是不应该的。

"还有画！"牧师继续在屋子里翻看，"乔托——他们在佛罗伦萨买的，我敢打赌。"

"跟露西买回来的一样。"

"对了，顺便问一句，哈尼彻奇小姐喜欢伦敦吗？"

"她昨天已经回来了。"

"我猜她一定过得很愉快。"

"是的，非常愉快。"弗雷迪说着，顺手拿起一本书，"她和塞西尔感情更好了。"

"那真是好消息。"

"我只希望自己不是这么傻，毕比先生。"

毕比先生没有理会这句话。

"露西以前也跟我差不多，可妈妈说她现在大不一样了。她什么书都读。"

"你也会的。"

"我只读医学书。这种书是没法在读过以后跟人去聊的。塞西尔还在教露西意大利语，他说她的钢琴演奏棒极了。其中包含了这样那样我们从没留意过的东西。塞西尔说——"

"这些人究竟在楼上做什么？爱默生——要不我们还是换个时间再来吧。"

乔治从楼上跑下来，把他们推进屋里，却没说话。

"请允许我介绍哈尼彻奇先生，一位邻居。"

就在这时，弗雷迪突然抛出了一句只属于年轻人的惊人之语。也许是害羞，也许是想表示友善，又也许是他觉得乔治应该洗把脸。不管是什么缘故，总之，他问候乔治的第一句话是："你好啊？来洗个澡吧。"

"噢，好啊。"乔治说，面上波澜不惊。

毕比先生乐坏了。

"你好啊？你好啊？来洗个澡吧。"他咯咯地笑着说，"这是我听过的最棒的开场白。不过恐怕只适用于男人之间。你们能想象一位女士被另一位女士介绍给第三位女士，大家彬彬有礼，却开口就说'您好啊？来洗个澡'吗？你们还跟我说两性是平等的。"

"我跟你说，两性就应该是平等的。"爱默生先生说，他正好慢条斯理地从楼梯上走下来，"下午好，毕比先生。我跟你说，两性之间应该是伙伴，是同志，乔治也是这么认为的。"

"我们是要把女士们抬高到我们的水平吗？"牧师问。

"伊甸园，"爱默生先生继续说，一边继续下楼，"你把它放在了过去，可事实上，它还没有到来。只有不再轻视人类自身的肉体时，我们才能进得去。"

毕比先生拒绝把伊甸园搬到任何地方。

"恰恰在这一点上——而不是其他地方——我们男人走在了前头。我们不像女性那样轻视肉体。可是，除非我们能成为平等的伙伴，到那时，我们才能进入伊甸园。"

"我说，去洗个澡怎么样？"弗雷迪嘀咕道，被这迎面砸来的哲学吓到了。

"我曾经相信，人要回归大自然。可如果我们从来不曾和自然相处，又要如何回归呢？现在我相信我们必须先找到大自然。我们征服了那么多，是时候返璞归真了。这是我们的传承。"

"请容许我介绍哈尼彻奇先生，他的姐姐，您应该还记得吧，佛罗伦萨那位。"

"你好吗？很高兴见到你，很高兴你要带乔治去洗澡，很高兴听到你姐姐就要结婚了。结婚是人生职责，我相信她会幸福的，因为我们也认识维斯先生。他真是再好不过的人了。他只是碰巧在国家美术馆遇到我们，就帮忙找到了这幢漂亮的房子，一切都安排得妥妥帖帖。不过真希望我没有让哈里·奥特维爵士不高兴。我很少遇到自由党的地主，我太着急想将他对游戏规则的态度和保守党作比较了。啊，瞧这阵风！你们真该去洗个澡。哈尼彻奇，你们这个乡间真是棒极了！"

"一点儿也不好！"弗雷迪嘟囔道，"希望我有幸，请务必允许我——就是说，照规矩我一定要——稍后再来正式拜访你们，这是我母亲说的。"

"拜访？我的孩子！是谁叫我们说这些无聊的社交废话的？还是留着去拜访你的祖母时再用吧！听听这穿过松林的风声！你们这个乡间真是棒极了。"

毕比先生出来救场了。

"爱默生先生，他得来拜访，我也应该来。您和您的儿子也要在十天内回访我们。我相信您已经留意到了十天的时限。不算我昨天在楼梯上帮你们照看东西的时间。也不算他们今天下午去洗澡的时间。"

"对，去洗澡吧，乔治。你们为什么要在这里说这些废话？

洗完带他们回来喝下午茶。带点儿牛奶、蛋糕和蜂蜜回来。变化对你有好处。乔治工作非常努力，但我不觉得他这样下去是好事。"

乔治垂下头，满头尘灰，满脸黯然，浑身散发着刚刚摆弄过家具的人特有的味道。

"你真想去洗澡吗？"弗雷迪问他，"那只是个小水潭，你知道吧。我敢说你以前去过的地方都比那个好。"

"是的，我想去——我已经说过'好的'了。"

毕比先生有心帮他年轻的朋友一把，领头出了屋子，走进松树林。外面的景象是多么明媚！老爱默生先生的声音追在他们身后送出美好的祝愿和人生的哲理。一小段路之后，他们便只听到晴日的风吹过欧洲蕨和树叶的声音了。毕比先生可以沉默，却无法忍受沉默，眼看这趟出行俨然就要归于失败，两位同伴谁也没有想要开口的迹象，他便禁不住唠叨起来。他说起佛罗伦萨，乔治闷闷地应和，以轻微却确凿的姿态表示赞同或不赞同，只是这姿态就像他们头顶上树梢的摇曳轨迹一般，颇有些叫人难以捉摸。

"你们竟然会遇到维斯先生，这得有多巧啊！你想过会在这里遇到这么多贝托里尼公寓的人吗？"

"没想过。莱维希小姐跟我说了我才知道。"

"我还年轻的时候，总想着要写一部书，名字就叫《关于巧合的历史》。"

反响不热烈。

"可事实上，世上的巧合还是比我们想的少得多。比方说，仔细回想一下，你此刻出现在这里，就不是纯粹的巧合。"

令他欣慰的是，乔治开口说话了。

"是巧合。我想过了。这是命运的安排。一切都是命运的安排。我们被命运扔到一起，被命运拉开——扔到一起，拉开。风从四面八方吹过来，推着我们走——我们什么也左右不了——"

"你根本就没好好想过。"牧师严厉地打断他，"爱默生，请允许我给你一个有用的提示：凡事皆不可归于命运。别说什么'这不关我的事'，因为十有八九，事情就是你做下的。现在我来问你。你第一次遇到哈尼彻奇小姐和我本人是在哪里？"

"意大利。"

"那么你遇到维斯先生，那位即将迎娶哈尼彻奇小姐的先生，又是在哪里？"

"国家美术馆。"

"在看意大利的展品。是你自己选择去那个地方的，可现在你却还在谈论巧合与命运。你本能地寻找有关意大利的东西，我们和我们的朋友也是。这便将我们再次相遇的可能范畴大大缩小了。"

"我会来到这里就是命运的安排。"乔治坚持，"不过你也可以说是因为意大利，如果这能让你高兴一些的话。"

毕比先生不想让谈话变得太沉重，于是轻轻放过了这个话题。他向来对年轻人有着无尽的宽容，此刻也无意斥责乔治。

"总之，因为各种各样的理由，我那部《关于巧合的历史》还没动笔。"

沉默。

他一心想要绕过这一节，又补了一句："你们能来，我们全都非常高兴。"

沉默。

"到了！"弗雷迪叫道。

"噢，太好了！"毕比先生大声回答，抹了把额头。

"那边就是水潭了。要是再大点儿就好了。"弗雷迪抱歉似的补了一句。

他们爬下铺满松针的滑溜水岸。水潭静静卧在它小小的绿色高地上——只是个水潭，但大得足够容纳人类的躯体，也清透得足够映出天空。因为下过雨的缘故，水漫上了周围的草地，造出一条漂亮的翠绿小道，引诱着人们踏足其间，走向中央的水面。

"作为一个水潭来说，它很成功，毫无疑问。"毕比先生说，"完全没必要为这个水潭感到抱歉。"

乔治寻了一块干燥的地面坐下来，一言不发地开始脱靴子。

"这些柳兰漂亮极了，不是吗？我爱结子的柳兰。这种香的草叫什么名字？"

没人知道，或者说，似乎并没有人在意。

"这些植物长得真是泾渭分明——这一小块海绵一样的地上是水生植物，两边生长的有坚韧的，也有脆弱的——石南、欧洲蕨、越橘、松树。非常迷人，非常迷人。"

"毕比先生，你不下来游一下吗？"弗雷迪一边脱衣服一边叫。

毕比先生并不认为自己会下水。

"水棒极了！"弗雷迪大叫着，一头扎了进去。

"水就是水。"乔治喃喃道。他先撩了一点水打湿头发——很明显是缺乏兴趣的信号——然后才跟着弗雷迪向这美景中央走去，仿佛对眼前的一切都无动于衷，就像他只是一尊雕像，而水潭只是一桶肥皂水。活动筋骨是必要的，保持干净是必要的。毕比先生看着他们，看着柳兰在他们头顶翩然起舞，彼此招呼应和。

"啊噗——呼，啊噗——呼，啊噗——呼。"弗雷迪扑腾着，左右游了两下，接着就陷在了水草和烂泥里。

"值得下去吗？"另一个俨然米开朗琪罗的雕像，立在浸过水的岸边，问。

岸塌了，他跌进水里，甚至来不及掂量这问题是否妥当。

"嘿——噗——我吞了一只蝌蚪，毕比先生，水棒极了，这水真是棒极了。"

"水不错。"乔治说，他重新出现在水面，水花在阳光下飞溅。

"水棒极了。毕比先生，来吧。"

"啊噗——呼，咳咳。"

毕比先生向四周看了看，他很热。况且，他通常对许多事情都尽可能持默认态度。照眼下的情形判断，不会有教区居民出现在这里。四下里只有满山坡的松树，姿态挺拔，在蓝天下摇曳着枝条相互致意。这景象是多么明媚！汽车和乡村主管牧师的世界无可奈何地退去。水、天空、风、长青的绿树，这样一些东西，是连季节更替也影响不了的，它们必定超然于人类的侵扰之上吧？

"去游一会儿倒也不妨。"很快，他的衣服就在草地上堆成了第三个小堆，他的口里也发出了对水的赞叹。

那只是普通的水，水量也并不如何充沛，弗雷迪说的没错，会有一种像是在沙拉碗里洗澡的感觉。三位绅士在齐胸深的水里打转，效仿诸神黄昏里的宁芙仙子。或许是雨水带来了清新的气息，或许是太阳洒下了最明媚的光与热，或许是因为其中两位绅士正在青春的年纪而第三位有一颗青春的心——总之，在这样那样的理由推动下，改变悄然降临，他们忘记了意大利、植物学和命运。他们开始嬉闹。毕比先生和弗雷迪相互泼水。为了表示敬意，也泼一泼乔治。他很安静，他们担心会冒犯他。然而，青春的力量终究还是全然爆发了。他笑了起来，冲进他们中间，泼他们，闪躲他们，踢他们，用泥糊他们，往水潭岸上驱赶他们。

"绕着水潭跑。"弗雷迪叫道，他们在阳光下跑了起来，乔治抄了个近道，弄脏了小腿，不得不再下去洗一次。然后，毕比先生也跑了起来——那真是值得纪念的一幕。

他们奔跑来晾干身体，他们游泳来消暑，他们钻进柳兰和欧洲蕨丛中扮演印第安人，他们洗澡来清洁身体。由始至终，三座衣服小山静静地卧在草地上，昭告天下：

"不。我们才是最重要的。没有我们就什么都谈不上。一切血肉之躯终究都要投向我们的怀抱。"

"射门！射门！"弗雷迪高喊着，抓起乔治那堆衣服，扔到了假想中的球门柱边。

"点球。"乔治反击，一脚踢散了弗雷迪的衣服堆。

"进了！"

"进了！"

"传球！"

"小心我的表！"毕比先生叫道。

衣服四面飞散。

"小心我的帽子！不，够了，弗雷迪。穿好衣服，马上。

不，我说了，够了！”

可两位年轻人已经玩疯了。他们轻快地蹿进林子里，弗雷迪腋下挟着牧师的马甲，乔治滴水的头发上扣着宽边软毡帽。

“够了！”毕比先生大叫，记起自己终究还是这个教区的牧师。紧接着，他的声音变了，就好像每一棵松树都突然间变成了一位乡间主管牧师。“嘿！停下！我看见有人朝你们两个家伙过来了！”

他们大呼小叫，在斑驳的土地上绕着圈跑，圈子越兜越大。

“嘿！嘿！是女士！”

无论乔治还是弗雷迪，都不是真正文雅的人。情形照旧，他们还是没能听见毕比先生最后的警告，不然就可以避开哈尼彻奇太太、塞西尔和露西了。他们正沿着小路走过来，打算去拜访老巴特沃斯太太。弗雷迪把马甲扔到了他们脚下，自己一头扎进了欧洲蕨丛中。乔治迎面撞上他们，大叫一声，掉头飞奔而去，顺着小路冲向水潭，头上依旧扣着毕比先生的帽子。

“我的天哪！”哈尼彻奇太太叫了起来，“那些不幸的人究竟是谁？噢，亲爱的，转过头去！可怜的毕比先生也在！这到底是怎么回事？”

“赶紧过来，走这边。”塞西尔接棒指挥。他总觉得自己有责任引领女人，尽管他也不知道该往哪儿走。他得保护她们，尽管并也不知道面对的敌人是什么。此刻，他领着她们走的方向正对着弗雷迪蹲在里面藏身的那丛欧洲蕨。

“噢，可怜的毕比先生！路上那件是不是他的马甲？塞西尔，毕比先生的马甲——”

"不关我们的事。"塞西尔说着，瞥了一眼露西。她整个人都藏在阳伞下，显然很"在意"。

"我猜毕比先生跳回水潭里去了。"

"请走这边，哈尼彻奇夫人，这边。"

她们跟着他走上堤岸，努力摆出女士们在这种场合应有的紧张又淡漠的得体表情。

"好吧，我没办法了。"一个声音就在他们跟前响起，弗雷迪那张长满雀斑的脸和雪白的肩头从蕨叶中冒了出来，"我总不能傻等着你们踩上来，对吧？"

"天哪，上帝保佑，亲爱的，原来是你！多么可悲的行径！为什么不在家里舒舒服服地洗澡？家里热水冷水都有。"

"你看，妈妈，我们男人必须洗澡，洗了澡必须晾干，要是再多一个人——"

"亲爱的，当然，你总是对的，可你没立场争辩。来，露西。"他们掉头往回走，"噢，看啊——别看！噢，可怜的毕比先生！又——真是太不幸了——"

因为毕比先生不巧正从水潭里往上爬，他的贴身衣服漂在水面上；而乔治，那个厌世的乔治，正冲着弗雷迪大叫说他逮到了一条鱼。

"我啊，我刚才吞了一个，"弗雷迪缩在欧洲蕨中叫回去，"我吞掉了一个蝌蚪。它在我的胃里动来动去。我马上就要死了——爱默生你这混蛋，你穿的是我的衣服。"

"嘘，诸位，亲爱的，"哈尼彻奇太太说，她发现实在没办法继续保持震惊了，"首先要确保你们都彻底晾干了。感冒受寒全都是因为没晾干。"

"妈妈，快来，我们走。"露西说，"噢，看在上帝的份上，来吧。"

"哈喽！"乔治大喊，女士们再一次停下了脚步。

他像是觉得自己已经衣着整齐了似的，赤着脚，裸着胸膛，在阴凉的树林里容光焕发，潇洒迷人。

"哈喽，哈尼彻奇小姐！哈喽！"

"鞠躬行礼，露西，鞠躬行礼好一些。那究竟是谁？我也该鞠个躬的。"

哈尼彻奇小姐低头鞠躬。

那天傍晚，水开始消退，一夜就退去了。第二天，水潭缩回了原本的大小，失去了它的光彩。那是对热血和自由意愿的召唤，是转瞬即逝但影响永不消逝的恩赐，是神圣，是魔力，是青春独享的不可久持的圣杯。

第十三章

巴特莱特小姐的热水器怎么这么讨厌

露西在心里为这一个鞠躬排演过多少次啊，这样的一次相会！只是她排演的场景总是在房间里，有常规的程序——我们当然有权做这样的假设。谁能料到，她和乔治会在这样一个文明溃败的情形下相遇，外套、衣领和靴子仿佛伤兵一般七零八落地散在阳光照耀的大地上？她设想过一位年轻的爱默生先生，可能是害羞的，或是病态的，或是冷漠的，或是背地里放肆无礼的。对这一切，她都有准备。可她从来没想过会是这样一个快乐的他，用晨星般的呼喊向她问好。

坐在屋里和老巴特沃斯太太喝茶时，她思考的却是：一切具象化的未来都是不可预测的，人生是不可排演的。舞台布景上的一个错误，观众席上的一张面孔，舞台上观众的闯入，都能让我们精心规划的姿态变得毫无意义，或是意义过度。"我会鞠躬致意，"她曾这么想，"不跟他握手，这样会比较合适。"她鞠躬致意了——可那是在向谁致意？向神明，向英雄，向学校里姑娘们的胡思乱想！她鞠躬致意，中间隔着拖累这世界的无用的东西。

她脑中思绪纷飞，表面却依旧本能地忙着照顾塞西尔。这一次还是那种讨厌的订婚拜访。巴特沃斯太太想看看他，可他并不想被看。他不想听人谈论绣球花，说它们为什么到了海边就会变颜色。他不想加入慈善机构协会。谈起话来，他总是化简为繁，在明明只需要回答"是的"或"不"的地方，偏要发表炫耀头脑学识的长篇大论。露西得安抚他，得为这场聊天修修补补，以确保一切顺利，让他们能太太平平结婚。没有人是完美的，这一点毋庸置疑。赶在结婚之前早些认识到哪里不完美，自然是更明智的。事实上，虽然没有明确阐述过，但的确是巴特莱特小姐教会了这姑娘：我们的人生中没有什么是令人满意的。至于露西，虽然不喜欢这位老师，却认为这条教诲意义深远，并将它运用到了自己爱人身上。

"露西，"回到家，她母亲说，"塞西尔是不是有什么意见？"

这问题不是好兆头。到目前为止，哈尼彻奇太太都表现得很包容，很克制。

"没有，我不觉得，妈妈。塞西尔没问题。"

"也许他是累了吧。"

露西只能妥协，也许塞西尔是有点儿累了。

"要不是这样的话——"哈尼彻奇太太摘下帽针，越发不悦，"——要不是这样的话，我就看不明白他了。"

"我也觉得巴特沃斯太太的确有些无聊，如果你是说这个的话。"

"是塞西尔让你这么想的。你还是个小姑娘的时候很喜欢听她聊天，你得伤寒症那时候她对你好得没话说。不——她什么时候都一样。"

"我来帮你把帽子放起来吧，可以吗？"

"只是在半个小时的交谈里保持礼貌，这个他肯定是能做到的吧？"

"塞西尔对人的标准非常高。"露西说得很犹豫，已经看到难题就在前方，"这是他的理想之中的一部分——的确，这有时候会让他显得——"

"哈，胡说！要是高标准的理想让一个年轻人变得粗鲁，那他还是早些把它们扔掉的好。"哈尼彻奇太太一边说，一边把帽子递给露西。

"好了，妈妈！我还看到过你自己跟巴特沃斯夫人争执呢！"

"那不一样。有时候我恨不得拧断她的脖子。可不是这样的。不。塞西尔的完全是另一回事。"

"对了——我还没跟你说。我在伦敦时收到了夏洛特的信。"

这种转移话题的尝试太拙劣，哈尼彻奇太太很不满意。

"自从塞西尔从伦敦回来以后，似乎就没什么能让他高兴的。我一开口他就回避——我都看在眼里呢，露西，反驳是没有用的。是，我不懂艺术，不懂文学，不懂学问，不懂音乐，可要说到客厅里的家具，我没有办法让步。那是你父亲买的，它们必须和我们在一起，希望塞西尔能好心记住这一点。"

"我——我明白您的意思，当然，塞西尔不应该那样。可他不是有意不客气的——有一次他说过——是那些东西让他心烦——他很容易被难看的东西弄得心烦——他的不客气不是对人的。"

"弗雷迪唱歌的时候，究竟是东西还是人？"

"您不能期望一个真正懂音乐的人像我们一样欣赏滑稽小调。"

"那他为什么不自己出去？为什么要坐在那里扭来扭去地冷

笑，扫大家的兴，搞得人人都不痛快。"

"我们不可以对别人不公正。"露西嗫嚅道。有什么让她心虚了。至于塞西尔，在伦敦时她能将分寸把握得十分完美，可如今却行不通了。两种文明撞上了——塞西尔暗示过的，说早晚会有这么一天——她头晕目眩，糊涂了，一切文明背后都有光芒，可这光芒似乎已经把她的眼睛给晃瞎了。"品味好"和"品味糟糕"都只是流行词汇，不同的服装只是裁剪的问题，音乐本身会消失在松林的飒飒之中，在那里，优雅的歌曲和滑稽小调也没那么大的分别。

露西陪着哈尼彻奇太太换晚餐的裙子，全程都尴尬极了。她时不时憋出一两个字，可是无济于事。事实明明白白，塞西尔就是有意这么高傲的，他成功了。至于她自己，不知道为什么，她只希望这个难题能换个时间出现，随便什么时候。

"去换衣服，亲爱的。你要迟了。"

"好的，妈妈——"

"别嘴上说着'好的'却不动弹。去。"

她照做了，却也只是忧伤地在落地窗前徘徊。窗户是朝北的，没什么景色，也看不到什么天空。此刻外面俨然一派冬天的景象，只有松林横空孤悬，压在她眼前。落地窗总是和沮丧联系在一起的。没有明确的问题在逼迫着她，可她却暗自叹息："噢，亲爱的，我该怎么办，我该怎么办？"在她看来，每个人的表现似乎都很糟糕。还有，她不该提起巴特莱特小姐那封信的。她必须再小心些，她的母亲绝不缺乏好奇心，要不是今天这个情况，多半已经开始询问那封信的内容了。噢，亲爱的，她该怎么办？——就在这时，弗雷迪也朝楼上来了，加入了表现恶劣者的行列。

"我说，他们是最棒的那种人。"

"我亲爱的孩子，你是有多无聊啊！带他们去圣湖洗澡这事儿太没道理了，那地方完全是个公共场所。对你来说没问题，但对于其他任何人来说，都是极致的尴尬。请务必再谨慎些吧。你忘了，这地方已经越来越像城区了。"

"我说，下个星期有什么事吗？"

"我没听说。"

"那我想邀请爱默生父子星期天来打网球。"

"噢，弗雷迪，是我的话就不会这么做，一切都乱糟糟的，是我就不会这么做。"

"球场有什么问题吗？他们不会介意有一两个土包的，再说我也订了新球了。"

"我的意思是，最好不要。我是说真的。"

他拽住她的胳膊，滑稽地拉着她在走廊里前前后后地跳起舞来。她假装不介意，却几乎按捺不住脾气想要尖叫。塞西尔去洗手间时瞥了他们一眼，他们挡了玛丽的路，后者还拎着一堆热水瓶。哈尼彻奇太太拉开房门，说："露西，你们太吵了！我还有话要问你。你是不是说收到了夏洛特的信？"弗雷迪跑了。

"是。我真的不能耽搁了。我必须去换衣服了。"

"夏洛特还好吗？"

"挺好的。"

"露西！"

这可怜的女孩回来了。

"你有个坏习惯，总是不等人把话说完就中途跑掉。夏洛特有没有提到她的热水器？"

"她的什么？"

"你不记得了吗？她十月份要换热水器，要彻底清洗浴室水箱，还有一大堆诸如此类的麻烦事儿。"

"我没法把夏洛特的烦恼都记住。"露西愤愤地说，"我自己的已经够多了，现在你还不喜欢塞西尔。"

哈尼彻奇太太可以发火的。可她没有。她说："过来，老姑娘——谢谢你帮我放帽子——来吻吻我。"虽说这世上没什么是完美的，可在这一刻，露西觉得，她的母亲、"风角"，连同残阳下的维尔德旷野都是完美的。

生活的坚韧在这里展现。"风角"总是这样。每到最后一刻，当社会的机器无望地卡住，在这个家里，总有这个人或那个人会往里滴上一滴油。塞西尔瞧不起他们的处世之道——这或许也没错，毕竟，这不是他的方式。

晚餐七点半开始。弗雷迪含含糊糊地嘟囔了几句客套话，大家自行拉开各自沉重的椅子落座。万幸，男人们都饿了。直到上布丁之前，什么都没发生。接着，弗雷迪开口了：

"露西，爱默生先生是怎样的人？"

"我是在佛罗伦萨见到他的。"露西说，希望就这么糊弄过去。

"他是那种聪明人，还是那种一本正经的家伙？"

"问塞西尔，是塞西尔把他带到这里来的。"

"他是聪明人，和我一样。"塞西尔说。

弗雷迪怀疑地看着他。

"你在贝托里尼对他们了解多吗？"哈尼彻奇太太问。

"噢，非常少。我是说，夏洛特对他们的了解甚至比我还少。"

"哦，这提醒我了，你还没跟我说夏洛特在信里说了什么呢。"

"就是东拉西扯。"露西说，不知道自己能不能不说谎就安然度过这顿晚餐，"说她一个很可怕的朋友骑自行车来过萨默街，想知道她有没有来看望我们。幸好没来。"

"露西，我真的要说，你这话说得刻薄了。"

"她是个小说家。"露西说，使了个小心眼。这个注解很巧妙，因为再没有什么能比出自女性笔下的文学作品更令哈尼彻奇太太感兴趣的了。她会立刻抛下一切其他话题，去猛烈抨击这些只顾着出书博取并不值得称道的名声（却不关注家庭和孩子）的女人。她的态度是："如果一定有书需要写出来，那就让男人去写。"她就此大加阐述，直说得塞西尔打起哈欠，弗雷迪也开始摆弄他的李子核，玩起了"今年，明年，现在，永不"的游戏。而露西一直在巧妙地为她母亲的怒火添柴扇风。可很快，熊熊烈火熄灭了，黑暗降临，幽灵开始聚集。幽灵太多了，最初的幽灵是双唇落在她脸颊上的触感，它必定暗藏已久——曾经有一个男人，在一座山上吻过她。也许这本来并没有什么，到如今却孕育出了一整个幽灵家族：哈里斯先生、巴特莱特小姐的信、毕比先生关于紫罗兰的回忆——它们轮番上阵，就在塞西尔的眼前，纠缠着她。此刻到来的是巴特莱特小姐，模样鲜活得可怕。

"露西，我一直记挂着夏洛特的那封信。她怎么样？"

"我把信撕了。"

"她没说她怎么样吗？看上去怎么样？她心情还好吗？"

"噢，是的，我想是的——不——没那么高兴，我猜。"

"嗯，这样看来，就是热水器的问题了。我知道水出问题有多烦人。我宁愿是任何其他东西——哪怕是肉出了大问题。"

塞西尔抬手捂住眼睛。

"我也是。"弗雷迪宣称，以此声援他的母亲——声援她话中的内涵，而非具体内容。

"另外，我一直在想，"她忧心忡忡地补充道，"我们应该把夏洛特接到这里来，下个星期就来，趁着坦布里奇韦尔斯的水管工施工的时候，给她一个愉快的假期。我很久没见过可怜的夏洛特了。"

没有比这更让露西无法接受的了。偏生母亲在楼上时对她那么好，她没办法激烈地提出抗议。

"妈妈，不！"她恳求道，"这行不通。我们不能为了夏洛特把其他东西都抛下，我们会被逼死的。弗雷迪有朋友要来，星期二就到；塞西尔在这里；因为担心白喉传染，你还答应了要接明妮·毕比过来住。根本没办法照顾周全。"

"胡说！当然可以。"

"除非让明妮睡在浴室里，否则不可能。"

"明妮可以和你住。"

"我不想和她住。"

"如果你这么自私的话，那么，弗洛伊德先生一定很乐意和弗雷迪分享房间。"

"巴特莱特小姐，巴特莱特小姐，巴特莱特小姐。"塞西尔嘟囔着，再一次抬手捂住了眼睛。

"那不可能。"露西重复道，"我不想制造麻烦，但像这样让房子里塞满女佣，这真的不公平。"

唉！

"事实是，亲爱的，你不喜欢夏洛特。"

"是的，我不喜欢她。塞西尔更不喜欢。她让我们紧张。你没见过她现在的样子，不知道她有多乏味，虽说人还是那么好。所以，求求你了，妈妈，别让我们在这里的最后一个夏天难过吧，请再纵容我们一次吧，别叫她来。"

"听听，听听！"塞西尔说。

哈尼彻奇太太很少这样严肃，也很少放任自己这么动情，回答道："这就是你们两个太不宽厚了。你们有彼此，有这些大片的树林可以散步，到处都是美好的东西；而可怜的夏洛特呢，只有出问题的水和水管工。你们还年轻，亲爱的孩子们，无论年轻人多么聪明，读过多少书，都无法想象变老是怎样的感受。"

塞西尔捏碎了他的面包。

"我必须说，上次骑车去拜访她时，夏洛特表姐对我非常好。"弗雷迪插进来，"她一直在说谢谢我去看她，说得我都觉得自己像个傻瓜了，她还一直东忙西忙的，最后煮了个很好的鸡蛋给我当下午茶。"

"我知道，亲爱的。她对每个人都很好。可惜，现在我们只是想稍稍回报她，露西却让事情变得这么复杂。"

可露西硬起了心肠。对巴特莱特小姐好是没好处的，她自己尝试过太多次了，就在最近。这样的努力，可以让人在天堂里积累下财富，却无法让巴特莱特小姐或地面上的任何一个人变得充实富有。无奈之下，她只得说："我没办法，妈妈。我不喜欢夏洛特。我承认，在这一点上我很可恶。"

"看你的样子，你跟她说话也差不多就这样了。"

"噢，她离开佛罗伦萨时那么愚蠢。她慌慌张张的——"

幽灵回来了。它们占据了意大利，甚至攫取了她从孩提起就熟知的地方。圣湖再也不是从前的模样，等到下个礼拜天，就连"风角"也会变了。她要怎样对抗幽灵？这一刻，眼前的世界淡去了，只剩下回忆与情感，真实鲜明。

"我看巴特莱特小姐是一定要来的了，既然她煮蛋煮得这么好。"塞西尔说，他的心情好些了，幸好她还能有一点值得夸赞的烹饪水平。

"我不是说那个鸡蛋煮得有多么好，"弗雷迪纠正道，"事实上，她忘了时间，没及时关火取出来，我在乎的并不是鸡蛋。我只是说，她看来那么好，那么叫人愉快。"

塞西尔再一次皱了皱眉。噢，这些哈尼彻奇家的人！鸡蛋、热水器、绣球花、女用人——这就是他们的生活。"我和露西可以先行告退吗？"他问，毫不掩饰傲慢，"我们就不吃甜品了。"

第十四章

———

露西如何勇敢面对外部情势

当然，巴特莱特小姐接受了邀请。同样当然，她觉得自己一定会是个麻烦，因此恳求务必给她一个差一些的空闲房间——比如没有风景之类的。请将她的爱转至露西。还有，也是当然的，下个礼拜天乔治·爱默生可以来打网球。

露西勇敢地面对了这个局面，虽说和我们大多数人一样，她面对的只是身外的局面，她从不审视内心。如果有奇怪的画面从内心深处冒出来，她就把它们归结为神经紧张。夏洛特一定会刷新她过往的愚蠢纪录的，这让露西紧张。每到夜里她就紧张。和乔治说话时——几乎是紧接着，他们就在牧师宅邸里再次见面了——他的声音深深打动了她，她想待在他的身边。她真的想待在他身边吗？这太可怕了！当然，这只是因为紧张，爱情常常在我们身上玩弄这样的小把戏。她有过因为"不知道意味着什么的、没来由的东西"烦恼难过的经历。但在一个雨天的下午，塞西尔帮她进行了一番心理学分析，于是，未知世界里一切有关青春的烦恼就都可以被驱散了。

作为我们的读者来说，很容易就能得出结论："她爱上年轻的爱默生先生了。"可站在露西本人的角度，却不容易将事情看得这么清楚。生活很容易编年排序，却难于付诸实践，我们喜爱"神经紧张"或任何能够掩饰个人欲望的陈词滥调。她爱塞西尔，乔治让她紧张。有没有读者能告诉她，这句话应该反过来说？

可是外在的东西——她会勇敢面对。

牧师宅邸的会面相当顺利。有毕比先生和塞西尔在场，她只是适当地在话里话外带到几句意大利，乔治也给出了回应。她急于表现自己并不羞怯，很高兴看到他似乎也不羞怯。

"是个好小子。"毕比先生事后说道，"他很快就会成长起来的。我实在是不太信任那些优雅步入人生的年轻人。"

露西说："他看起来精神多了，笑得也多了。"

"是的。"牧师回答，"他在慢慢觉醒了。"

事情到此为止。随着这个星期一天天过去，她渐渐放下防备，开始乐于想象有漂亮人物出现在家里的画面了。话说回巴特莱特小姐，虽说路标指示已经无比清晰了，她的抵达还是一团糟。她本该在杜金的东南火车站下车，哈尼彻奇太太也是去那里接她的。可她却跑到伦敦的布莱顿车站下了车，结果只好再自己雇一辆马车过来。其他人都不在家，只有弗雷迪和他的朋友在，他们不得不放下网球，尴尬地招呼了她一个小时。塞西尔和露西四点到家。再加上小明妮·毕比，他们在高处的草坪上举行了一场多少有些可怜的六人下午茶会。

"我永远都不会原谅我自己。"巴特莱特小姐说，她不断站起来，这个小团体不得不一再请求她安心坐下，"我把一切都弄砸了。还这么冒昧地闯进你们年轻人中间！不过我得自己付马车费，我坚持。无论如何，请答应我。"

"我们还从没让客人做过这么可怕的事情。"露西说。与此同时，她兄弟也早就忘掉了那颗煮鸡蛋，暴躁地大声说："这就是我一直想要说服夏洛特表姐的，露西，这半个钟头里我一直在说。"

"我真觉得自己不算正常的那种客人。"巴特莱特小姐说，眼睛瞟向她磨损的手套。

"好吧，如果你一定要觉得这样更好的话。五先令，我还给了车夫一个波比。"[1]

巴特莱特小姐翻看她的手袋，只有沙弗林和便士。有人能帮她兑换些零钱吗？弗雷迪有半个基德，他的朋友有四枚半克朗的硬币。巴特莱特小姐接下他们的钱，却又说："可这个沙弗林我该给谁？"

"不如先把这事放下，等妈妈回来再说吧。"露西提议。

"不，亲爱的。你母亲坐了这么久的车，不该再为我操心了。我们人人都有自己的小癖好，我的就是要尽快结清账目。"

这时，弗雷迪的朋友，那位弗洛伊德先生，说出了他完全值得被铭记的话：他提议和弗雷迪丢硬币来决定巴特莱特小姐那一个基德的归属。眼看问题解决有望，就连塞西尔也感受到了好运气那永远存在的吸引力，回过身来——他原本一直张扬地在他们眼前自顾自喝他的茶。

---

1. 20 世纪 70 年代以前，英国币制主要采用十二进制，1 英镑合 20 先令，1 先令合 12 便士，半克朗合 2 先令 6 便士。
  "波比"（bob）是 1 先令硬币的俗称，"沙弗林"（sovereign）是面值 1 英镑的金币，"基德"（quid）则是 1 英镑的俗称。

可还是不行。

"拜托——拜托——我知道我是个可悲的扫兴的家伙，但这样我会难受的。这样的话，我等于就是抢了输的那个人的钱了。"

"弗雷迪欠我十五先令。"塞西尔插进来说，"所以，你只要把那一英镑给我，事情就完美解决了。"

"十五先令。"巴特莱特小姐怀疑地说，"怎么回事，维斯先生？"

"因为，你不明白吗，弗雷迪帮你付了马车费。给我那个英镑，这样我们就不必进行这个糟糕的博彩游戏了。"

巴特莱特小姐并不擅长算数，她被弄糊涂了，在身边一圈年轻人的窃笑声中，交出了那枚沙弗林。有那么一会儿，塞西尔很得意。他在跟同辈中人玩无聊的语言游戏。下一刻，他瞥见了露西，她脸上的笑容已经被丝丝流露的焦虑驱散了。等到一月份，他就能把他的莱昂纳多从这些叫人目瞪口呆的废话中解救出来了。

"可我不明白！"明妮·毕比叫了起来，她全程旁观了这场不公正的交易，"我不明白为什么维斯先生应该拿走那个基德。"

"因为十五先令加上五先令。"他们一本正经地说，"你瞧，十五先令加上五先令刚好是一英镑。"

"可我不明白——"

他们试图用蛋糕堵住她的嘴。

"不，谢谢你们。我吃好了。我不明白为什么——弗雷迪，别戳我。哈尼彻奇小姐，你弟弟弄疼我了。哎呀！弗洛伊德先生的十先令呢？哎呀！不，我不明白，我就是弄不明白为什么这位什么什么小姐不用支付给车夫的那一个波比。"

"我把车夫给忘了。"巴特莱特小姐说,她的脸红了,"谢谢你,亲爱的,谢谢你提醒我。是一个先令,对吗?有人能帮我找半个克朗吗?"

"我去拿。"年轻的女主人坚决地站起身来,说。

"塞西尔,把那个沙弗林给我。不,给我那一个沙弗林。我去找尤菲米娅换零钱,我们从头再把整件事情重新来一遍。"

"露西——露西——我是个多么讨人厌的家伙啊!"巴特莱特小姐抗拒地说,跟着她穿过了草坪。露西快步走在前面,假装高高兴兴的。刚走出众人能听到的范围,巴特莱特小姐就停下了她的哀叹,飞快地说:"你跟他说过他的事情了吗?"

"不,我没有。"露西回答,居然这么快就反应过来表姐的意思,她恨不得咬掉自己的舌头,"让我看看——一个沙弗林价值一个标准银币。"

她逃进了厨房。巴特莱特小姐的转变太突然、太诡异了。有时候会让人感觉她是早有谋划的,她想好了要说的每一个字,算准了会有怎样的回应被引出来——就像是所有那些有关马车啊找零啊什么的忧虑都是为了奇袭人心定下的计谋。

"不,我没跟塞西尔说,跟谁也没说。"她回来了,补充道,"我答应过你不说的。这是你的钱——都是先令,还有两枚半克朗的硬币。你要数数吗?这下你可以好好解决你的账目问题了。"

巴特莱特小姐在客厅里,注视着那幅圣约翰升天图的画片,画已经镶进了画框里。

"太糟了!"她喃喃道,"要是维斯先生从其他地方听到了这件事，那就不只是糟糕了。"

"哦，不会的，夏洛特。"女孩进入战备状态，说，"乔治·爱默生那里不会有问题，那他还能从哪里听到？"

巴特莱特小姐想了想。"比如，车夫。我看到他趴在灌木丛里看你们，我还记得他嘴里衔着一支紫罗兰。"

露西轻轻颤抖了一下。"要小心，不然我们就会被这种愚蠢的事情弄得心神不宁。一个佛罗伦萨的马车夫要怎样才能找到塞西尔呢？"

"我们必须考虑一切可能。"

"哦，没问题的。"

"或者，也许老爱默生先生知道这件事。说真的，他肯定已经知道了。"

"就算他知道了我也不在乎。很感谢你写那封信，但就算这事儿传开了，我想我也完全可以相信，塞西尔会一笑置之。"

"会反唇相讥？"

"不，一笑置之。"可她心底里知道，她没法相信他，因为他想要的是白璧无瑕的她。

"非常好，亲爱的，你是最清楚情况的人。也许如今的绅士和我年轻那会儿已经不一样了。女士们当然也是不一样的。"

"好了，夏洛特！"她假装玩笑似的打了她一下，"你这好心的、爱操心的家伙。你到底想要我怎么样？一开始你说'别说出去'，然后你又说，'说吧'。到底要怎么样？快说。"

巴特莱特小姐叹了一口气，"我说不过你，我最亲爱的。一想到自己在佛罗伦萨是怎么干涉你的，我就脸红。你完全有能力把自己照顾好，方方面面都比我聪明得多。你永远都不会原谅我了。"

"好了，我们该出去了。不然茶具就都要被他们毁掉了。"

风中传来了明妮的尖叫，有人在用茶匙刮她。

"亲爱的，再等会儿——我们也许再也没有这样谈话的机会了。你见过那个年轻人了吗？"

"是的，见过了。"

"怎么样？"

"我们在牧师家里见到的。"

"他是什么态度？"

"没什么态度。和其他人一样，他聊到了一点意大利。真的没什么问题。说白了，当个无赖对他有什么好处呢？我真希望能让你站在我的角度来看待这件事。他真的一点也算不上是个麻烦，夏洛特。"

"一朝是无赖，永远是无赖。这是我可怜的小小见解。"

露西顿了顿。"塞西尔有一次说过——我觉得这话非常深刻——这世上有两种无赖：有意的和下意识的。"她再次顿了顿，确认自己对塞西尔的深刻给出了公正的评价。透过窗口，她看着塞西尔本人，他捧着一本小说，正好翻过一页。这是刚从史密斯图书馆里借出来的。她母亲一定已经从火车站往回走了。

"一朝是无赖，永远是无赖。"巴特莱特小姐闷声说。

"我所说的'下意识'，意思就是，爱默生那时候是一时迷乱。我跌进了那片紫罗兰里，他傻了，吃惊了。我不认为我们应该太过责备他。当你看到一个人，站在一片不可思议的美景里，那是完全不同的。真的，那是截然不同的。他迷失了心神，他并不是爱慕我，也不是其他诸如此类的东西，一点也不。弗雷迪非常喜欢他，已经邀请他星期天上来做客了，到时候你就可以自己做出判断。他比之前有进步了，不再老是一副好像随时会哭出来的模样。他是一个大铁道公司的总经理办公室的职员——不是搬运工！现在每周末下来陪伴他的父亲。父亲原本从事新闻业，但因为得了风湿退休了。好了！现在去花园吧。"她拉起客人的胳膊，"希望我们再也不必讨论这个愚蠢的意大利事件了。我们想要你在'风角'愉快地好好休息休息，不必操心忧虑。"

露西自认为这该是一场相当不错的演说了。读者或许已经发现了，其中存在着一个不幸的漏洞。巴特莱特小姐是否也察觉了这个漏洞，我们无从得知，因为年长者的心思是不可能被看透的。她也许还想说些什么，可女主人回来了，打断了她们。事情需要赶紧解释清楚，你一言我一语之间，露西溜走了，她脑海中的画面搏斗着，更鲜明了。

第十五章

内心的灾难

　　巴特莱特小姐到来之后的第一个星期天是个晴朗的好日子，就像这一年里的大多数日子一样。秋天已经来到了维尔德旷野，打破了夏日里清一色的绿，雾气灰白迷蒙，山毛榉树变得褐黄，栎树泛起了金黄。高坡上，阵列的黑松林注视着变化一点点发生，自己却岿然不动。无论夏秋，这片乡野都有着万里无云的碧空；无论夏秋，都有教堂的钟声袅袅响起。

　　"风角"的花园里空无一人，只有一本红色的书躺在砾石小径上晒着太阳。屋子里不时传出断断续续的声响，像是女人们在忙着准备上教堂做礼拜。"男士们说他们不去"——"哦，我不怪他们"——"明妮问她也得去吗？"——"告诉她，别胡闹"——"安妮！玛丽！帮我扣一下背后的搭扣！"——"最最亲爱的露西亚，我能进来借个别针吗？"巴特莱特小姐早早声明了，无论如何，教堂她是一定要去的。

　　太阳渐渐爬高，驾车的不是法厄同，而是阿波罗[1]，强大、坚

1.古希腊早期神谱中的太阳神是赫利俄斯，负责驾驶太阳战车，是法厄同的父亲（参见第74页注1）。阿波罗较晚出现，身份职能与前者渐渐混淆，成为后世人们更为熟知的希腊-罗马神话体系中的太阳神。

定而又神圣。它的光芒洒落在卧室窗前的女士们身上，洒落在萨默街另一头微笑着读凯瑟琳·阿兰小姐来信的毕比先生身上，洒落在为父亲擦靴子的乔治·爱默生身上，最后，在值得记录的名单上占据了最后一位的，就是我们刚才提到的那本红色的书。女士们动了，毕比先生动了，乔治动了——行动造就了影子。但这本书一动不动，享受着整个清晨的阳光的爱抚，微微卷起了封面，像是在答谢这样的关爱。

不一会儿，露西穿过客厅的落地窗走了出来。她的樱桃红新裙子是个败笔，显得她俗丽又苍白。她的脖颈前扣着一枚石榴石领针，手指上带着一枚红宝石戒指，是她的订婚戒指。她的目光投向了维尔德旷野。她的眉头微微蹙着，不是因为生气，倒像个勇敢的孩子，皱紧了眉头，努力忍住不要哭。周遭没有人类的眼睛在盯着她，她大可以紧锁眉头，估算阿波罗和西面山丘之间还有多少距离，不必担心遭到指责。

"露西！露西！那是什么书？谁拿了书架上的书扔在那儿糟蹋？"

"只是图书馆的书，塞西尔在读的。"

"去拿回来，别傻站着无所事事，像只火烈鸟似的。"

露西拿起那本书，无精打采地扫了一眼书名：《在凉廊下》。她自己已经不读通俗小说了，所有时间都花在了严肃文学上，期望能赶上塞西尔的步伐。她懂得太少，这真是太糟糕了，甚至连那些她本以为自己懂的东西，如今也赫然发现都忘掉了，比如意大利的画家。就在今天早晨，她还把弗朗西斯科·弗朗吉亚和皮耶罗·弗朗西斯卡[1] 给弄混了，当时塞西尔就说了："怎么了！你莫不是已经把你的意大利给忘掉了吧？"就因为这个，即便是现在，在问候她心爱的景致，问候眼前这亲爱的花园和高悬于它们（几乎不可能出现在其他地方）之上的亲爱的太阳时，她的眼里也不由得蒙着几分忧虑。

"露西——你有没有六便士的银币可以给明妮一个？你自己准备个一先令的。"

她快步走向母亲，后者正忙着把自己拽进礼拜日的慌乱中。

"这次是特别的募捐活动——我忘记是为了什么了。我只求你们千万不要让盘子里冒出半便士的廉价当啷声；务必确保明妮能有一枚漂亮的亮闪闪的六便士银币。那孩子在哪儿呢？明妮！这本书都卷了。（天哪，你还真是朴素！）把书放在地图册下面压一压。明妮！"

"欸，哈尼彻奇太太——"声音从楼上传来。

"明妮，别迟到。马已经到了——"到的永远都是"马"，不是"马车"，"——夏洛特在哪里？快跑上去催催她。她怎么这么久？她没什么可准备的。除了女装衬衫她向来什么都不带。可怜的夏洛特——我真是太讨厌衬衫了！明妮！"

不信教是有传染力的，比白喉和虔诚更容易传染，教区牧师的侄女一路抗议着被带去了教堂。和往常一样，她不明白为什

---

1. 弗兰西斯科·弗朗吉亚（Francesco Francia，约1447—1517），意大利画家、金匠，15世纪在意大利尤其是博洛尼亚地区影响巨大。
皮耶罗·弗朗西斯卡（Piero della Francesca，约1416/17—1492），意大利画家、数学家、几何学家，但后世更认可其艺术成就，认为他对意大利文艺复兴起到了重要影响。

么。为什么她不能和年轻男士们一起坐着晒太阳？那些年轻男士这会儿都出现了，敷衍地逗了逗她。哈尼彻奇太太在为正教信仰辩护，一团混乱中，巴特莱特小姐从容地从楼梯上走了下来，穿着一身非常时髦的精致衣服。

"亲爱的玛丽安，真是抱歉，不过我没有零钱了——只有沙弗林和半克朗的硬币，一点儿零钱都没有。有没有人能帮我——"

"当然，小事一桩。快上车。我的天哪，你真漂亮！多迷人的裙子啊！你让我们都自惭形秽了。"

"这时候还不把我那点儿破衣烂衫里最体面的穿出来，那要等到什么时候才穿呢？"巴特莱特小姐嗔怪似的说。她钻进维多利亚式马车里，背对马儿安顿好自己。一声必不可少的呼哨之后，她们出发了。

"再见！要好好儿的哦！"塞西尔叫道。

露西咬住了嘴唇，听出那声音里带着嘲弄。只要涉及教堂教会之类的话题，他们的对话就十分难如人意。他说人们应当彻底反省，脱胎换骨，可她不想脱胎换骨——她却不知道，这改变已经发生。塞西尔尊重诚实的正教传统，可他总会假定诚实是精神危机的结果，他无法想象它也有可能是一种与生俱来的品质，可能像花儿一样向阳生长。他在这个话题上的每字每句都让她痛苦，哪怕他浑身上下每个毛孔里都流露出宽容的味道——不知什么缘故，爱默生父子却不是这样。

从教堂出来她就看到了爱默生父子。路上是排成了串的马车，哈尼彻奇家的车刚巧就停在"茜茜"别墅对面。为了节省时间，他们打算直接横穿绿地去上车，却发现那对父子正在花园里抽烟。

"为我引荐一下吧。"她母亲说，"除非那位年轻人觉得他已经算是见过我了。"

也许他真是这么觉得的。可露西略过圣湖那桩事，为他们做了正式的介绍。老爱默生先生很热情地大声跟她打招呼，说听到她就要结婚了他有多高兴。她说是的，她也很高兴。等到巴特莱特小姐和明妮跟着毕比先生不紧不慢走过来时，她把话题转向了不那么令人不安的方向，问他是否喜欢他的新居。

"非常喜欢。"他回答，但声音里却带着一丝恼意——在此之前，她从没见过他恼怒。他补了一句："只是我们才知道原来两位阿兰小姐也是想来的，结果却被我们赶了出去。女人们总会介意这样的事情。我觉得非常不安。"

"我想这中间一定是有些误会。"哈尼彻奇太太不大自在地说。

"我们的房东说，他以为我们会是另外一种人。"乔治说，像是有意再多讨论讨论这件事，"他以为我们会是那种风雅的人。他很失望。"

"我在想，我们是不是应该给阿兰小姐她们写一封信，把房子让出来。你怎么看呢？"老人转向露西寻求意见。

"噢，既然你们已经来了，就让事情到此为止吧。"露西轻描淡写地说。她一定不能当着别人的面指责塞西尔。毕竟，虽说并没有人提到塞西尔的名字，这个小小的意外却的的确确是他一手造成的。

"乔治也是这么说。他说让两位阿兰小姐碰碰壁也好。不过这么说似乎不太善良。"

"这世上的善良是有数的。"乔治说，眼睛盯着路上来来往往的马车板壁上跃动的阳光。

"是的！"哈尼彻奇太太大声说，"这正是我想说的。我们为什么要一直谈论那两位阿兰小姐呢？"

"世上的善良是有数的，就像世上的光也是有数的一样。"他接着说，带着深思的语调，"只要我们站起来，就会投下阴影，跟着我们从这里挪到那里，想靠走动来拯救什么是没有用的。因为阴影始终相随。选择一个不会造成伤害的地方就好——是的，选择一个不会造成太大伤害的地方，站在那里，尽你所能，面朝阳光。"

"啊，爱默生先生，我看你是个聪明人！"

"呃——？"

"我看你会是个聪明人的。希望你别在弗雷迪面前表现这一面。"

乔治的眼里带上了笑意，露西猜想他和妈妈能处得相当不错。

"不，我没有。"他说，"是他这么对我。这是他的哲学。只是他直接运用在了生活里，而我会先打一个问号。"

"嗯，什么意思？不，什么意思不要紧。不必解释。他盼着今天下午见到你呢。你打网球吗？你会介意在礼拜日打网球——？"

"乔治不会介意在礼拜日打网球！毕业之后，乔治就学会了区分礼拜日和——"

"好极了，乔治不介意在礼拜日打网球。我也不介意。那就没问题了。爱默生先生，如果您下午能和您儿子一起过来，我们会非常高兴的。"

他很感谢她，但听来路程有点儿远了，最近这段时间，他大概都只能在附近稍微溜达溜达了。

她转向乔治："看看，就这样他还在想着要把房子让给那对阿兰姐妹。"

"我知道。"乔治说，张开胳膊揽住父亲的脖子。毕比先生和露西早就知道他心中存有善良，如今这善良突然展露出来，就像阳光亲吻广袤的山水——是来自晨曦的亲吻吗？她还记得，无论他有多少不同寻常之处，却从来没有说过哪怕一个否定感情的字眼儿。

巴特莱特小姐向他们走过来了。

"你们见过我们家这位表姐的，巴特莱特小姐。"哈尼彻奇太太愉快地说，"你们在佛罗伦萨见过她和我的女儿。"

"是的，没错儿！"老人说，看样子像是打算起身走出花园去迎接这位女士。巴特莱特小姐赶紧上了马车，以便她能完成一个正式的鞠躬礼。事情又回到了贝托里尼公寓那时候，餐桌上摆着成排的水和葡萄酒。那是一场有关看得到风景的房间的古老、古老的战斗。

乔治没有回应那个鞠躬礼。和每一个男孩一样，他红了脸，害羞了。他知道，这位女监护人记得。他说："我——我下午来打网球，如果能打的话。"说完就进了屋。如果说他的一言一行都叫露西高兴，那唯有这份笨拙能直击她的心——男人不是神，而是人类，和女孩们一样笨拙。更有甚者，男人还可能受困于难以诉诸言语的欲望，因而更需要帮助。在她的成长过程中，在她走向未来终点的道路上，男人的软弱都是无比陌生的东西，可她早就有了猜测，那还是在佛罗伦萨，乔治把她的画片扔进阿诺河的时候。

"乔治，别走啊。"父亲叫道，他觉得儿子多跟大家聊一聊才算得上是对客人们的盛情款待，"乔治今天的心情真是相当好，我相信到下午也都会非常好。"

露西对上了表姐的目光。其中有些无言的东西让她变得莽撞起来。"是的，"她提高了嗓门，说，"我真心希望他会这样。"说完，她朝马车走去，喃喃自语："他没有告诉他父亲。我就知道，没问题的。"哈尼彻奇太太跟在后面，她们上车离开。

真好，爱默生先生没听说过佛罗伦萨的小小越轨事件。可露西的心情也不该如此雀跃，简直像是看见了天堂的城墙一样。真好。可她真不该有这样不相称的欢喜。回家的一路上，马蹄笃笃，在她耳边唱着："他没说，他没说。"她的脑子自动补全那美妙的旋律："他没告诉他的父亲——没告诉那个他无所不言的人。那不是炫耀的战绩。我落荒而逃，他没有嘲笑。"她抬手摸了摸自己的脸颊。"他不爱我。不。要是他爱我，那得有多可怕啊！可他没说，他不会说。"

她只想大声喊出这些字句："没事了。那将永远是我们两个人之间的秘密。塞西尔永远不会知道。"她甚至很高兴那时候巴特莱特小姐要求她答应保密，在佛罗伦萨的最后那个黑沉沉的晚上，当她们跪在她房间的地板上收拾行装的时候。这个秘密，无论是大是小，保住了。

在这世间，只有三个英国人知道这件事。她如此解释了自己的欢喜。她笑着望向塞西尔，格外容光焕发，因为她觉得安全极了。他伸手扶她下车，她说：

"爱默生父子真是太好人了。乔治·爱默生大不一样了。"

"我的protégés（保护对象）怎么样了？"塞西尔问。他并不真的对他们有兴趣，而且早就忘记了自己将他们带来"风角"接受"教育"的打算。

"protégés（保护对象）？"她叫了起来，有点儿激动。

在塞西尔的概念里，唯一的人际关系模式是封建制的，只有保护者与被保护者的关系。对于女孩满心期望的平等友谊，他一无所觉。

"你可以自己看看你的protégés（保护对象）怎么样了。乔治·爱默生今天下午就会过来。跟他聊天真是有趣极了，只是不要——"她差一点就说出"不要保护他"了。刚巧午餐铃响了，和以往大多数时候一样，塞西尔并没有太留意她说了什么。魅力才是她的长处，而非争长论短。

午餐很愉快。露西在餐桌上通常都很压抑。总有某个人需要照看安抚，要不就是塞西尔，要不就是巴特莱特小姐，要不就是某个肉眼看不见的存在——它会对着她的灵魂窃窃私语："这是不会持久的，这样的欢乐是不会持久的。等到一月份，你就必须去伦敦，去招待那些名人的孙子孙女们了。"可今天，她觉得自己得到了保障。她的母亲会一直坐在那里，她的兄弟也在这里。太阳虽说比上午偏转了一点儿角度，却永远不会隐没在西面的山丘背后。午餐结束，他们邀请她弹奏一曲。她今年刚看过格鲁克的

《阿尔米德》[1]，于是凭着记忆弹了一段魔法花园的旋律——那是林纳尔多到来时的乐曲，在永恒黎明的晨曦之下，那乐曲不增、不减，就像仙境中没有潮起潮落的宁静海面，永远只有微微泛起的涟漪。这样的音乐不适合钢琴，她的听众开始不耐烦了，塞西尔也不满意，叫嚷起来："给我们弹个别的花园吧，来个《帕西法尔》[2]。"

她合上琴盖。

"这可不大尽责。"她母亲的声音说。

担心自己会把塞西尔惹恼，她飞快转过身。乔治站在那里。他来了，静悄悄地进来，没有打扰她。

"噢，我不知道！"她惊呼道，脸红得厉害。下一刻，连一句欢迎都没顾上说，她重新揭开钢琴盖。塞西尔理应享受到他的《帕西法尔》，他想要的一切都应该能得到。

"我们的演奏者改变主意了。"巴特莱特小姐说，也许是在暗示她这是要为爱默生先生奏乐。露西不知道该怎么办，甚至不知道自己想怎么办。她弹了几小节花仙子们的唱段，弹得很糟糕，

1.《阿尔米德》（*Armide*）是德国古典作曲家克里斯托弗·格鲁克（Christoph Willibald Gluck，1714—1787）创作的歌剧，1777 年在巴黎首次公演。剧本是法国 17 世纪剧作家菲利普·基诺（Philippe Quinault，1635—1688）根据意大利诗人塔索的叙事长诗《耶路撒冷的得救》改编而成。
林纳尔多是剧中一名英勇善战的将领，令敌国公主阿尔米德既爱慕又痛恨，他曾陷入公主设下的魔法花园，也一度在公主府第的花园里迷失本心，但清醒后即离开，公主伤心绝望之余，放火烧毁宫殿，自焚身亡。

2.《帕西法尔》（*Parsifal*）是德国作曲家、剧作家瓦格纳（Richard Wagner，1813—1883）以圣杯骑士帕西法尔的传说故事为蓝本创作的三幕歌剧，1882 年首次公演。花仙子与帕西法尔在魔法花园相遇出现在第二幕。

只得停了下来。

"我投票打网球。"弗雷迪厌倦了这七零八落的娱乐项目，说。

"对，我也赞成。"她再一次合上那倒霉的钢琴盖，"我投票你们男士来一场双打比赛。"

"好啊。"

"别算我，多谢你们。"塞西尔说，"我还是不要扫你们的兴了。"他从来不知道，凑足三缺一的最后一角，也可以是一名糟糕玩家的善意之举。

"喔，来吧，塞西尔。我打得不好，弗洛伊德也很糟，照这么看，我敢说爱默生也一样。"

乔治纠正他："我打得不差。"

对于这样的话，人们通常是会嗤之以鼻的。"那么，我必定是不参与的了。"塞西尔说。巴特莱特小姐依然坚守她"对乔治应当冷淡"的印象，立刻随声附和："我同意你的看法，维斯先生。最好还是不要打，最好不要。"

明妮冲进塞西尔不敢涉足的领域，宣布她要参加。"反正我肯定一个球也接不住，所以那又有什么关系？"可"礼拜日"是个拦路虎，将这好心的建议重重踩在了脚下。

"那就只有露西了。"哈尼彻奇太太说，"你们必须求露西帮忙了。没别的办法。露西，去吧，去换身衣服。"

露西的安息日通常具备双重属性。上午，她虔诚地坚守戒律；到了下午，却又能毫不为难地打破它。换衣服时，她一直在想，不知塞西尔会不会嘲笑她。说真的，她必须在跟他结婚之前脱胎换骨，把问题统统解决才行。

弗洛伊德先生跟她搭档。她喜欢音乐，但网球似乎要更好得多。穿着舒适的衣服奔跑比坐在钢琴前感受腋下的束带好得多。她又一次觉得，音乐只是小孩子的玩意儿。乔治发球，他的求胜欲叫她吃惊。她还记得他是如何在圣十字教堂的墓碑间因为"事情不对头"而叹息。记得在那不知名的意大利人死亡之后，他是如何倚在阿诺河边的护墙上，对她说："我跟你说，我应该是想要活下去的吧。"如今他想活下去了，他想打赢网球，想站在阳光下堂堂正正赢得他应得的一切——太阳开始西斜，阳光直射着她的眼睛。他赢了。

啊，维尔德旷野多美啊！山峰矗立在它的光彩之上，就像菲耶索莱矗立在托斯卡纳平原之上。还有南部丘陵，如果愿意，你大可以当它就是卡拉拉山脉。露西或许已经忘掉了她的意大利，却在她的英格兰发现了更多。人们完全可以开发一种新的风景游戏，尝试在无数的地壳皱褶中寻觅某个适合佛罗伦萨的小镇或村庄。啊，维尔德旷野多美啊！

可如今塞西尔要对她宣示主权。他不巧正处在冰冷挑剔的情绪中，体会不到喜悦的滋味。他在球赛的整个过程中都扮演着十分惹人厌的存在，因为那部小说实在是太糟糕了，他不得不大声读出来，让其他人也听一听。他在球场边踱来踱去，大声说："我说，听听这个，露西。连着三个分裂不定式[1]。"

"太糟糕了！"露西说着，漏了一个球。直到他们打完这一

---

1. 即在不定式 to 和原形动词之间插入副词修饰，通常出现在口语中，不合乎正规语法。

局，他还在读——这书里有一场杀人事件，真的，大家一定要听一听。有球滚到月桂丛里了，弗雷迪和弗洛伊德先生必须去找一找。还剩下两个人，只好听着。

"场景设在佛罗伦萨。"

"多有趣啊，塞西尔！读下去。爱默生先生，过来坐坐，你该累坏了吧。"照她的想法，她已经"原谅"了乔治，因此要格外对他好一些。

他一跳越过球网，在她脚边坐下，问："你——你累了吗？"

"我当然没有！"

"你会在意输球吗？"

她想说"不会"，可突然意识到，她是在意的，于是改口回答，"是的"。又愉快地补充了一句："不过我可不认为是你打得有这么好。太阳在你背后，光会刺我的眼睛。"

"我从来没说过我打得好。"

"嘿，你说过！"

"你没留心听。"

"你说——噢，在这栋房子里别这么较真儿。我们全都喜欢夸大其词，要是谁不这样，我们就会非常生气。"

"场景设在佛罗伦萨。"塞西尔提高声音，又说了一遍。

露西回过神来。

"日落时分。里奥诺拉加速冲向——"

露西打断了他。"里奥诺拉？女主角是叫里奥诺拉？这本书是谁写的？"

"约瑟夫·埃莫瑞·普朗克。'日落时分。里奥诺拉加速冲过广场。祈祷她没有到得太晚。日落——意大利的日落。在奥卡尼亚的凉廊下——如今我们也称它为兰奇凉廊[1]——'"

露西忍不住大笑起来。"'约瑟夫·埃莫瑞·普朗克',真是的！为什么不是莱维希小姐！那是莱维希小姐的小说，她用别人的名字来出版。"

"莱维希小姐是谁？"

"噢，一个可怕的人——爱默生先生，你还记得莱维希小姐吧？"

这个愉快的下午所带来的兴奋还支配着她，她拍了拍手。

乔治抬头看向她。"当然记得。我刚到萨默街那天还见到她了。就是她告诉我你住在这里的。"

"你不高兴吗？"她本意是指"见到莱维希小姐"，可看到他低下头看着草地没回答，才猛然反应过来，这话还可以有其他意思。她看着他的脑袋，如今它几乎就抵在她的膝旁，她觉得那对耳朵开始变红了。"难怪这部小说这么糟糕了。"她补了一句，"我从来就不喜欢莱维希小姐。不过既然认识她，我想还是应该读一读的。"

"当代小说都很糟。"塞西尔说，露西竟然分心，这让他很恼火，于是将这份恼火发泄到了小说上，"如今人人都只为钱写作。"

---

1. 安德烈·奥卡尼亚（Andrea Orcagna，约1308—约1368），意大利画家、雕塑家、建筑家，佛罗伦萨领主广场上连接乌菲兹美术馆的兰齐凉廊（Loggia de' Lanzi）即出自他的手笔，鉴于凉廊大受市民喜爱，后来米开朗琪罗才建议扩建凉廊环绕整个广场。

"噢，塞西尔——！"

"就是这样。我再也不会用约瑟夫·埃莫瑞·普朗克来烦你了。"

塞西尔这一整个下午都像只聒噪的麻雀。声音高高低低，不由得人不注意，可对她没有影响。她沉浸在音乐和运动中，她的神经拒绝对他突兀的吵闹做出回应。没理会他是不是生气，露西又一次将目光投向那黑色的脑袋。她没有想过要去抚摸它，却察觉自己想要摸一摸。这感觉很古怪。

"爱默生先生，你喜欢我们这里的风景吗？"

"我一向看不出风景和风景有什么不同。"

"这是什么意思？"

"就是说，它们都很相似。因为其中重要的不过就是距离和空气。"

"嗯哼！"塞西尔说，吃不准这样的说法算不算得上惊人。

"我父亲——"他抬头看着她（有一点脸红），"他说，世上只有一种风景是完美的，那就是我们头顶上的天空，地面上一切风景都是对它的拙劣模仿。"

"我猜你父亲一定读过但丁。"塞西尔说，手指拨弄着书页。只凭着这一本书，他就可以主导谈话。

"有一天，他对我们说，风景其实就是一个个群体，成群的树木，成群的房屋，成群的山峦，这注定了它们彼此是相似的，就像人群一样。同样的道理，它们赖以对我们施加影响的那种力量，很多时候都是超自然的。"

露西张了张嘴。

"因为一个人群并不只包含那些组成它的人，其中还附加了别的什么东西，没人知道那究竟是什么。群山也一样，其中也被加入了某种东西。"

他抬起球拍指了指南部丘陵。

"多精彩的观点啊！"她低声说，"要是能再亲耳听你父亲说一说，我一定会很高兴。真遗憾他身体不太好。"

"是啊，他身体不太好。"

"这本书里对风景的描写真是可笑。"塞西尔说，"还把男人分成两类：一类是完全对风景视而不见的，一类是哪怕住在小房间里也会记住它们的。"

"爱默生先生，你有兄弟或姐妹吗？"

"没有。怎么了？"

"你刚才说'我们'。"

塞西尔"嘭"的一声合上小说。

"噢，塞西尔——你吓了我一跳！"

"我再也不会用约瑟夫·埃莫瑞·普朗克来烦你了。"

"我只记得那天我们三个人都在，一起到郊外散步，一直能看到远处的海恩赫德[1]。那是我记得最清楚的事情。"

塞西尔站起身。这人教养真是糟糕——球都打完了也不穿外套——他真不行。要不是露西开口叫住他，他就要走开了。

"塞西尔，请读一读那段风景描写吧。"

"有爱默生先生在这里让我们开心，就不必了吧。"

---

1. 海恩赫德（Hindhead）是英国萨里郡地理位置最高的山村。

"别——读一读吧。我想再没什么能比听到傻话被大声朗读出来更有趣的了。要是爱默生先生觉得我们无聊，他可以离开的。"

这话微妙地打动了塞西尔，取悦了他。这话把他们的客人放在了一个一本正经的位置上。他多少得到了些安抚，重新坐了下来。

"爱默生先生，去找找网球吧。"她翻开书。塞西尔想读，那就一定要读，他想要的一切当然都应该得到满足。可她的心思一直挂在乔治的母亲身上，她——照伊格尔先生的说法，在上帝的注视下被谋杀了——照她儿子的说法，一直看到了远处的海恩赫德。

"我真的得去吗？"乔治问。

"不，当然不是。"她回答。

"第二章，"塞西尔说着，打了个呵欠，"帮我翻到第二章，如果不是太劳烦你的话。"

第二章找到了，她扫了一眼开篇几句话。

她觉得自己要疯了。

"来，把书给我。"

她听见自己的声音说："这不值得一读——这太蠢了，不值得读——我从来没见过这样粗劣的东西——它就不该被印出来。"

他从她手中拿过书。

"'里奥诺拉，'"他读着，"'独自坐着，陷入了沉思。在她面前铺展开的，是托斯卡纳丰饶的平原，许多微笑的村庄星罗棋布，散落其间，那是春天。'"

莱维希小姐知道了。不知怎么知道的，但她把他们的过往写成了拖泥带水的散文体，印了出来，给塞西尔来读，让乔治听。

"'金色的薄雾。'"他读着，"'远处是佛罗伦萨高耸的塔尖，而她所坐的地方，是遍地盛开的紫罗兰。她没有发现，安东尼奥悄悄跟在她的身后——'"

唯恐塞西尔看到自己的神色，她转过头去，看到了乔治的脸。

他读着："'他的双唇间并没有吐出寻常情侣的海誓山盟。他没什么口才，也不因缺乏口才而自苦。他只是将她揽入了自己那对男人的臂膀中。'"

"这不是我想读的那一段。"他告诉他们，"还有一段更好玩，比这好玩得多。"他翻动书页。

"我们是不是该进去喝杯茶了？"露西说，声音很稳。

她领头朝花园走去，塞西尔跟在她身后，乔治走在最后。她觉得，这场灾难总算是躲过去了。可就在他们走进灌木林中时，灾难降临了。就像是恶作剧还不够似的，那本书被落下了，塞西尔必须回去拿。而乔治的爱热烈如火，注定了要在这窄窄的小径上与她迎面相撞。

"不——"她倒抽一口冷气，又被他吻了，第二次。

仿佛这就是最后的可能，他悄然退开。塞西尔赶了上来。只有他和她，两个人一起登上了高处的草坪。

第十六章

对乔治说谎

经过了前面那一个春天，露西成熟了。也就是说，如今她能更好地将这个世界与它的传统所不认同的感情扼杀。尽管其中危险更大，但她再也不会因内心的哭泣而动摇。她对塞西尔说："我不去喝茶了，帮我跟妈妈说一声，有几封信要写。"她回到自己房间。她做好了行动的准备。爱情出现了，回来了，这样一份爱，是我们的身体所渴求的，是我们的心灵将之转化而成的，或许也是我们一生可能遇到的最真挚的东西。如今，它以对抗全世界的姿态再次出现。而她，必须将它扼杀。

她让人去请巴特莱特小姐。

较量不在于爱与责任之间——也许从来就不存在这样一种较量——而在于真实与伪装之间。露西的首要目标就是打败自己。当脑海中阴云密布，当有关风景的记忆渐渐淡去，当那本书上的字句消逝无踪，她躲回了她"神经紧张"的老调子。她"战胜了自己的崩溃"。她篡改了真实，却忘记了真实始终都在。她记起了自己与塞西尔的婚约，强迫自己模糊了对乔治的回忆——对她而言，他什么都不是，从来就什么都不是；他举止卑劣可憎；她从未鼓励过他。虚假的盔甲自黑暗中巧妙炼出，不但蒙蔽了他人，也蒙蔽了自己的灵魂。不过片刻时间，露西已经全副武装，准备好要战斗了。

"出了一件非常糟的事情。"表姐一到，她就开门见山地说，"你对莱维希小姐的小说有什么了解吗？"

巴特莱特小姐看起来很吃惊，说她还没读过这本书，也不知道它已经出版了，要知道，埃莉诺骨子里是个很谨慎的人。

"书里有一幕场景，男女主人公示爱。你知道这个吗？"

"亲爱的——？"

"请回答我，你知道吗？"她重复道，"他们在一处山坡上，远处是佛罗伦萨城。"

"我的好露西亚，我完全是一头雾水。不管这是什么，我一无所知。"

"那里开满了紫罗兰。我没办法相信这只是巧合。夏洛特，夏洛特，你怎么能告诉她？我已经思前想后考虑过了，只能是你。"

"告诉她什么？"她慌了，问。

"关于二月那个可怕的下午。"

巴特莱特小姐打从心底里被惊吓到了。"噢，露西，我最亲爱的姑娘——她没把这个写进书里吧？"

露西点了点头。

"不是那种一眼就能被人认出来的吧？"

"是。"

"那埃莉诺·莱维希就再也——再也——再也不是我的朋友了。"

"所以说，你的确是告诉她了？"

"我只是碰巧——是我和她在罗马喝下午茶的时候——我们聊了会儿天——"

"但是夏洛特——我们收拾行李时你给我的承诺又算什么呢？既然你都要求我别告诉妈妈了，那你又为什么要告诉莱维希小姐？"

"我永远不会原谅埃莉诺的，她辜负了我的信任。"

"可你为什么要告诉她呢？这是非常严重的事情。"

为什么要把秘密说出去？这是个永恒的问题。这样看来，巴特莱特小姐只能报以一声轻叹也就不足为怪了。错已经犯下，她承认，她只希望还没有造成伤害。她跟埃莉诺说过的，千万千万要保密。

露西恼怒地顿了顿脚。

"塞西尔刚好把这一段读给了我和爱默生先生听。爱默生先生被扰乱了，他又一次轻侮了我。就在塞西尔背后。呃！人是可以这样粗鲁的吗？就在我们回花园的时候，背着塞西尔。"

巴特莱特小姐的自责和后悔喷涌而出。

"现在该怎么办？你能告诉我吗？"

"噢，露西——我绝不能原谅我自己，到死的那天也不能。想想看，要是你的未来——"

"我知道。"露西说，因为这个字眼畏缩了一下，"现在我总算明白你为什么想让我告诉塞西尔，明白你说'其他地方'是什么意思了。你心里清楚，你告诉了莱维希小姐，而她是不可信赖的。"

这一次轮到巴特莱特小姐畏缩了。"可无论如何，"女孩鄙视她表姐的表里不一，说，"做下的事情就是已经做下了。你把我推到了最尴尬的境地。我要怎么才能逃脱这样的境地？"

巴特莱特小姐无法思考，她掌权的日子结束了。她是客人，不是监护人，是个在这问题上信誉扫地的客人。女孩怒气冲天，这是必然的。她只能站在那里，绞着双手。

"他必须——那个男人必须得到教训，叫他不能忘掉。谁来给他这个教训？如今我没法跟母亲说——这都怪你。我也不能告诉塞西尔，夏洛特，都怪你。我走投无路了，我觉得我应该疯掉才对。没有人能帮我。这就是我叫你来的缘故。我们需要的是一个能拿鞭子的男人。"

巴特莱特小姐赞同，需要的是一个能拿鞭子的男人。

"是的——可光赞同没用，有用的是去做。我们女人只能说说而已。当遇到无赖的时候，一个女孩能怎么办呢？"

"我一直说他是个无赖，亲爱的。不管怎么说，这一点我是敢担保的。从一开始我就知道——从他说他父亲在洗澡那时候。"

"噢，别管什么担保不担保还是谁对谁错的了！我们俩把这事弄得一团糟。乔治·爱默生还在下面的花园里，是该任由他就这么逃脱惩罚，还是不该？我想知道答案。"

巴特莱特小姐一点儿忙也帮不上。她自己的暴露已经让她乱了方寸，各种想法乱糟糟地在她脑海中横冲直撞。她无力地挪到窗口边，试图从月桂树丛中分辨出那个无赖的白色法兰绒。

"在贝托里尼，你准备带我逃往罗马之前的那天晚上，你是那么游刃有余。那么现在，你难道不能再去跟他说一次吗？"

"我愿意为你上天入地——"

"我需要更明确的东西。"露西轻蔑地说，"你会去跟他说吗？至少这一定是你可以做到的，何况这一切原本就是因为你没有信守诺言才造成的。"

"埃莉诺·莱维希再也不是我的朋友了。"

说真的，夏洛特已经是超常发挥了。

"行，还是不行，请告诉我。行，还是不行？"

"这是只有男人才能做到的事情。"乔治·爱默生正朝着花园走上来，手里握着一颗网球。

"非常好。"露西说，挥出一个生气的手势，"那就是没有人帮我了，我自己跟他说。"下一刻她就意识到，这正是她的表姐想要的。

"哈喽，爱默生！"弗雷迪在下面大声招呼，"找到那颗球了？好小子！来点儿茶吗？"一阵骚动从屋里涌到了阳台上。

"噢，露西，你真是勇敢！我佩服你——"

他们把乔治团团围住，后者冲她招了招手。一切的胡思乱想、一切粗糙草率的念头都偃旗息鼓，她感觉到，那些隐秘的渴望开始啃噬她的灵魂。只是这样一眼看到他，她的怒火便消退了。唉！爱默生父子是好人，他们自己那个意义上的好人。她不得不稳了稳心神，然后才开口：

"弗雷迪把他带进餐厅了。其他人都在往花园去。来吧。让我们快些结束这一切。当然了，我希望你能留在屋里。"

"露西，你不介意这么做吗？"

"你怎么会问出这么可笑的问题？"

"可怜的露西——"她伸出手,"看来我真是一点用也没有,走到哪里都只能带来不幸。"露西点了点头。她还记得她们在佛罗伦萨的最后一晚——行李、蜡烛、巴特莱特小姐的无边女帽投在门上的影子。她绝不会第二次任由自己陷进多愁善感之中了。避开表姐的安抚,她领头朝楼下走去。

"尝尝这个果酱。"弗雷迪正在劝说,"这个果酱棒极了。"

乔治在餐厅里走来走去,显得又高大,又凌乱。她进门时,他刚好停下脚步,说:

"不——我不吃了,什么都不要。"

"你去跟其他人一起吧。"露西说,"爱默生先生想要什么的话,这里有夏洛特和我呢。妈妈在哪里?"

"她的礼拜日写信时间到了。她在客厅里。"

"好的。你去吧。"

弗雷迪哼着歌儿走了出去。

露西在桌边坐下。巴特莱特小姐整个人噤若寒蝉,拿起一本书假装读了起来。

露西不打算发表什么精心编织的长篇大论,直接说:"我不能接受这个,爱默生先生。我连话都不想跟你说。离开这栋房子,只要我还住在这里,就再也不要回来——"她红了脸,指着大门口,"我不喜欢争吵。请离开吧。"

"我——"

"不必多说。"

"可我不能——"

她摇着头。"走,拜托。我不想把维斯先生叫进来。"

"你不是当真——"他说，彻底忽略了巴特莱特小姐，"——你不是当真觉得你要嫁给那个男人吧？"

这句话不在意料之中。

她耸了耸肩，仿佛他的粗俗已经让她厌倦了一样。"你还真是可笑。"她静静地说。

可紧接着，他严肃的话语压倒了她的姿态。"你没办法跟维斯一起生活的。他只能是一个你的熟人而已。他适合保持社交距离和彬彬有礼的交谈。不适合跟任何人发展出亲密关系，尤其是跟女人。"

这是对塞西尔个性的全新解读。

"你跟维斯先生谈话时有哪一次是不觉得累的吗？"

"我不想讨论——"

"是，可你有过吗？他是那种人，说到东西时一切都好，比如书，比如画，可只要涉及人，他们就是致命的。这就是哪怕事到如今，经过了这么多的纷扰和混乱之后，我还是要说出来的原因。不管在怎样的情况下，失去你都是可怕的，可人们总难免需要克制自己追求快乐的渴望，如果你的塞西尔是另一种人，无论如何，我都会克制住自己。我绝不会允许自己冲出来。可我第一次见到他是在国家美术馆，只要听到我父亲念错那些大画家的名字，他就会嘴角抽搐。后来，他把我们引来了这里，我们却发现这只是他对一位和善邻居的愚蠢恶作剧。这就是那个男人，他拿人玩笑取乐，哪怕这是他所能遇见的最神圣的生命。再后来，我遇见了你们，发现他试图保护你们，试图教育你和你的母亲什么时候应当震惊，而事实上，是否震惊本该是完全取决于你们自己的事情。这就是塞西尔。他不敢让女人自己做决定，他是那种会让欧洲倒退一千年的人。在生活中，他时时刻刻都在塑造你，告诉你，什么是迷人的、有趣的，女士应当是什么样子的，他用男人心目中的女人来教导你，而你，你这个真正的女人，却听从他的声音，而不是你自己的。在牧师宅邸的时候是这样，那是我第二次遇见你们俩在一起，今天这一整个下午也是这样。所以——不是因为那本书'所以我才吻了你'，我也希望我能更有自制力一些。但我并不为此感到羞愧。我不会道歉，你只是被吓着了，而且你大概还没有发现，我爱你。否则你怎么会就这么叫我离开，如此轻描淡写地处理这样严重的一件事？但总之——总之我都已经做好跟他打一架的准备了。"

露西咀嚼着这一席漂亮至极的演说。

"你说维斯先生想让我听从他的指挥，爱默生先生，很抱歉，我得提醒你，你也惯于如此。"

他接受了这敷衍无力的指责，甚至直接盖棺定论，说："是的，我是。"他颓然坐下，像是突然间没了力气。"说到底，我也一样是个讨厌的人。这种想要掌控女人的欲望——它藏得非常深，男人与女人必须携手对抗它，然后才能进入伊甸园。但我爱你的方式肯定比他要好一些。"他想了想，"是的，肯定要好一些。即便是将你拥在怀中，我也希望你有自己的思想。"他向她张开双臂，"露西，快——我们没多少时间可以谈话了——到我这里来，就像春天时那样，在那之后，我会好好给你解释的。从那个人死去的时候，我便将你放在了心上。没有你我活不下去，'那不好，'我告诉自己，'她就要和别人结婚了。'可我再一次遇见了你，整个世界那样光彩灿烂，只有水和阳光。当你从树林里走出来，我意识到，其他一切都不重要了。我叫了你。我想活下去了，我有机会寻找我的幸福了。"

"那维斯先生呢？"露西说，她始终保持着令人赞赏的冷静，"他也不重要了吗？我爱塞西尔，很快就要成为他的妻子，这也不重要吗？我猜，这些都是无关紧要的小事情？"

可他的胳膊依然越过桌面向她展开。

"我能问问，你打算从这样的表现中得到什么吗？"

他说："这是我们最后的机会了，我要竭尽全力。"仿佛已经穷尽了一切可能，他转头望向巴特莱特小姐，她坐在那里，背后是傍晚的天空，像是蕴含着某种预示一般。"如果你能够理解，就不会第二次阻止我们。"他说，"我曾经堕入黑暗，现在我眼看就要再一次掉进去了，除非你愿意尝试理解。"

她又窄又长的脑袋前后摇晃着，像是要将面前看不见的障碍敲破一般，她没有回答。

"因为这就是青春。"他静静地说，拾起躺在地板上的球拍，准备离开，"因为露西心里无疑也是有我的。因为以理性说来，爱与青春也都是要紧的东西。"

两位女士沉默地注视着他。他最后的话毫无意义，她们都知道，可他是否打算遵循它呢？如果不，那么他，这个无赖，这个骗子，是否还盘算着要拿出一段更加戏剧腔的结语？不。他看上去是打算到此为止了。他离开了她们，细心地带上前门。她们抬眼望向落地窗外，看见他正沿着车道往上走，爬上屋子后面的山坡，那山坡上的蕨草都已经枯萎了。她们的舌头自由了，隐秘的欣喜瞬间喷发。

"噢，露西亚——来这里——噢，多可怕的男人啊！"

露西没有反应——至少，没有立刻反应。"唔，他让我很高兴。"她说，"要么是我疯了，要么是他，我更倾向于认为是后者。又跟你一起度过了一场混乱，夏洛特。非常感谢。不过，我想这是最后一次了。我的仰慕者不大会再来给我惹麻烦了。"

巴特莱特小姐也试着淘气了一下：

"噢，不是每个人都有这样的胜利可以夸耀的，不是吗，我最亲爱的？噢，说真的，这真不是该笑的事情。这本该是非常严肃的。可你是那么理智，那么勇敢，这跟我那个时候的姑娘们真是太不一样了。"

"我们下去找他们吧。"

然而，一旦置身户外，她就停下了脚步。某种感情攫住了她，也许是遗憾，也许是恐惧，也许是爱，总之这感情来得气势汹汹。她突然意识到，秋天来了。夏日已经结束，晚风中飘来衰朽的气息，更叫人伤感的是，它们带来了春天的回忆。就理性而言，有什么东西是要紧的吗？一片落叶疯狂翻卷着，从她身旁飞舞而过，其他树叶却纹丝不动。那是地球在紧赶着要重新回归黑暗吗，还是这些树木的阴影要将"风角"掩藏？

"哈喽，露西！你俩快点儿的话，这光线还够我们再打一局的。"

"爱默生先生有事必须先走了。"

"多讨厌的家伙啊！我们的四人局破了。我说，塞西尔，来玩一场吧，来吧，好小伙儿。这是弗洛伊德在这里的最后一天了。拜托，千万来跟我们打一场网球吧，就这一次。"

塞西尔的声音传来："我亲爱的弗雷迪，我不是运动员。你今天上午说得很好，'总有些人，除了读书什么都不行'，我很惭愧，我正是这样一个人，还是别让我扫了你们的兴吧。"

露西的眼中蒙上了阴霾。她要如何才能继续忍受塞西尔，哪怕只是片刻？他实在叫人无法忍受。当天晚上，她就解除了婚约。

第十七章

―――――

对塞西尔说谎

他很困惑，不知道该说什么。他甚至并不生气，只是站在那里，两手捧着一杯威士忌，试图弄清楚，究竟是什么让她做出了这样一个决定。

她选择在睡前摊牌，这个时间，依照他们的中产阶级惯例，她会为男人们分发酒水。弗雷迪和弗洛伊德先生必定是带着他们的酒回房间去喝的。塞西尔则会慢慢踱着步，等她锁好餐柜，不时地啜一口他的酒。

"我非常抱歉。"她说，"我很认真地全盘重新考虑过了。我们太不一样了。我必须请求你放弃我，并且尽量忘掉曾经有过这么一个傻姑娘的存在。"

这番说辞相当得体。但她并不只觉得抱歉，更有些愤怒，她的声音泄露了这一点。

"不一样——怎么——怎么——"

"首先，我并没有接受过真正良好的教育。"她接着说，人还跪坐在餐柜旁，"我的意大利之旅来得太晚了，在那里学到的一切我都不断在遗忘。我大概永远也没办法和你的朋友们交流，也无法拿出你的妻子应该有的样子。"

"我不明白你的意思，你不像你自己了。你累了，露西。"

"累了！"她的怒火立刻被点燃，反驳道，"这就是你。你总认为女人所说的不是她们心里所想的。"

"呃，你听上去是累了，像是有什么东西在让你心烦。"

"就算我是累了又怎么样呢？那也不会妨碍我认识到事实。我不能嫁给你，总有一天，你会为我说出了这些话而感激我的。"

"你昨天头疼得厉害——好吧，"——因为她已经愤怒得大声叫了起来，"我明白了，这绝不只是头疼的问题。但请给我一点时间。"他闭了闭眼睛，"如果我说了蠢话，请务必原谅我，只是我的脑子现在已经完全乱了。其中一部分还活在三分钟前，那时我还那么肯定你是爱我的，而另一部分——我觉得这很难——我大概是要说错话了。"

她意识到他其实表现得相当不差。这让她更恼怒了。她期望的是一场战斗，而不是探讨。她希望有冲突爆发出来，于是说：

"总有些日子会让人突然认清现实，今天就是这样一个日子。事情总会在某个时候抵达转折点，不巧就是今天。如果你想知道，那么，促使我下定决心跟你坦白的只是一件微不足道的小事——你不肯和弗雷迪打网球。"

"我从来不打网球的。"塞西尔说，他又是痛苦又是困惑，"我从来没打过。你说的每个字我都不明白。"

"你可以打的，帮他们凑一场四人双打就很好。我觉得这只说明你太自私了。"

"不，我不会——好吧，别管网球了。你为什么不能——如果你觉得有哪里不对劲了，为什么不在当时就告诫我呢？午餐时你还在谈我们的婚礼——好吧，至少你默许了我谈论这个话题。"

"我知道你不会明白。"露西恼火极了，说，"我早该知道会要做出这些可怕的解释。当然，问题不在于网球——那只是最后一根稻草，压在了这几个星期以来我所有的感受上。可在我不能确定之前，当然最好是不要提。"她巩固了自己的立场，"在此之前，我常常怀疑自己是否适合做你的妻子——比如在伦敦的时候。而你又是否适合成为我的丈夫？我认为不适合。你不喜欢弗雷迪，也不喜欢我的母亲。在我们的婚约之中，始终横着许多阻碍，塞西尔，可我们俩之前的相处又似乎总是那么愉快，我们见面太频繁了，提起这些没有好处，除非——好吧，除非所有事情积累到了某一个点。今天就是这个点。我看清楚了。我必须说出来，就是这样。"

"我不认为你是对的。"塞西尔柔声说，"我说不出为什么，但你说的听来都是真的，我只觉得你对我并不公平。这一切都太可怕了。"

"再闹下去有什么好处？"

"没有好处，但我总该有权利多得到一点解释。"

他放下酒杯，推开窗户。她跪坐在原地，把钥匙摇晃得叮当作响，从那里，她能看到一隙黑暗，她凝目注视着它，仿佛它就能将那所谓"多一点的解释"告诉他，送到他那窄长、深思的面孔前。

"别开窗，最好把窗帘也拉上。说不定弗雷迪或其他什么人会在外面。"他服从了。"如果你不介意的话，我真的觉得我们还是早些回房休息的好。再继续下去，我说的话只会让我自己难受。就像你说的，这一切都太可怕了，说出来没好处。"

可眼看就要失去她了，在塞西尔眼里，她反倒比以往任何时候都更叫人倾慕。他看着她，而不是透过她看着别的什么——自从他们订婚以来，这还是头一次。她从莱昂纳多的画变成了一个活生生的女人，神秘，有着自己的力量，拥有即便是艺术也无法企及的品质。他的头脑从震惊中恢复过来了，真挚的热爱涌起，他叫了起来："可我爱你，我真的以为你也爱我！"

"我不爱你。"她说，"一开始我以为我是爱你的。很抱歉，这一次我也应该拒绝你的。"

他开始在屋子里来回走动，他高贵的举动让她越发为难。她以为他会失去风度。那样对她来说反倒容易些。她把他性情中最好的东西激发出来了，这真是无情的讽刺。

"很明显，你并不爱我。我得说，你有权不爱我。但如果能够知道原因的话，我会感觉好一些的。"

"因为——"一句话蹿进她的脑海，她接纳了它——"你是那种不适合跟人发展出亲密关系的人。"

他眼中露出了惊吓的神色。

"我不是那个意思。虽然我请求你不要多问，可你还是问了，那我也只能再多说一些。粗略说来，是这样的：当我们只是相识时，你让我做我自己，可如今你却总试图保护我。"她的声音变大了，"我不需要保护。我会自己选择什么是女人该有的样子，什么是正确的。你对我的庇护是一种冒犯，难道我就不值得被信任，不相信我能够自己面对现实，却只能接受你转交的东西吗？身为女人的位置！你瞧不起我的母亲——我知道你瞧不起——因为她传统，会去操心布丁之类的事情。可是，噢，天哪！"——她站了起来——"传统，塞西尔，你也一样，你或许懂得欣赏美，却不懂得如何运用它们。你用艺术、书籍和音乐把自己包裹起来，还试图照样包裹我。我无法沉溺，即便是最光彩美妙的音乐也无法叫我沉溺，因为只有人，才是更加光彩美妙的，可你却将他们与我隔绝开来。这就是我要解除婚约的原因。面对物时，你没有问题，但一旦涉及人——"她顿住了。

屋子里陷入了片刻的沉默。接着，塞西尔开口了，非常激动：

"你是对的。"

"就整体而言，是对的。"她纠正他，心里满是难以言表的羞惭。

"是对的，每一个字都是。这是真相的揭示，这是——我。"

"总之，这就是我不能成为你妻子的理由。"

他重复道："'那种不适合跟人发展出亲密关系的人'。你是对的。自从我们订婚的那一天开始，我就忘乎所以了。我对毕比先生和你弟弟的态度就像个恶棍无赖。你比我以为的更了不起。"她后退半步。"我不会再来烦你了。你太出色了，远不是我能配得上的。我永远不会忘记你。还有，亲爱的，我只怪你一件事：你可以早些提醒我的，在事情发展到你认定不能和我结婚之前。那样的话，我至少还能有机会改过。在今天晚上之前，我从来没能真正地了解你。我只是把你当成了一个由头，来实践我那些关于女人应该如何如何的愚蠢观念。但今天晚上，你完全变了一个人，全新的思想——甚至发出了全新的声音——"

"你说'全新的声音'是什么意思？"她问，感觉一股无名火蹿了起来。

她失去了稳定，大声说："如果你觉得我是爱上了别的什么人，那就大错特错了。"

"我当然没那么想。你不是那样的人，露西。"

"噢，是的，你就是这么想的。那是你的陈腐思想，那种让欧洲倒退的思想——我说的是，那种认为女人的心思只能放在男人身上的思想。如果一个女孩提出要解除她的婚约，所有人都会说：'哈，她心里有其他人了，她想和另一个人在一起。'这真恶心。野蛮！好像女孩就不能为了自由解除婚约一样。"

他诚恳地回答："如果是以前，我会这么说。但如今再也不会了，你教会了我更好的。"

她脸红了，假装要再检查一次窗户。

"这其中自然不存在'其他人'的问题，没有'移情别恋'或是诸如此类恶心的蠢事。如果我的话让你感觉到有任何这样的暗示，那我以最谦卑的姿态请求你的原谅。我只是想说，你身上有一种我在今晚之前从来没有发现的力量。"

"好了，塞西尔，这样就好。别跟我道歉，这件事是我的错。"

"这是不同理想的问题，你的理想和我的理想——纯粹抽象的理想，但你的更加高贵。我被陈腐的旧观念束缚住了，而你无论什么时候都始终那么出色，那么新。"他的声音哽住了，"事实上，我必须感谢你所做的一切——感谢你让我看到了真实的自己。真的，我还要谢谢你，向我展示了一个真正的女性是怎样的。你愿意跟我握握手吗？"

"当然。"露西说，另一只手藏在窗帘里，绞着它们，"晚安，塞西尔。再会。好了，没事。我很抱歉，非常感谢你的宽宏大量。"

"我来为你点灯，可以吗？"

他们走进前厅。

"谢谢你。再一次祝你晚安。愿上帝保佑你，露西！"

"再见，塞西尔。"

她看着他轻轻走上楼梯，三根栏杆的阴影仿佛扑扇的翅膀，掠过她的脸庞。走到转角平台时，他停下脚步，强自按捺住自己，再看了她一眼，那一眼美得叫人无法忘怀。尽管拥有那样的艺术修养，塞西尔骨子里却依旧是个苦修士，在爱情中，再没有什么比失去更能让他成就自我的了。

她大概永远都不会结婚了。在她乱麻一般的心绪间，这个念头格外分明。塞西尔信任她，总有一天，她也必须信任自己。她必定会成为自己极力夸赞推崇的女人之中的一个，她们在意的是自由，不是男人。她必须忘记乔治爱着她，忘记是乔治把她看得如此透彻，让她赢得了这体面的解脱，忘记乔治已经离开，遁入了——那叫什么来着？——黑暗。

她熄了灯。

不是为了思索，就此刻而言，也不是为了体味。她放弃了，不再尝试理解自己，她加入了那愚钝昏昧的浩荡大军，他们既不跟从心灵，也不跟从头脑，只是跟着口号向他们的命运进军。这支军队里满是喜悦、虔诚的人。他们只会向一个敌人举手投降，却偏偏是最要紧的那一个，藏在他们内心的那个敌人。他们犯下过错，对抗激情与真实，徒劳地苦苦追寻美德。当岁月流逝，他们遭受责备。他们的幽默和虔诚上出现了裂痕，他们的聪明才智变成了愤世嫉俗，他们的慷慨无私化作了伪善——无论走到哪里，他们都只会觉得不适，只会带来不适。他们犯下过错，与厄洛斯和帕拉斯·雅典娜为敌，所依凭的并非任何来自天国的意愿，而是出于天性的自然发展，这些与之结盟的神明终将遭到报复。

露西加入了这支大军，从在乔治面前假装不爱他的那一刻起，从在塞西尔面前假装不爱任何人的那一刻起。这暗夜接纳了她，就像三十年前接纳巴特莱特小姐一样。

第十八章

对毕比先生、哈尼彻奇夫人、弗雷迪和仆人们说谎

"风角"并不在山脊顶上，而是坐落在距离山顶还有几百英尺的南坡上，那里刚巧是一片缓坡，架在支起这座山头的若干巨大山梁之中的一个上。它两侧都是狭长的山谷，长满了欧洲蕨和松树，顺着左侧的山谷往下，有一条公路通往维尔德旷野。

每当翻越山脊，看到这大地的恢宏造化，看到它们中间的"风角"，毕比先生总忍不住想笑。这地势环境如此出色，可这房子，虽说不至于格格不入，却也是如此平庸。已故的哈尼彻奇先生喜欢这个方块盒子，因为它为他提供了经济能力范围内最好的居所，他的遗孀所做的唯一改动，就是增加了一个小小的角楼，模样仿佛犀牛角一般，雨天里，她可以坐在里面，看着路上的马车来来往往。如此不协调，却又如此合适，因为以这房子为家的，是真心实意热爱着这片山野的人。附近别的房子都出自身价高昂的建筑师之手，且不论其他，住在其中的人无时无刻不是坐立不安的，一切都暗示着"偶然"与"短暂"。可是"风角"，即便丑陋，却仿佛出自自然造化一般，是"必然"的。人们可以嘲笑这座房子，却绝不需要为它提心吊胆。这是一个星期一的下午，毕比先生骑自行车过来，带来了一则闲聊的谈资。他收到了

阿兰姐妹的来信。自从失去入住"茜茜"别墅的机会以后，这些可敬的女士便调整了她们的计划，她们要改道去希腊。

"既然佛罗伦萨能让我可怜的姐姐受益良多，"凯瑟琳小姐写道，"我们就看不出有什么理由不尝试趁这个冬天再去雅典试试看。当然，去雅典是个突然的决定，医生还在给她配特制的消化饼，但不管怎么说，我们可以带着去。全程也只是要先搭一程船，再换一趟火车就行了。不过，不知那里有没有英国的教会机构呢。"信里还接着说："我并不认为我们会去到比雅典更远的地方，但如果您知道在君士坦丁堡[1]有哪家真正舒适的膳宿公寓的话，我们感激不尽。"

露西会喜欢这封信的，毕比先生面对"风角"露出的笑容，有一部分也是为她而来的。她会看出其中的有趣之处，还有一些美好，她一定是能够看出一些美的。虽说她对绘画一窍不通，虽说她的着装水准飘忽不定——噢，昨天她穿去教堂的那条鲜红的裙子！——可她必定是能看到一些生活中的美的，否则不可能弹奏出那样的音乐。他有一个理论，认为音乐家都复杂得不可思议，远不像其他门类的艺术家那样了解自己是什么，想要什么；他们迷惑自己，也迷惑他们的朋友；他们的心理状态是一种前沿的发展，只是还不曾被理解。他所不知道的是，这个理论刚刚得到了一些新的实证。他对昨天的事情一无所知，骑车过来也只是想喝喝茶，瞧瞧他的侄女，再看看哈尼彻奇小姐是不是能从两位老小姐前往雅典旅行的心愿中发现一些美的东西。

---

1. 今土耳其伊斯坦布尔。

一辆马车停在"风角"门外。那房子的全貌刚刚进入他的视野，车就动了，开始沿着车道往外走，却在大路口上突然停了下来。看来一定是马的问题了，它总想让人自己走上山去，免得被他们累着。车门打开，两个人钻了出来。毕比先生认出来了，那是塞西尔和弗雷迪。他们两个一起出门，还真是一对古怪的组合。转眼，他又在车夫腿边看到了一个行李箱，塞西尔戴着圆礼帽，那一定是他要离开了，弗雷迪（戴着便帽）——嗯，应该是要送他去车站。他们走得很快，抄的又是近道，等他们上到山顶时，马车还在曲曲弯弯的山路上慢慢往上爬。

他们跟牧师握了握手，没有说话。

"看来您是要小别一些时候了吗，维斯先生？"他问。

就在塞西尔回答"是的"时，弗雷迪往边上挪了挪。

"我来是想带一封叫人高兴的信给你们看的，是哈尼彻奇小姐的朋友寄来的。"他念了一段信，"这不是很棒吗？很浪漫，不是吗？她们多半会去君士坦丁堡。她们给自己下了一个不可能脱钩的诱饵。总有一天，她们会环游整个世界的。"

塞西尔谦逊礼貌地听着，说他相信露西一定会很高兴，很感兴趣的。

"无常的不是浪漫！我从来没在你们年轻人身上看到这一点，你们除了打打草地网球，什么也不做，还说浪漫已经死了。可与此同时呢，阿兰小姐她们却拿起一切得用的武器对抗可怕的事情。'真正舒适的膳宿公寓'！其实，她们这么说只是出于分寸，她们心底里真正想要的是一家有着魔法窗户的公寓，正对着遗失秘境里汹涌海面上翻卷的泡沫！寻常风景是无法令阿兰小姐她们满意的。她们想要的是济慈的公寓。"

"非常抱歉，毕比先生，打扰一下。"弗雷迪说，"您有火柴吗？"

"我有。"塞西尔说。他对这男孩的态度比之前好得多，这一点没能逃出毕比先生的眼睛。

"你还从来没见过两位阿兰小姐，是吗，维斯先生？"

"从没见过。"

"那你就不会知道这趟希腊之行有多叫人惊讶。我本人没有去过希腊，也并不打算去，也从没想过身边有哪位朋友会去。对于我们这些小人物来说，这个地方太大了。你们不这么觉得吗？意大利刚刚好，是我们力所能及的。意大利就像个英雄，可希腊是近乎神或魔的——我说不好，总之，无论是哪一种，都超出了我们凡夫俗子的眼界。好了，弗雷迪——我不是个聪明人，听我说话就知道了——这个观点是我从别人那里听来的，火柴用好了吗，给我也用用。"他点燃一支香烟，继续跟两位年轻人说话，"我是说，如果我们这些可怜的伦敦人的人生必须要依托一个背景的话，那一定就是意大利。无论从哪个方面看来，它都已经足够宏大了。适合我的是西斯廷教堂的天花板。我所能理解的对比反差就是这么多了。无论如何，不会是帕特农神庙，也不是斐迪亚斯[1]的壁缘雕刻。啊，马车来了。"

"您说得太对了。"塞西尔说，"希腊不适合我们这样的小人

1.斐迪亚斯（Phidias），公元前5世纪的雅典雕塑家，帕特农神庙即在其监督指导下建造完成。后世流传的宙斯和雅典娜的形象也由他确立。

物。"说完他就上了车。弗雷迪跟在后面，向牧师点了点头，他相信牧师不是在故意说笑，真的。马车起步，还没走出多远，他就又跳了下来，跑回来取维斯的火柴盒——牧师忘记还给他们了。接过火柴盒时，他说："我真高兴你们只是聊了聊书信。塞西尔刚刚受到了很重的打击，露西不跟他结婚。要是您刚才像说那些一样说到她，塞西尔可能就崩溃了。"

"可那是什么时候——"

"就是昨天夜里。我必须走了。"

"也许他们不希望我现在过去打扰他们。"

"不会的——去吧。再见。"

"感谢上帝！"毕比先生暗暗感叹一声，赞许地拍了拍他的自行车坐垫，"她做过的唯一一件蠢事。哦，多漂亮的解脱啊！"想了想，他沿路下坡，满心轻快地进了"风角"。这座房子又回归了它本该有的模样——永远地逃离了塞西尔那个自命不凡的世界。

明妮小姐在下面的花园里。

露西在客厅里叮叮咚咚地弹一首莫扎特的奏鸣曲。他迟疑了一会儿，还是决定依照指示先去花园。在那里，他见到的是一群低落的人。这是个大风天，大丽花被吹得东倒西歪。哈尼彻奇太太看起来很生气，正在忙活着把它们扶正。至于巴特莱特小姐，她穿着一身不合时宜的衣服，在一边碍手碍脚地说要帮忙。不远处站着明妮和"小小园丁"，那是个小小的外国小孩，他们俩拿着一根长长的椴木条，一人握一头。

"哦，毕比先生，您好吗？老天，这里真是一团糟！看看我这些鲜红的大花，风把裙子吹得乱飞，地面硬得根本插不进去棍子，就这样，马车还不得不出去跑一趟，我本来打算去接鲍威尔来的，公道地说，他绑大丽花绑得很好。"

很显然，哈尼彻奇太太这会儿正心烦意乱。

"您好啊。"巴特莱特小姐说着，给了他意味深长的一瞥，像是在说，这秋天的大风破坏的可不只是大丽花。

"嘿，兰尼，椴树条。"哈尼彻奇太太叫道，那小小园丁不知道"椴树条"是什么，两脚生了根似的站在花园小道上，吓坏了。明妮悄悄走到叔叔身边，轻声说，今天人人都不高兴，要是绑大丽花的绳子没能被剪断而是被扯散了，那也不是她的错。

"来，跟我去散散步吧。"他对她说，"你给大家添的麻烦够多的了。哈尼彻奇太太，我没什么事，只是过来看看。如果可以的话，我带她去蜂巢小屋喝个下午茶。"

"啊，你一定要去吗？当然，去吧。——不要剪刀，谢谢你，夏洛特，我两只手都满了——我敢肯定那株橘色的仙人掌是等不到我去救了。"

毕比先生是个帮人解困的行家，于是提出邀请巴特莱特小姐跟他们一起去参加这场小小的休闲活动。

"对，夏洛特，我这里不用你——去吧。这儿没什么事要忙，屋里屋外都没有。"

巴特莱特小姐说她的任务就是待在大丽花圃这儿。可她刚用这份拒绝惹恼了除明妮之外的所有人，就立刻改了主意，又用接受邀请惹恼了明妮。就在他们从花园往上走时，那株橘色的仙人掌倒了，毕比先生的最后一瞥正看到那个小小园丁抱住了它，就像抱着爱人一样，他黑色的脑袋埋在盛开的花朵中。

"这真可怕，花儿被糟蹋了不少。"他评论道。

"好几个月的期望在一瞬间被打破，总是可怕的。"巴特莱特小姐字正腔圆地说。

"也许我们应该叫哈尼彻奇小姐下去找她母亲。还是说她会愿意跟我们一起出去？"

"我想我们还是让露西自己待着比较好，让她做她自己想做的。"

"他们都很生哈尼彻奇小姐的气，因为她早餐迟到了。"明妮悄声说，"弗洛伊德走了，维斯先生也走了，弗雷迪不跟我玩儿。真的，亚瑟叔叔，这房子跟昨天完全不一样了。"

"别像个小大人似的。"她的亚瑟叔叔说，"去换上你的靴子。"

他走进客厅，露西还在全神贯注地弹莫扎特的奏鸣曲。看到牧师进门，她停了下来。

"你好吗？巴特莱特小姐和明妮要跟我一起去'蜂巢'喝下午茶。你要一起来吗？"

"我想不了，谢谢您。"

"好吧，我也想着你可能没什么兴趣。"

露西回过身去，在钢琴上随意弹出几个和弦。

"这些奏鸣曲真是精妙！"毕比先生说，虽说他私心里觉得它们都是些傻乎乎的小玩意儿。

露西换成了舒曼。

"哈尼彻奇小姐！"

"嗯。"

"我在山上遇到他们了。你弟弟告诉我了。"

"噢，他说了？"她听起来有些恼火。毕比先生觉得不大舒服，他本以为她会愿意让他知道的。

"我想不用我说，你也知道，这事情不会再传出去的。"

"妈妈，夏洛特，塞西尔，弗雷迪，你。"露西每报出一个知情人就敲下一个音符，最后敲出第六个音符。

"如果你不介意的话，我要说，我很高兴，而且我相信你做的是正确的事情。"

"我希望大家能这么想，但看来他们并不是。"

"我能看得出来，巴特莱特小姐对此的看法不太明智。"

"妈妈也是，妈妈非常介意。"

"我很遗憾。"毕比先生感慨地说。

哈尼彻奇太太是个讨厌一切变化的人，也的确会介意，但并不像她女儿想象的那么严重，而且不会持续很久。这其实是露西的小花招，好证明自己的心灰意懒是有理由的——她自己并没有意识到这一点，因为她已经行进在黑暗的大军之中了。

"弗雷迪也很介意。"

"但弗雷迪跟维斯一直都不是太合得来，对吗？我觉得他并不喜欢这场婚约，他认为它会把你和他分开。"

"男孩们还真是古怪。"

隔着楼板都能听到明妮在跟巴特莱特小姐争辩。要去蜂巢小屋喝茶，自然意味着得换一身完全不同的装束。毕比先生看出露西并不想讨论她的决定——这很对——于是，在诚恳地表达过支持之后，他说："我收到了阿兰小姐写来的信，很有趣。事实上，我是为这个来的。我想你或许也会觉得有意思。"

"多叫人高兴啊！"露西说，声音闷闷的。

为了能有点儿事可做，他开始为她读信。没听几句，她的眼睛就闪动起来，很快打断了他，说："出国？她们什么时候出发？"

"下个星期，我想是这样。"

"弗雷迪有没有说他会直接回来？"

"没有，他没说。"

"我只希望他不要到处去乱说。"

看来，她是想聊一聊她撕毁的这份婚约了。毕比先生总是体贴的，他把信放到了一边。可她只是提高了声调，飞快地说："噢，请务必跟我多说些阿兰小姐她们的事情！她们要出国，这多好呀！"

"我估计她们会从威尼斯出发，先搭一程轮船，南下到伊利里亚海岸！"

她发自内心地笑了起来。"噢，太棒了！希望她们愿意带上我。"

"是意大利燃起了你旅行的热情吗？也许乔治·爱默生是对的，他说，'意大利只是命运女神的华美辞章'。"

"噢，不是意大利，是君士坦丁堡。我一直向往君士坦丁堡。君士坦丁堡其实已经算亚洲了，不是吗？"

毕比先生提醒她，君士坦丁堡还不一定能成行，两位阿兰小姐的目的地只是雅典："也许再加上德尔斐[1]，如果路上安全的话。"

1.位于希腊中部的古城，也是阿波罗神庙的所在地。这处神庙以镌有"德尔斐神谕"而拥有极其重要的地位。古希腊人认为德尔斐是世界的中心。

可这完全不能影响她的热情。希腊也是她一直想去的，也许还更向往一些。让毕比先生惊讶的是，他发现露西显然是认真的。

"我都不知道，'茜茜'别墅的事情之后，你和两位阿兰小姐的关系还是这么好。"

"哦，那没什么。我跟您保证，'茜茜'别墅的事情对我来说完全没有影响。只要能跟她们去，要我怎样都行。"

"你母亲会这么快就再放你出去吗？你回家还不到三个月。"

"她必须放我走！"露西叫道，越发兴奋，"我非去不可，是的。我必须去。"她神经质地把手指插进头发里。"你看不出来吗？我必须离开。我当时没有意识到这一点——当然，我想去看看君士坦丁堡，想去极了。"

"你是说，自从你解除婚约之后，就觉得——"

"是的，是的。我就知道您能明白。"

毕比先生不是太明白。为什么哈尼彻奇小姐不能在家庭的怀抱中休养调整？很明显，塞西尔采取了有尊严的姿态，不会再来烦扰她。紧接着，他突然意识到，让她烦心的或许就是家庭本身。他稍加试探，得到了她急切的承认。

"是的，当然。去君士坦丁堡，直到他们接受这件事情，直到一切都平静下来。"

"只怕这事会有点麻烦。"他委婉地说。

"不，一点也不麻烦。塞西尔其实很有风度。只是——我还是把事情真相原原本本告诉你的好，既然你已经听说了一点儿——是因为他太有掌控欲了。我发现他绝不会让我自己选择自己要走的路。他要把我拔高到我根本到达不了的位置。塞西尔不肯让女人自己做决定——事实上，他不敢。我在胡说八道些什么啊！不过，总之就是差不多这么回事吧。"

"这也正是我自己从对维斯先生的观察中得出的印象，也是我从对你的所有了解中得出的结论。我非常赞同和支持你的决定。因为太认同了，因此请务必允许我提出一个小小的批评，为了这个逃去希腊，有必要吗？"

"可我一定要去个什么地方！"她轻声叫道，"我担心了一整个上午，刚巧这时候就来了这个消息。"她握紧拳头敲了敲自己的膝盖，重复道，"我必须走！那些我本该用来陪伴妈妈的时间，还有今年春天她为我花的那些钱。你们都把我看得太好了，我真希望你们对我不是这么好。"就在这时，巴特莱特小姐进来了，她愈发紧张，"我必须走，走得远远的。我必须弄明白自己的心意，想清楚我的去路。"

"来吧。我们去喝茶，喝茶，喝茶。"毕比先生说着，匆匆引着他的客人们出了门。他走得太急，把帽子给落下了。回头来取时，他听到了莫扎特奏鸣曲的叮咚声，这叫他松了一口气，却也有些惊讶。

"她又在弹琴了。"他对巴特莱特小姐说。

"露西什么时候都能弹琴。"回答有些尖刻。

"那真该感谢她有这样一个渠道。她显然是相当心烦意乱的，当然了，这是合情合理的。事情我都知道了。婚期就在眼前，她能鼓足勇气开口，一定是经过了一场艰苦的心理斗争。"

巴特莱特小姐动了动身子，毕比先生做好了谈话的准备。他还从来没有真正了解过巴特莱特小姐。在佛罗伦萨时，他有过揣测，"要不是有意的话，那她多半就是还有些更古怪的地方还没有表现出来"。不过，既然她是那么铁石心肠，必定就是可信赖的。他坚信这一点，于是毫不迟疑地和她谈起了露西的事。幸好，明妮跑开去摘蕨叶了。

她的开场第一句话就是："我们最好还是让事情到此为止。"

"愿闻其详。"

"最最重要的，是不能让萨默街上出现什么流言蜚语。眼下这个时候，任何关于维斯先生被解除婚约的传言都是致命的。"

毕比先生挑起了眉毛。"致命"是个很严重的词——事实上，有点儿太严重了。这件事完全不至于到悲剧的地步。他说："当然，哈尼彻奇小姐有权利在她愿意的时候，选择她自己的方式将这个消息告诉大家。弗雷迪会告诉我，只是因为他知道她不会介意。"

"我明白。"巴特莱特小姐客气地说，"但弗雷迪还是不该说的，即便是告诉您。做人再小心也不为过。"

"一点不错。"

"我得恳求这事儿绝对保密。一句跟朋友闲聊时的无心之语，就——"

"正是如此。"他很熟悉这些神经紧张的老小姐和她们对于言语重要性的夸大其词。身为一名牧师，生活在由琐碎的小秘密、信任和警告编织成的网中，他越有头脑，就越是难以对她们保持敬意。他打算转换话题了，这是毕比先生的做法，于是，他轻快地说："你近来收到过贝托里尼公寓里哪位的消息吗？我相信你一直和莱维希小姐有联系。多奇特啊，我们这些人，看起来完

239

全是出于巧合才聚在那个公寓，到如今，却牵扯到了彼此的生活中。二、三、四，我们六个——不，八个人——我忘了算爱默生父子了——我们多多少少都有联系。真该给房东太太发一份嘉奖证书。"

巴特莱特小姐对这个说法不置可否。他们朝山上走去，一路沉默不语，只除了牧师偶尔会报出某种蕨类的名字。来到山顶，他们稍微歇了歇脚。比起一个小时之前他在这里看到的景象，此刻的天色越发阴沉而苍凉，给这片土地也抹上了一笔萨里地区素来少有的伟大的悲剧色彩。灰色的云团层层吞噬着素纱般的白云，后者被一点点拉扯、撕裂、破碎，直到最后，那隐约透现出慢慢黯淡的蓝色光芒的薄云也被撕碎。夏日退去。风声呼啸，树木呻吟，可这些动静似乎还不足以影响天空中那声势浩大的变动。天气爆发，爆发，爆炸开来，这感觉，与其说是超自然的力量，倒更像是天使的大炮开了火，不然无法匹配得上这样的动荡危局。毕比先生的目光落在"风角"上，在那里，有露西正坐着练习莫扎特。这一次，没有笑意攀上他的唇角。他再一次转变了话题，说："一时半会儿应该不会下雨，不过天色看来多半要黑了，我们还是抓紧点儿吧。昨晚天黑得吓人。"

他们到达"蜂巢小屋"时差不多刚好五点。这家温暖宜人的客栈有一个露台，年轻人和不明智的人很喜欢那里，而更加成熟年长一些的，则会寻找一个光洁明亮的房间，舒舒服服地坐在桌边喝上一杯茶。毕比先生知道，要是坐在外面，巴特莱特小姐会冷，可要是坐在里面，明妮会觉得闷。因此，他提议兵分两路。他们坐在窗口，隔窗把吃的递给坐在外面的孩子。这样他也能有机会偶尔就露西的命运聊上几句。

"我一直在想，巴特莱特小姐，"他说，"如果您不那么反对的话，我想再聊一聊之前的话题。"她微微躬身致意。"不谈过去的事情，我对那个所知甚少，也并不关心，我绝对相信您表妹这么做是明智的。她的行动高尚得体，甚至她还那么温和谦逊地说，我们都把她想得太好了。我关心的是未来。说真的，对于她这个希腊旅行的打算，你怎么看？"他再次拿出信，"我不知道你刚才有没有碰巧听到一点，她想加入两位阿兰小姐的疯狂计划。那根本——我说不清——那是不对的。"

巴特莱特小姐一言不发地读完信，放下，似乎有些犹豫，又从头读了一遍。

"我自己是没看出其中的奥妙。"

令他大为吃惊的是，她回答："在这个问题上，我不能赞同您。我在这里看到了露西的解脱之道。"

"真的吗。那，为什么？"

"她想离开'风角'。"

"我知道——但这看起来很奇怪，太不像她了，太——我得说——太自私了。"

"这很正常，毫无疑问——经过了这样痛苦的事情之后——她自然会想要换个环境。"

很显然，这其中有些重要的东西是男人看不到的。毕比先生叹道："她自己也是这样说的，既然有第二位女士也赞同她的想法，那我必须说，我有点儿被说服了。也许她是真的必须换个环境。我没有姐妹或者——我不懂这些事情。可她有什么必要非得去到希腊那么远呢？"

"这个问题问得好。"巴特莱特小姐答道，明显对这个话题很有兴趣，差一点就抛下了她回避的态度，"为什么是希腊？（要什么，明妮，亲爱的——果酱吗？）为什么不是坦布里奇韦尔斯？噢，毕比先生！今天上午我和亲爱的露西有过一次非常令人不满意的长谈。我帮不了她，具体的我就不说了。也许我已经说得太多了。我不会再说了。我希望她能到坦布里奇韦尔斯去，和我一起待上六个月，她拒绝了。"

毕比先生拿着餐刀戳他的面包碎屑。

"我的感受并不重要。而且我非常清楚，我会让露西紧张。我们之前的旅行就是一场失败。她想离开佛罗伦萨，可等我们到了罗马，她却也并不想待在罗马，从头到尾我都觉得我在白白浪费她妈妈的钱——"

"我们还是关注未来吧，"毕比先生打断她，"我需要您的建议。"

"这样很好，"夏洛特说，突然噎了一下——这对毕比先生来说很新鲜，对露西来说倒是很熟悉，"在去希腊的事情上，我会支持她。您呢？"

毕比先生想了想。

"这绝对是有必要的。"她接着说，放下了面纱，声音被压得低低的，透过面纱传出来，带着急切和紧张。这让毕比先生很吃惊。"我明白——我明白。"黑暗逼近，他察觉到这个古怪的女人是真的知道些什么。"她一刻都不能在这里继续待下去了，在她离开之前，我们必须保持沉默。我相信仆人们什么都不知道。在那之后——不，我大概是已经说得太多了。只是，单靠露西和我两个人无法说服哈尼彻奇太太。如果您能够伸出援手，我们或许就有希望成功了。不然的话——"

"不然的话——？"

"不然的话。"她重复了一遍，仿佛这几个字就是定论。

"好吧，我会帮她的。"牧师说，绷紧了下巴，"来，我们现在就回去，把事情解决了。"

巴特莱特小姐感激涕零。就在她道谢时，门外的招牌——上面画着一个蜂巢，周围均匀地围了一圈蜜蜂——在风中一个劲儿吱吱嘎嘎地响。毕比先生不太明白眼下是个什么情况，不过他也没打算弄明白，更不会突然跳到类似"另一个男人"这种飞短流长之辈喜欢的结论上。他只是觉得巴特莱特小姐知道一些事情，它们在暗中影响着那姑娘，让她渴望逃离，而这影响有可能来自某具血肉之躯。这样的含糊其词激发了他的骑士风度。他的独身主义信仰从来都是那样小心翼翼、精心地被掩藏在他的宽容与修养之下，如今却浮上表面，像娇美的鲜花一样绽放开来。"结婚的人是好，不结婚的更是好"[1]，这是他所秉持的信仰，况且他还从未听闻有哪桩婚约在解除时是不带有一丝喜悦的。可在露西这件事上，鉴于对塞西尔的不喜，这感觉来得更加强烈。他很乐意再推进一步，将她从危险中拉出来，好让她能确定她那关乎自己童贞的决定。这感觉十分微妙，一点儿也不教条，他从未用它来影

---

1. 此处化用《圣经·哥林多前书》7:38 句，原文通行译本为"这样看来，叫自己的女儿出嫁是好，不叫她出嫁更是好"。

响这场纠葛中的其他任何一个角色。但它是存在的，单单是它的存在，就能解释他接下来的行动，乃至于他对其他人的行动所施加的影响。他与巴特莱特小姐在客栈里缔结下这样一个联盟，帮助的不只是露西，还有宗教。

他们在漆黑与灰暗的世界中穿行，匆匆赶回"风角"。一路上，他聊起了各种各样的话题：爱默生父子要找一名女管家、仆人、意大利的仆人、关于意大利的小说、小说的意义、文学作品能否影响生活。"风角"隐约在望，哈尼彻奇夫人还在奋力挽救她的鲜花的生命，如今在一旁搭手的是弗雷迪。

"天太黑了。"她绝望地说，"这就是拖拉的结果。我们早该知道很快就会变天的。现在露西还想去希腊，我不知道这个世界要变成什么样子。"

"哈尼彻奇太太，"他说，"她应该去希腊。来，我们到屋里去，好好谈一谈这件事。不过，首要问题是，您介意她和维斯分开吗？"

"毕比先生，我对此感到非常欣慰——是的，就是欣慰。"

"我也是。"弗雷迪说。

"很好。那我们到屋里去吧。"

他们在餐厅里商议了半个小时。

露西绝不能一个人去希腊。花销太昂贵，又太打眼——这两点都是她母亲深恶痛绝的。夏洛特也帮不上忙，这一天的荣光要归于毕比先生了。凭借他的老练机智和对人情世故的熟稔，凭借他身为牧师的影响力——只要不是傻瓜，牧师总是对哈尼彻奇太太有着巨大的影响力——他将她引向了他们的目标，"我不明白为什么一定要是希腊。"她说，"不过既然您这么说了，我想这就是对的。其中一定有些东西是我没能理解的。露西！我们去告诉她吧。露西！"

"她在弹钢琴。"毕比先生说。他推开房门，听见歌声传来[1]：

红颜佳人在旁，且莫要深种情根。

"我都不知道哈尼彻奇小姐还会唱歌。"

国王兴兵武装，你还需坐得安稳，

酒杯晶莹闪亮，且勿品尝甘醇。

"那是塞西尔教她的歌。姑娘们还真是古怪！"

"谁在那里？"露西突然停了下来，扬声问道。

"没事，亲爱的。"哈尼彻奇太太和蔼地说。她走进客厅，毕比先生听到她亲吻露西，然后说："很抱歉我对希腊的事情那样发脾气，只是那些大丽花实在是叫我火冒三丈。"

一个相当生硬的声音在说："谢谢您，妈妈，那没什么。"

"而且你是对的——希腊很好，如果两位阿兰小姐同意的话，你可以去。"

"噢，太好了！噢，谢谢您！"

---

1. 歌词为苏格兰诗人、作家沃尔特·司各特爵士（Walter Scott, 1771—1832）的诗作《露西·阿什顿的歌》（*Lucy Ashton's Song*），出自其小说《拉美莫尔的新娘》（*The Bride of Lammermoor*, 1819）。

毕比先生缓一步走进去。露西依然坐在钢琴前，双手搁在琴键上。她很高兴，可他原本期望她会更高兴一些。她母亲俯身向着她，弗雷迪坐在地板上，头靠在她身上，嘴上叼着烟斗，没点燃，露西在对着他唱歌。这样的组合很古怪，但很美。毕比先生热爱从前的艺术，看到这个场面，不由得想起了他最喜爱的一个主题：圣洁的座谈[1]，画中人相互关爱，在一起谈论高贵的事情——这样一个主题，既不流于感官愉悦，也不失之于情感渲染，以至于被今天的艺术界所遗忘了。有这样朋友一般的家人，露西究竟为什么非得在结婚和出门旅行之间二选一呢？

酒杯晶莹闪亮，且勿品尝甘醇，

众人侧耳倾听，莫要诉说谆谆。

她继续唱。

"毕比先生来了。"

"毕比先生见过我无礼的样子。"

"很美的歌，很有智慧。"他说，"请继续吧。"

"这歌不是很好。"她无精打采地说，"我忘了为什么了——和声还是其他什么。"

"我猜是因为它不够学院派，这歌美极了。"

"旋律非常好。"弗雷迪说，"但歌词糟透了。为什么要认输？"

---

1. 针对不同的绘画作品，有"圣谈话"（乔凡尼·贝利尼作品）或"神圣的谈话"等不同译名。为西方传统宗教题材之一，通常是圣母抱着圣子居于画面中间，周围有圣徒圣女围绕交谈。

"瞧你这话说得多傻！"他姐姐说。"神圣的座谈"破灭了。归根结底，露西也没理由一定要聊一聊希腊或是为他帮忙说服了妈妈而道谢。于是，他开口道别。

弗雷迪到门廊上为他点亮自行车灯，他说起话来还是一贯的快活："已经一天半了。"

歌者浅吟低唱，闭耳莫闻曲声，

"等一下，她要唱完了。"

火红的金子，收手切莫靠近；
空的心，空的手，空的眼睛，
生也安稳，死也安宁。

"我喜欢这种天气。"弗雷迪说。

毕比先生消失在了这种天气中。

重要的事实有两点，都很清晰。她表现精彩；他提供了帮助。就一个姑娘如此重大的人生变故而言，他不能期望对于点滴细节都了如指掌。如果说还有哪里是他不满意，或者说是迷惑的，他也必须承认：她正在选择的，是更好的角色。

空的心，空的手，空的眼睛，

也许这首歌对于"更好的角色"强调过头了。他仿佛听见了那高昂的伴奏——即便大风呼啸，他也能分辨得出——那伴奏是在应和弗雷迪，温和地批判那些正被它所修饰着的歌词：

> 空的心，空的手，空的眼睛，
>
> 生也安稳，死也安宁。

无论如何，这是"风角"在这一天内第四次出现在他的下方了，依旧泰然安稳——这一次，在咆哮翻涌的黑暗之中，它俨然一座灯塔。

第十九章

———

对爱默生先生说谎

阿兰小姐们住在布卢姆斯伯里附近，酒店正是她们喜欢的风格——干净、少通风，深受英国外省人青睐。横渡大洋之前，他们总喜欢在这里住上一两个星期，忙活些打理衣服行装、旅行指南、麦金托什雨衣、消化饼以及其他前往大陆的必需品之类的准备事宜。至于国外（即便是在雅典）其实也是有商店的这回事，从来不在他们的考虑范围之内，因为他们将旅行看作一种特别的战争，只有在干草市场的商店里备齐了粮草物资的人，才有资格上阵。她们相信哈尼彻奇小姐也会自己准备好合适的装备。奎宁现在有片剂了；纸片香皂在火车上用来洗脸非常方便。露西答应了，只是有些低落。

"当然，这些你肯定都知道，况且你还有维斯先生帮忙。一位绅士总会是非常可靠的助力。"

哈尼彻奇太太是和女儿一起来的，听到这话禁不住焦躁地叩起她的名片盒来。

"我们觉得维斯先生能让你出来这真是太好了。"凯瑟琳小姐还在说，"不是每个年轻人都能这样无私的。不过也许他稍晚一点会来找你，对吧。"

"还是说他工作太忙脱不开身，只能留在伦敦？"特蕾莎小姐说，她是两姐妹中更尖刻、更不那么和气的一个。

"无论如何，等到他来给你送行时我们就能见到了。我早就想见见他了。"

"没有人会来给露西送行。"哈尼彻奇太太插口道，"她不喜欢这个。"

"是的，我讨厌送别的场面。"露西说。

"真的吗？多有意思啊！我还以为在这桩事情上——"

"噢，哈尼彻奇太太，您不去吗？能见到您真是太叫人高兴了！"

她们落荒而逃，露西松了一口气，说："好了。我们熬过这一出了。"

可她母亲很生气。"可亲爱的，我要被人说成是冷漠无情的人了。我不明白你为什么不把塞西尔的事告诉你的朋友，就跟她们说一切都已经结束了。看看现在，我们不得不坐在那里，战战兢兢的，简直就是在说谎，而且我敢说，还被看穿了，这才是最叫人不愉快的。"

露西有很多理由。她描述了两位阿兰小姐的性情：她们实在是太喜欢说长道短了，一件事只要告诉了她们，立刻就会传得人尽皆知。

"可为什么不能立刻让大家都知道？"

"因为我和塞西尔分手的事情一定要等到我离开英国以后再公布出去。到那时我会跟她们说的。那样会好得多。雨大了！我们去里面避一避吧。"

"里面"指的是大英博物馆。哈尼彻奇太太不同意。如果一定要找个地方避雨的话，还是找个商店的好。露西心下有些不以为然，因为她想去看看希腊雕塑。她还向毕比先生借了一本神话词典，为的就是要弄清楚那些神灵与女神的名字。

"哦，好吧，那我们就去商店，去穆迪吧。我可以去买一本旅行指南。"

"知道吗，露西，你、夏洛特和毕比先生都告诉我，说我很愚蠢，所以我想大概真是这样吧，可我永远也弄不明白这种遮遮掩掩的小把戏。你已经离开了塞西尔——很好，非常好，我对他的离开感到非常欣慰，虽说当时我的确有些生气。但为什么不能说出来？为什么要这样遮遮掩掩、偷偷摸摸的？"

"只是晚几天而已。"

"可说到底，究竟是为什么？"

露西沉默，悄悄地离她母亲远了些。其实很容易解释："因为乔治·爱默生在骚扰我，要是听说我放弃了塞西尔，他可能又要来了。"——很好解释，这样还有个额外的好处，就是可以保持真实。可她说不出来。她不喜欢跟人交心，因为它们可能导向自我认知，引来一切恐怖之中最恐怖的王者——光明。自从佛罗伦萨的最后一夜之后，她就认定了，坦露内心是不明智的。

哈尼彻奇太太也沉默。她在想："我的女儿不回答我的问题，她宁愿跟那些好事的老小姐们待在一起，也不愿留在弗雷迪和我身边。很显然，只要能离开这个家，什么样的破烂、垃圾、臭鱼烂虾都可以。"她向来不是个心里能藏话的人，于是忍不住脱口而出："你厌倦'风角'了。"

这话没错。从塞西尔身边逃开时，露西曾经希望回到"风角"，不料却发现她的家已经不复从前了。对于弗雷迪来说，它或许没什么不同，他依旧能简简单单地生活，简简单单地思考。可对于一个有意扭曲了头脑的人来说却不然。她并没有意识到自己的头脑被扭曲了，因为要有这样的认知，头脑本身也必须参与其中；生活的琴已经被她拨弄得乱七八糟。她只是觉得，"我不爱乔治。我解除婚约是因为我不爱乔治。我一定要去希腊是因为我不爱乔治。仰望字典里的神明比留下来帮助妈妈重要得多。人人都是那么可恶"。她只觉得焦躁易怒，只一心想去做些人们不愿她去做的事情。怀着这样的心情，她继续这场对话。

"噢，妈妈，你在胡说八道些什么啊！我当然没有厌倦'风角'。"

"那为什么不立刻回答，却要想上半个小时呢？"

她无力地笑了："半分钟还差不多吧。"

"也许你是想彻底离开你的家了？"

"嘘，妈妈！别人要听到了。"她们已经走进了穆迪，她买了一本贝德克尔，然后接着往下说，"我当然想住在家里，但就像我们之前谈过的，不妨这么说吧，我将来应该会更想要离开。你知道的，我明年就能有自己的收入了。"

眼泪漫上了她母亲的眼眶。

在难以名状的慌乱和年长者会称之为"怪毛病"的想法的推动下，露西决定把话说得更明白一些。"我对这个世界了解得太少了——在意大利时我感觉是那样格格不入。我对人生知道得太少了，人们应该多到伦敦来看看——不是像今天这样只匆匆来去，而是留下来。说不定我还会找个女孩一起合租一间公寓，住上一阵子。"

"然后整天就在打字机和公寓钥匙里打转。"哈尼彻奇太太爆发了，"还有各种骚乱、尖叫，被警察踹，被抓走。还管这叫作'使命'——可是其实没人需要你！管这叫'责任'——可那意味着你不能住在自己家里！管这叫'事业'——可是成千上万的人都在这样的争斗中忍饥挨饿！哈，现在你已经准备好了，找了两个颤颤巍巍的老小姐，要跟她们一起跑到国外去。"

"我想要更独立一点。"露西说得心虚气短，因为她知道自己要的是什么。"独立"只是一个好用的口号——我们总能说自己还不够独立。她尝试回忆自己在佛罗伦萨时的心情：它们诚挚而热烈，告诉她，还有比短裙和公寓钥匙更美的东西。可她能拿出来说的，当然只有"独立"。

"非常好，带上你的独立走吧。东奔西跑，环游世界，最后瘦成一把骨头回来，因为你找不到像样的东西吃。你瞧不上你父亲建造的房子，他开垦的花园，还有我们心爱的风景——去，找间公寓，和其他姑娘住在一起。"

露西瘪了瘪嘴，说："也许我说得太草率了。"

"哦，老天！"她母亲脱口而出，"你这样真叫我想起了夏洛特·巴特莱特！"

"夏洛特！"这下轮到露西脱口而出了，她终究还是感到了一阵尖锐的刺痛。

"越来越像。"

"我不懂你是什么意思，妈妈。我跟夏洛特一点儿都不像。"

"呵，我觉得像。一样那么没完没了地担心这个担心那个，一样含含糊糊闪烁其词。你和夏洛特昨天晚上那副忙着要把两个苹果分给三个人的样子还真像是姐妹。"

"胡说！既然你这么不喜欢夏洛特，那还真是遗憾，你竟然还邀请她来家里住。我跟你说过她不好，我恳求你，乞求你不要叫她来，可当然了，没有人会听。"

"你又来了。"

"什么？"

"又来了，夏洛特，我亲爱的，就是这样。这就是她会说的话。"

露西咬紧了牙。"我说的是你不该叫夏洛特来家里住，真希望你能抓住重点。"对话以争吵告终。

她和母亲一言不发地买东西，在火车上没怎么说话，上了到杜金车站来接她们的马车之后也没怎么说话。雨已经下了一整天了，马车穿行在萨里郡那些树木繁茂的乡间小路上，雨水从她们头顶的山毛榉树枝上落下来，噼里啪啦地打在雨篷上。露西抱怨支着雨篷太闷。她探身出去，望进水雾迷蒙的暮色中，看见车灯仿佛探照灯一样掠过泥泞和树叶，没有任何赏心悦目的东西。

"一会儿等到夏洛特再上来，这车里就要挤死人了。"她说。她们现在要去萨默街接上夏洛特，马车来的时候把她带到了那里，她要去拜访毕比先生的老母亲。"我们三个人都得坐在一边，因为就算不下雨了，树上也还是在滴水。哦，稍微透点儿气吧！"就在这时，她听到了马蹄"得得"的声音——"他没有说——他没有说。"柔软的路面模糊了这曲调。"我们就不能把雨篷放下去吗？"

她问。母亲突然又温和了，说："那好吧，老小姐。停一下。"马车停下，露西和鲍威尔合力收起雨篷，一股水突然坠下，落进了哈尼彻奇夫人的脖子里。现在，雨篷放下了，之前被遮住的东西出现在了露西眼前——"茜茜"别墅的窗户里没有灯光，她扫视了一圈，恍惚觉得看到花园大门上挂了一把锁。

"鲍威尔，那栋房子又空出来了吗？"她提高了声音问。

"是的，小姐。"他回答。

"他们走了？"

"这里太远了，那位年轻绅士出城不方便，他父亲的风湿病又犯了，不能一个人住在这里，所以他们打算把房子转租出去。"他回答。

"那他们已经走了吗？"

"是的，小姐，他们走了。"

露西颓然往后一靠。马车停在牧师宅邸门口。她下车去叫巴特莱特小姐。这么说，爱默生父子已经走了，所有这些希腊啊什么的困扰都是毫无必要的。白白浪费！这个词似乎可以总结她的整个人生。白白浪费的计划，白白浪费的钱，白白浪费的爱，她还伤了妈妈的心。是她在胡乱挥霍，把事情搞砸了吗？很可能。也可能是其他人。女用人来应门，可她说不出话来，只是傻傻地看向客厅里。

巴特莱特小姐立刻走上前来，絮絮叨叨地说了一大段的开场白，然后才提出最重要的问题：她要去教堂吗？毕比先生和他母亲已经先去了，可在得到女主人全然的首肯之前，她必须先等一等，因为这意味着马车要多等足足十分钟。

"当然。"女主人疲惫地说，"我忘了今天是礼拜五了，我们都去。鲍威尔可以先到马厩去。"

"露西我最亲爱的——"

"教堂我就不去了，谢谢你。"

一声叹息过后，她们出发了。现在已经看不见教堂了，但在左侧，有一点色彩从黑暗中透出来。那是彩绘玻璃，里面有微弱的烛光在闪烁，教堂门打开时，露西听到毕比先生的声音传出来，他正领着参加这场小小集会的人们做祷告。就连他们的教堂也是建在山坡上的，巧妙极了，有着抬高的漂亮耳堂和银色的尖顶——就连他们的教堂也失去了魅力，就连人们从不会谈论的那样东西，名为"宗教"的东西，也像其他一切东西一样，黯然失色。

她跟在女佣身后走进牧师宅邸。

她介意在毕比先生的书房里坐坐吗？只有那里生了火。

她不介意。

里面已经有人了。露西听到女用人在说："先生，有位女士要进来休息会儿。"

炉边坐着的是老爱默生先生，脚还搁在脚凳上。

"噢，哈尼彻奇小姐，是你啊！"他的声音有些颤抖。露西发现他跟上个礼拜天有哪里不一样了。

她一个字也说不出来。她可以直面乔治，就算再次面对也可以，可她突然不知道该如何面对他的父亲了。

"哈尼彻奇小姐，亲爱的，我们非常抱歉！乔治非常抱歉！他以为他有权争取一下。我不会责备我的孩子，但我希望他能一

256

开始就告诉我。他不该去争取的，我对此一无所知。"

但愿她能知道该做何反应！

他伸出手："可你千万别怪他。"

露西转身去看毕比先生的书架。

"我教他要相信爱。"他颤声说，"我说：'如果爱来临，那就是真实的。'我说：'激情不是盲目的。不，激情是清醒的，你爱的那个女人，她就是你唯一能够真正理解的人。'"他叹了口气。"真实，永远保持真实，尽管我的生命就要走到尽头，尽管结局就在眼前。可怜的男孩！他是那么抱歉！他说一看到你带着你表姐进门，他就知道糟了。无论你是怎么想的，那都不是你有心的。可是——"他提起气力，加大了声音，好说得更清楚一些，"——哈尼彻奇小姐，你还记得意大利吗？"

露西抽出一本书，一本《旧约》的注释本。她把书举起来，遮在眼前，说："我不想讨论意大利或者跟您儿子有关的任何话题。"

"但你的确记得，对吗？"

"他一开始就做错了。"

"直到上个星期天，我才知道他爱你。我从不对行为作评价。我——我——我想他的确是错了。"

她觉得自己镇定一点了，于是把书插回去，转身面对他。他面容松弛，有些浮肿，可他的眼睛，虽然深深地凹陷下去，却闪着孩子般勇敢的光。

"呃，他的所作所为十分恶劣。"她说，"我很高兴他觉得抱歉。你知道他做了什么吗？"

"不是'恶劣'。"他温柔地纠正,"他只是尝试去争取了不该争取的东西。你拥有你想要的一切,哈尼彻奇小姐。你就要和你爱的男人结婚了。请不要在从乔治的人生中抽身离开时再给他加上'恶劣'的评语。"

"当然,您说得对。"露西说,听到塞西尔被提起让她觉得羞愧,"'恶劣'这个词太重了。我很抱歉把它用在了您儿子身上。我想我应该去教堂了。妈妈和表姐都去了,我不能迟到太久——"

"尤其是,他已经垮了。"他静静地说。

"什么?"

"就那么,垮了。"他无声地击掌,头垂到了胸口。

"我不明白。"

"和她妈妈一样。"

"不是,爱默生先生——爱默生先生——您究竟在说什么?"

"就像我不肯让乔治接受洗礼时一样。"他说。

露西吓坏了。

"她也同意洗礼没有意义,可他十二岁那年发了一场烧,从那时候开始,她就变了。她觉得那是审判。"他耸了耸肩,"噢,当初我们放弃了这种东西,还为此跟她父母闹翻了,很糟糕。噢,很糟糕——最糟的是——比死亡还要糟的是,你刚刚在荒野里开垦出一小片土地,种出你的小小花园,放进来一点点阳光,野草就又悄悄地钻了进来!审判!我们的儿子染上了伤寒,是因为没有让牧师在教堂里往他身上洒水!这可能吗,哈尼彻奇小姐!我们是不是注定了就应当重新掉进黑暗里,永远不出来?"

"我不知道,"露西倒抽一口气,"我不懂这类事情,我不想懂。"

"可是伊格尔先生——他趁我不在家时来了，照他的规矩行事。我不会责备他或者其他任何人……但等到乔治好了，她却病了。他让她觉得自己有罪，从此她就再也没能摆脱这些念头。"

这就是所谓爱默生先生"在上帝的注视下杀死了他的妻子"。

"啊，太可怕了！"露西说，终于忘记了自己的事。

"他没有受洗。"老人说，"我很坚持。"他坚定的目光投向了那一排排的书，仿佛已经战胜了它们——不惜任何代价！"我的孩子要干干净净地回归大地。"

她问起小爱默生先生是不是病了。

"噢——上个星期天。"他回到了眼前的现实中，"乔治他上个星期天——不，他没有生病。只是垮了，他从来不生病。可他到底是他妈妈的儿子。他有她的眼睛，有和她一样的前额，我觉得她的额头美极了，他再也不会觉得生活是有意义的了。这念头常常困扰他，来来去去的。他会活着，但不会觉得活着是有意义的。他不会觉得任何东西是有意义的了，你还记得佛罗伦萨那座教堂吗？"

露西记得，也记得她是如何建议让乔治去集邮的。

"从你离开佛罗伦萨之后——很糟。后来我们租下了这里的房子，他和你弟弟一起去洗澡，情况开始变好。你看见他洗澡了？"

"我非常抱歉，但这件事多说无益。我对此感到深深的抱歉。"

"然后就出了小说的事。我还不清楚那究竟是怎么回事，我被逼着听了一大堆拉拉杂杂的东西，可他还是不肯告诉我究竟是怎么回事，他觉得我太老了。啊，好吧，人总是要遇到些挫折的。乔治明天下来，接我去他在伦敦的住处。他没办法继续住在这一带了，他在哪儿，我就必须在哪儿。"

"爱默生先生，"女孩叫道，"别走。最起码，不要因为我离开。我马上就要去希腊了，别离开你舒适的家。"

这还是第一次，她的声音变得这样温和。他笑了。"大家都这么好！看看，毕比先生收留了我——他今天一早过来，听说我要走，就收留了我！我在这里，烤着火，舒舒服服的。"

"是的，可是你别回伦敦。那太荒谬了。"

"我必须陪着乔治。我必须让他觉得生活还有牵挂，可是他没有办法再待在这里了。他说过他的想法，关于再看到你，听到你的消息的——我不是要为他辩护，我只是陈述发生的事。"

"噢，爱默生先生——"她抓住他的手，"——您千万别。我给这个世界带来的麻烦已经够多的了。我不能害得您离开您自己的家，您那么喜欢它，说不定还要为此承受经济损失——这全都是因为我。请您务必要留下来！我马上就要去希腊了。"

"大老远地跑到希腊去？"

她的态度转变了。

"去希腊？"

"所以请您务必留下来。我知道，你们不会把这事儿往外说的。你们俩我都能信得过。"

"当然，你可以相信我们。无论是你要进入我们的生活，还是追求你想要的人生，我们都完全尊重你的意愿。"

"我不能期望——"

"我猜维斯先生一定非常生乔治的气吧？是的，乔治那么做是错了。我们坚持我们的信念，但走过了头。只怕伤心也是我们应得的。"

她再一次回过头，望着那些书，黑色的，褐色的，还有耀眼的神性的蓝色。它们排满了四面墙壁，围绕着来访者；它们堆在每一处桌面上；它们一直堆到了天花板。露西不懂，爱默生先生同样是虔诚的信徒，与毕比先生的不同之处只在于，他将满腔热忱献给了知识。在她眼里，这样一位老人，在失意时却只能托庇于一名牧师的慷慨援手，栖身在这样一处圣室里，这实在是太可怕了。

他越发觉得她是累了，要把自己的位子让给她坐。

"不，请坐着吧。我想我可以回马车上去坐。"

"哈尼彻奇小姐，你像是真的很累。"

"我一点儿都不累。"露西说，她的双唇颤抖着。

"可你累了，你看起来简直和乔治一个样子。关于出国，你刚才想说什么？"

她沉默了。

"希腊——"她眼睁睁看着他反复掂量这个地名，"——希腊。可我以为你今年就要结婚了。"

"要到一月份，之前不会。"露西绞着双手说。如果到了万不得已的时候，她会再说出一个真正的谎言吗？

"维斯先生是要和你一起去吧。我希望——不是因为乔治说了那些话你们才要一起去的吧？"

"不是。"

"那祝你和维斯先生在希腊过得愉快。"

"谢谢您。"

这时，毕比先生从教堂回来了。他的教士袍子上都是雨水。
"这就好了。"他和气地说，"我就想着你们两位一定能相处得很
好。外面又下起雨来了。所有人，包括你表姐、你母亲和我的母
亲，全都待在教堂里等着马车去接。鲍威尔去了吗？"

"应该去了吧。我去看看。"

"不——当然是我去看。两位阿兰小姐怎么样？"

"非常好，谢谢您。"

"你跟爱默生先生说过希腊的事情了吗？"

"我——我说了。"

"跟两位阿兰小姐一起出行，爱默生先生，您不觉得她非常
有勇气吗？好了，哈尼彻奇小姐，回去吧——别冻着了。我觉得在
旅行中，'三'是个非常需要勇气的数字。"他匆匆朝马厩走去。

"他不去。"她哑着嗓子说，"我之前犯了个错误。维斯先生
会留在英国。"不知为什么，面对这个老人，你永远无法欺骗他。
要是面对的是乔治，是塞西尔，她都会再说一次谎。可这位老人
看上去已经那般临近生命的尽头，而在走向那深渊的过程中，
他又是那般庄严高贵。他对那深渊有过阐释，包围着他的那些
书给出了另一种阐释，他那样轻描淡写地谈起他曾走过的崎岖
道路，那是真正的骑士精神，不是旧时代那种关乎风流韵事的骑
士精神，而是所有年轻人都可以在年长者面前展示出的真正的骑
士精神。它们唤醒了她的内心，让她告诉他，塞西尔不会陪她一
起去希腊——无论说出来会有多大的风险。她说得如此认真，风
险几乎是确定的了。他抬眼看着她，说："你要离开他？你要离开

你爱的人？”

　　“我——我不得不如此。”

　　“为什么，哈尼彻奇小姐，为什么？”

　　恐惧袭来，她又要说谎了。她发表了一段长长的、听来十分有说服力的演说，同样的话，她曾经对毕比先生说过，也准备在她公布婚约解除的消息时用来应对全世界。他静静地听她说完，然后说：“我亲爱的，我很担心你。在我看来——”她心神恍惚，毫无戒备，“——你的心已经乱了。”

　　她摇着头。

　　“听听一位老人的话吧：这世上没有比心乱更糟糕的事情了。面对死亡和命运很简单，虽说这些东西听起来是那么吓人。回顾过往，真正让我害怕的却只有我自己的混乱——有些事情，我本该可以避免的。我们可以帮助别人，但收效很少。我过去总觉得我可以教导年轻人，告诉他们人生是怎么回事。可现在我懂的更多了，我对乔治的一切教导都归结到了一件事情上：提防心乱。你还记得在教堂里那次吗？你假装被我惹恼了，但其实你并没有。你还记得之前，你拒绝那间看得到风景的房间那次？那些都是混乱——很小，但不是好兆头——我只担心你现在又乱了。”她沉默着。“不必相信我，哈尼彻奇小姐。生活固然光彩绚烂，同时却也是艰难的。”她依旧沉默。“‘生活，’我的一位朋友这样写过，‘是一场小提琴的公演，置身其间，你必须学习这乐器。’我觉得他说得非常好。人们必须在前进过程中学会使用他的能力——特别是爱的能力。”说到这里，他突然激动起来，“就是这个。这就是我要说的。你爱乔治！”漫长的铺垫之后，这四个字像茫茫大海上猛然卷起的怒涛，劈头砸向露西。

"你爱他。"不等她反驳，老人就继续说了下去，"你爱那男孩的身体和灵魂，明白、直接，就像他爱你一样，没有别的词汇能够表达这一点。你是因为他才无法和别的男人结婚的。"

"你怎么敢这么说！"露西喘息着，耳朵里仿佛有水浪咆哮，

"噢，这就是男人！——我是说，以为女人的心思永远要放在某个男人身上。"

"可你是的。"

她努力表现出厌恶的样子。

"你被吓到了，但我就是要让你震惊。有时候，这是唯一的希望。我没有其他办法来唤醒你。你必须结婚，不然你的人生就会虚度。你已经躲得太远了。我没有时间慢慢来，跟你讨论友谊、诗歌和那些真正重要的东西，讨论你是为了什么结婚。我所能知道的就是，和乔治在一起，你会得到它们。我知道，你爱乔治。你会成为他的妻子，他已经是你的一部分了。就算你飞去希腊，再也不见他，甚至忘掉他的名字，乔治还是会影响你的所思所想，直到你死去的那一天。爱一个人却又将他剥离，这是做不到的。你会希望能够做到，你可以扭曲爱情，忽视它，把它搅成一团乱麻，可你永远不能把它从你的身体里抽离出去。我经历过，我知道那些诗里写的是对的：爱是永恒。"

露西气得哭了起来，可怒气很快消退，眼泪却一直在流。

"我只希望诗人们还能这样说：爱是关于肉体的。爱不是肉体，但是关于肉体。啊！如果我们能够承认这一点，痛苦就能得到拯救！啊！只要一点点的坦白直率，灵魂就能得到解放！你的

灵魂，亲爱的露西！我憎恶这个词，只因为那些将它层层包裹冠冕堂皇的迷信的伪善言辞。可我们有灵魂，我不知道它们从何而来，要去向哪里，但我们拥有它们，而我看到你正在摧毁它，这是我不能容忍的。黑暗再一次悄悄潜了进来，那就是地狱。"他压了压情绪，"我在说些什么呀——太抽象，太虚无缥缈了！我还把你惹哭了！亲爱的姑娘，请原谅我的乏味——嫁给我的儿子吧。当我思索生活是什么，想到爱与爱的呼应是如何难能可贵——嫁给他吧。那是创造世界的时刻。"

她不能理解他在说什么，这些话的确太缥缈了。然而，随着他的话语，黑暗渐渐退去，一层接着一层地退去。她看见了自己的灵魂最深处。

"那么，露西——"

"你吓到我了。"她呜咽道，"塞西尔——毕比先生——票已经买好了——所有那些……"她抽泣着倒在椅子里。"我困在麻烦里了。我必须离开他，承受痛苦，慢慢变老。我不能因为他毁掉整个生活，他们信任我。"

一辆马车停在了前门外。

"请将我的爱告诉乔治——就这一次。告诉他，'一切都乱了'。"她放下面纱，眼泪在面纱下滚滚坠落。

"露西——"

"不——他们在前厅了——不，求您，不要，爱默生先生——他们信任我——"

"可他们为什么要信任你？你欺骗了他们。"

毕比先生正巧推开房门，说："我母亲来了。"

"你不值得他们信任。"

"什么？"毕比先生脱口而出。

"我在说，她欺骗了你，你为什么还要信任她？"

"妈妈，稍等一下。"他走进来，带上房门。

"我不明白您的意思，爱默生先生。您说的是谁？信任谁？"

"我是说，她在你们面前假装不爱乔治。可他们一直都爱着彼此。"

毕比先生望向那还在抽泣的姑娘。他安静极了，脸色雪白，衬着红色的胡髭，在那一瞬间，仿佛不再是个活人。他变成了一根长长的黑色立柱，站立着，等待她的回答。

"我不会嫁给他的。"露西颤抖着声音说。

受辱的神色从毕比先生脸上浮现出来，他说："为什么不？"

"毕比先生——我误导了您——我误导了我自己——"

"噢，胡说八道，哈尼彻奇小姐！"

"这不是胡说八道！"老人激烈地说，"这是你所不了解的那部分人性。"

毕比先生友好地按了按老人的肩膀。

"露西！露西！"马车里传来呼唤声。

"毕比先生，您能帮我吗？"

他似乎对这个要求感到很吃惊，用低沉、坚定的声音说："我的伤心无以言表。这很可悲，很可悲——不可思议。"

"这男孩有什么不对？"另一位的火气又蹿了起来。

"没有，爱默生先生，只是他不再让我感兴趣了。嫁给乔治去吧，哈尼彻奇小姐，他很好。"

他扔下他们俩，迈步出门。他们听到他引着母亲朝楼上去了。

"露西！"外面在叫。

她绝望地转头去看爱默生先生。他的面孔让她重新鼓起了勇气，那是洞明真理的圣徒的面孔。

"现在是一片黑暗，美好与激情看起来好像都不存在了。我知道，但要记得佛罗伦萨的山峰和风景。啊，亲爱的，如果我是乔治就好了，就能给你一个亲吻，那一定能让你勇敢起来。你必须冒着寒冷战斗，争取温暖，争取从你自己制造的混乱中跳出来。你的母亲和你所有的朋友都会轻视你，哦，我亲爱的，他们有权如此，如果存在轻视这样一种权利的话。乔治还困在黑暗中，在面对着那一切的挣扎和痛苦，他从来不说。我说得对吗？"他的眼里也泛起了泪花，"是的，因为我们为之战斗的，不只是爱与快乐，而是真实。真实是重要的，真实很重要。"

"请您吻吻我。"女孩说，"请吻我，我会试一试。"

他让她感觉诸神都已和解，感觉只要得到她爱的那个男人，就能得到完整世界里的某个部分。在穿越泥泞回家的路上，他的鼓励始终伴随着她——她当时就把什么都说了出来。他剥除了肉体上的脏污，剥除了世界向他们的苦痛发出的嘲笑。他向她展示了坦然的欲望之中所蕴含的神圣。待到多年以后，她还会常说她"从未真正了解，他是如何做到让她坚强起来的。那情形就像是，就在那片刻之间，他让她看清了万事万物的全貌"。

第二十章

中世纪的尾声

两位阿兰小姐终究还是去了希腊，但只是她们自己去的。她们这支小队将绕过马莱阿斯角，直插入塞隆尼克湾水域。她们打算游览雅典和德尔斐，在文人墨客称颂的两处圣殿中选择一处造访，它们一个在雅典卫城之上，四周有万顷碧波环绕；一个在帕纳塞斯山脚下，雄鹰在那里筑巢，青铜战士驾着战车，不知疲倦地奔向无尽的永恒[1]。她们颤颤巍巍，满怀期望，不厌其烦地带着许多消化饼，真的抵达了君士坦丁堡，真的环游了世界。我们剩下的人则必须满足于一个恰如其分却不那么艰难的目标。Italiam petimus（说到意大利）：我们得回到贝托里尼膳宿公寓。

乔治说那是他的老房间。

"不，才不是。"露西说，"那是我的房间，我住的是你父亲的房间。我忘了是为什么了，夏洛特安排的，总之是有什么理由。"

他跪在地板上，脸庞贴着她的膝盖。

"乔治，你这小宝宝，快起来。"

---

1. 马莱阿斯角（Meleas）位于伯罗奔尼撒半岛东南部。塞隆尼克湾（Saronic gulf）位于雅典附近。两处神庙分别是雅典卫城的雅典娜神庙和位于德尔斐的阿波罗神庙。

"我为什么不能是小宝宝？"乔治嘟囔道。

她答不出来，于是放下手中正打算帮他缝补的袜子，抬眼凝望窗外。又是日暮时分，又是春天。

"噢，恼人的夏洛特。"她深思地说，"要用什么才能造出这样的人？"

"和教士们一样的材料。"

"胡说八道！"

"对极了，就是胡说八道。"

"好了，地上冷，快起来吧，不然你就要得风湿了。还有，别笑了，像个傻子一样。"

"为什么不能笑？"他问，曲起胳膊肘顶一顶她，冲她仰起了脸，"难道有什么值得哭的吗？亲亲我这里。"他指一指自己想要被亲吻的地方。

归根结底，他还是个男孩。每到关键时刻，她才是那个能回忆起过去的人，她才是那个将坚毅注入灵魂的人，她才是知道去年这个房间曾经属于谁的人。他总是时不时出点儿错，奇怪的是，这反倒让她更爱他了。

"有信吗？"他问。

"只有弗雷迪的，就几句话。"

"哦，来吻我吧，这里，然后这里。"

直到再一次收到风湿警告，他才起身踱到窗口，打开窗户（就像英国人会做的那样），探身出去。外面有河岸护墙，有河流，左侧是丘陵开始隆起的地方。车夫立刻发出大蛇般的嘘声向他打招呼，很可能就是十二个月以前启动幸福车轮的那位法厄同。一股强烈的感激之情——在南部，一切感受都能演化为强烈的感情——在做丈夫的心中涌起，为那些曾不吝心力帮助一个年轻傻瓜的人，为他们曾经做过的一切，他感激，祝福。他曾经自救，这不假，但做得有多傻啊！所有重要的战斗都是其他人打下来的——意大利、他的父亲、他的妻子。

"露西，来看那些柏树，还有教堂，叫什么来着，还看得见。"

"圣米尼亚托。我马上就能把你的袜子缝好了。"

"Signorino, domani faremo uno giro（先生，明天出去兜风）。"车夫叫道，带着迷人的笃定。

乔治告诉他找错人了，他们没有钱可以花在兜风上。

还有那些原本无意帮助他们的人——那些莱维希小姐们，那些塞西尔们，那些巴特莱特小姐们！乔治总爱夸大命运的力量，一一细数把他送入这心满意足境地的助力。

"弗雷迪有什么好消息吗？"

"还没有。"

在他自己这一边，已经完满了。可在她，还有些苦涩——哈尼彻奇家族还没有原谅他们俩，他们憎恨她过去的伪装，她与"风角"疏远了，也许永远都会这样了。

"他说什么？"

"那个傻小子！他觉得自己很义正词严呢。他明知道我们春天要出行的——六个月前就知道了——也知道就算妈妈不同意，我们还是会自己拿主意。这事儿早就说清楚了的。可现在他倒说我们这是私奔。这荒唐的孩子——"

"Signorino, domani faremo uno giro（先生，明天出去兜

风）——"

"一切都会好的。现在他不得不重新认识我们两个。不过，我还是希望塞西尔没有变得那么讨厌女人，他现在提起女人就冷嘲热讽。他完全变了个人，这是第二次了。为什么男人说起女人来总有一套一套的理论？我对男人就完全没有。我还希望，毕比先生——"

"这些希望都非常合情合理。"

"他永远都不会原谅我们了——我是说，他再也不会有兴趣搭理我们了。我只希望他对'风角'的影响没有那么大。我希望他没有——不过，如果说我们是遵从真心而为，那真正爱我们的人最终一定会回到我们身边的。"

"也许吧。"他越发放柔了声音，"对，我就是遵从真心而行，那是我采取的唯一行动，你也真的回到我身边了。这么看来，你大概是明白的。"他返身回到屋子里。"别管那只袜子了。"他把她拉到窗边，这样，她就也能欣赏到那些景色了。他们俩一起跪了下来，免得被路上经过的人看到，他们满怀着希望，开始悄声呼唤彼此的名字。啊！这一刻是值得的：有他们曾经期待的最大的快乐，有他们不曾梦想过的无数细小的欢愉。他们沉默了。

"Signorino, domani faremo（先生，明天出去）——"

"噢，那个人真烦人！"

可露西想起了那个卖画片的小贩，说："不，别对他无礼。"她平复了一下呼吸，低声说："伊格尔先生和夏洛特——那样冷酷得可怕的夏洛特。像那样对待别人，真是太无情了！"

"看桥上的灯光。"

"可这间屋子总让我想起夏洛特。像夏洛特那样老去是多么可怕的事情啊！现在想来，那天傍晚在牧师家里的时候，她应该是没听到你父亲就在屋里。不然她会阻止我进屋的，而他却是这世上唯一能让我看清自己内心的人。就连你也做不到。在我这么幸福的时候——"她给了他一个亲吻，"——我还记得，这一切来得有多幸运。如果夏洛特知道，她一定会阻止我进屋，那我此刻就在愚蠢的希腊了，一切就都完全不一样了。"

"可她的确知道。"乔治说，"她看到我父亲了，绝对的，他说过。"

"噢，不，她没看见他。她和老毕比夫人一起上楼去了，你不记得了吗，然后就直接去教堂了。她是这么说的。"

乔治又犯起倔来。"我父亲看见她了。"他说，"我更相信他的话。他当时在书房的壁炉边打盹儿，睁眼时看到了巴特莱特小姐。就在你进门之前几分钟。他一醒，她就转身出去了。他没跟她说话。"

他们又聊了些其他事情——是那种历经波折才终于走到一起的两个人之间东拉西扯的闲聊，他们收获的回报就是可以静静栖息在彼此的臂弯中。绕了一大圈之后，话题回到了巴特莱特小姐身上，可这一次，他们开始觉得，她的举动似乎很有意思。乔治是个不喜欢一切黑暗含糊的人，他说："很清楚，她是知道的。那么，为什么她要冒险让你们见面呢？她知道他在那里，可她还是去了教堂。"

他们试图拼凑出事情的原委。

讨论过程中，一个不可思议的答案浮现在露西脑海里。她拒绝相信，于是说："在最后一刻犯糊涂，让自己的努力统统白费，这就是夏洛特啊。"可在这行将消逝的黄昏里，在河水的奔流声中，在他们彼此的拥抱中，有什么在提醒他们，她这话是站不住脚的。乔治悄声说："或者，她是故意的？"

"故意什么？"

"Signorino, domani faremo uno giro（先生，明天出去兜风呀）——"

露西探身出去，柔声回答："Lascia, prego, lascia. Siamo sposati（走吧，拜托，走吧。我们已经结婚了）。"

"Scusi tanto, signora（非常抱歉，夫人）。"他同样柔声回答，挥动鞭子打马。

"Buona sera—e grazie（晚安——谢谢）。"

"Niente（不用谢）。"

车夫哼着歌儿离开了。

"故意什么，乔治？"

他悄声说："是这样吗？这可能吗？我要跟你说一个奇特的设想。那就是，你表姐其实一直希望我们在一起。从我们最初相遇的那一刻起，她就希望我们能像现在这样，只是这个希望是埋在她心底里的——当然，埋得非常非常深。她表面上反对我们，但她是希望我们在一起的。除此以外，我没办法解释她的行为。你能吗？看看她那一整个夏天是怎么放我一条生路的，看看她是怎么让你不得安宁的，她又是怎么一个月比一个月更加古怪，更不可信赖的。她忘不掉我们俩，不然她就不会像那样跟她的朋友说起我们。那本书有一些细节，很有感染力——我后来去读了那本小说。她不冷酷，露西，她还不是那么心如槁木的。她两次拆散我们，可在牧师家里的那个晚上，她又给了我们一个机会，让我们可以得到幸福。我们或许永远都没办法和她成为朋友，或是当面向她道谢。但我真的相信，在她内心深处，在她一切的语言和行为下面，她是为我们高兴的。"

"这不可能。"露西喃喃道，可下一秒，她想起了自己的心路历程，说，"不——也许就是这样。"

青春拥抱着他们，法厄同的歌声宣告着激情有了回报，爱已在怀。可他们触摸到了另一种更加神秘的爱。歌声消失了，他们听到河流的声音，它将冬日的积雪卷入了地中海。

后记　没有房间的风景

　　《看得见风景的房间》这本书是1908年出版的。现在已经是1958年了，我很想知道，故事里的人物在这些年间都发生了什么。他们的诞生更早于1908年。意大利部分算得上是我试笔的第一个小说片段。完成之后我将它放在一边，出版了另外两部小说，然后再回过头来补写了英国部分。这部小说并不是我个人最喜爱的作品——《最漫长的旅程》才是——可若是要论最美好的故事，它大概当之无愧。它有男主人公和女主人公，都很善良，都很好看，还彼此相爱——而且注定会幸福快乐。他们做到了吗？

　　让我想想。

　　露西（乔治·爱默生太太）一定已经快七十岁了，乔治七十出头——熟透了的年纪，但还不像我自己这么熟。他们依旧是一对漂亮的夫妻，彼此相爱，有亲爱的儿女和孙子孙女。不过，他们住在哪里呢？啊，这个问题有点难，所以我才会给这篇小文章起名叫作"没有房间的风景"。我想不出乔治和露西应该住在哪里。

在佛罗伦萨度完蜜月之后，他们有可能在汉普斯特德安家。不——在海格特[1]。这一点很明确。而且，就悠闲舒适程度而言，接下来的六年是他们享有的最好时光。乔治辞去了铁路公司的工作，在政府部门谋得了一个薪水更加丰厚的文员职位；露西带来了一笔小小的嫁妆，但他们俩都很明智，没有随意动用；至于巴特莱特小姐，把她称之为"小小礼物"的全副身家留给了他们（谁能想到夏洛特表姐会这样呢？我反正是一点儿也没想到）。他们有一个住家用人，眼看就要成为生活优渥的有钱人了。就在这时，一战——那场想要结束战争的战争——爆发了，将一切都毁了。

乔治立刻就成了一名良心反战者。他接受了替代兵役的服务工作，得以免去牢狱之灾，却丢掉了他在政府部门的职位，自然，当和平到来时，也没有进入"英雄之家"的机会。哈尼彻奇太太对她女婿的行为非常恼火。

但露西非常骄傲，宣布自己也是一名良心反战者，甚至面临着更加直接的风险，因为她还在继续弹奏贝多芬。德国佬的音乐！有人听到后举报了她，警察上门了。老爱默生先生和这对小夫妻住在一起，最终出面说服了警察。他们对他说，最好抬头看看外面的世界。时

---

1. 汉普斯特德区（Hampstead）位于伦敦西北侧。海格特（Highgate）为伦敦北部郊区。下文提到的卡苏顿（Carshalton）是位于伦敦南部的郊区小镇。

隔不久，他便去世了，至死依然关注着世界，依然相信爱与真实将会看顾人类度过劫难。

它们眷顾着这个家庭，这很了不起。无论"爱"还是"真实"，无论现在还是未来，都没有哪个政府会对它们加以表彰，可即便如此，它们还是自顾自地运转着，眷顾这狼狈的一家人从海格特区搬到了卡苏顿区。乔治·爱默生夫妇如今有了两个女儿和一个儿子，他们开始希望拥有一个真正的家——位于乡间，他们可以在那里扎下根来，建立自己的小小王国，不引人注目。可文明并没有朝着这个方向发展。我其他小说中的人物也都经历着类似的困扰。《霍华德庄园》就是对家园的寻觅。《印度之行》里的印度，无论对印度人还是英国人来说，都只是一段路途，没有栖身之所。

有一阵子，"风角"是他们虚幻缥缈的祈望。哈尼彻奇太太过世后，他们曾有机会搬进这座他们深爱的房子。可是弗雷迪继承了它，却又不得不卖掉它，好换些钱来支持他日益庞大的家庭开销。他是个医生，不大成功，但子女不少，除了卖房子，他别无他法。"风角"消失了，它的花园被铲平，上面盖起了房子，萨里郡内再也听不到"哈尼彻奇"这么个名字了。

就在这期间，二战爆发了——这一场战争被寄望能够带来长久的和平。乔治立刻报名参军。他从不缺乏头脑与热情，完全有能力分辨邪恶的德国和一个与英国并无多大分别的德国。即便已经到了五十岁的年纪，他依然能意识到，希特勒主义是心灵、头脑与艺术共同的敌人。他发现自己热爱战斗，对它渴望已久，也发现离开了妻子，他就无法继续保持高尚纯洁。

在露西眼里，战争没有那么多不同。她教授一些音乐课程，在广播里弹弹贝多芬，这一次，贝多芬完全没有问题了。她住在沃特福德[1]的一处小公寓里，努力保持这个家的完整，等待乔治回来。可公寓被炸了，所有财产和纪念品损失殆尽。同样的事情也发生在了她们已经结婚的女儿身上，她远在另一座城市，纽尼顿。

乔治在前线升到了下士军衔，受了伤，在非洲被俘，关到了墨索里尼治下的意大利。他发现意大利人有时候和他们当年旅行时一样叫人喜欢，有时候却又没那么好。

意大利战败后，他穿过这个混乱的国家北上去了佛罗伦萨。这座他们深爱的城市已经变了模样，但还不至于面目全非。圣三一桥毁了，维琪奥桥两头都成了废墟，但那曾经发生过一场小小杀人事件的领主广场幸存了下来。一度客似云来的贝托里尼公寓所在的地区也还在，而且毫发无损。

和我自己在战争结束的几年之后一样，乔治想去寻找那处建筑，他失败了。因为虽说毫发无损，但一切都

---

1. 沃特福德（Watford）位于伦敦北部外围区域，也是一处教育和文化中心。

变了。阿诺河滨大道边的建筑都重编了门牌号码，改建过了，在改建过程中，有些房子的正墙扩大了，有些缩小了，这样一来，就再也无法分辨出究竟哪一个房间才是半个世纪前那间浪漫的小屋。于是，乔治告诉露西，风景都在，那个房间肯定也在，只是找不到了。她听到这些消息很高兴，尽管那时她已经无家可归。风景还在，这很重要。有了它的保障，有着他们始终彼此相爱的保护，乔治和露西等待着第三次世界大战的到来——这一次，它将彻底终结战争，也终结一切。

在这段预言式的回顾报告中，必然少不了要提到塞西尔·维斯。他远离了爱默生一家的生活圈子，但不曾离开我的视野。他的正直与才智注定了他要从事机密工作，一九一四年，他被调入情报机构或是类似受命处理机密信息的部门。我这里有个关于他的小故事，事情发生在亚历山大港，流传很广，跟宣传工作有关。那是在城郊一个相当小型的聚会上，有人想听贝多芬。女主人不同意。德国佬的音乐说不定会给我们带来麻烦。这时候，一名年轻军官说话了。"不会，没问题的。"他说，"一个很懂这些事情的内部人士告诉我，贝多芬是比利时人，已经确认了。"

这位内部人士必定就是塞西尔，有学识，又会恶作剧，绝对不会有错。我们的女主人安心了，禁令解除，《月光奏鸣曲》在沙漠里熠熠生辉。

看得见风景的房间

产品经理│马伯贤　　　装帧设计│星　野　　　出品人│吴　畏

执行印制│刘　淼　　　后期制作│朱君君

旧地重游

[英] 伊夫林·沃 著

良品 译

美国《时代》史上百佳小说

BBC "大阅读" 最受读者喜爱小说

美国《新闻周刊》世界最好100本图书

兰登书屋现代文库 "二十世纪百佳英语小说"

1981年BBC改编电视剧，荣获艾美奖最佳迷你剧集、最佳男主角、最佳男女配角等10项提名

2008年改编电影，本·卫肖主演，获得第12届奥斯卡风向标金卫星奖4项提名

伊夫林·沃是我这一代最伟大的作家之一。

——格雷厄姆·格林

扫一扫，阅读更多经典

图书在版编目（CIP）数据

看得见风景的房间 / (英) E.M.福斯特著；杨蔚译
. -- 天津：天津人民出版社, 2021.2
ISBN 978-7-201-17171-5

Ⅰ. ①看… Ⅱ. ①E… ②杨… Ⅲ. ①长篇小说—英国
—现代 Ⅳ. ①I561.45

中国版本图书馆CIP数据核字(2020)第272148号

看得见风景的房间
KANDEJIAN FENGJING DE FANGJIAN

出　　　版　天津人民出版社
出 版 人　刘　庆
地　　　址　天津市和平区西康路35号康岳大厦
邮 政 编 码　300051
邮 购 电 话　022-23332469
电 子 信 箱　reader@tjrmcbs.com

责 任 编 辑　苏　晨
特 约 编 辑　康嘉瑄
产 品 经 理　马伯贤
装 帧 设 计　星　野

制 版 印 刷　天津丰富彩艺印刷有限公司
经　　　销　新华书店
发　　　行　果麦文化传媒股份有限公司
开　　　本　880毫米×1230毫米　1/32
印　　　张　9
印　　　数　1—6,500
字　　　数　194千字
版 次 印 次　2021年2月第1版　2021年2月第1次印刷
定　　　价　49.80元

图书如出现印装质量问题，请致电联系调换（021-64386496）